Um novo começo

Um novo contato

Fern Michaels

Um novo começo

Tradução
Nina Bittencourt

LAROUSSE

Título original: *The Scoop*
Copyright © Fern Michaels, 2009
Copyright © Editora Lafonte Ltda., 2011

O texto deste livro foi editado conforme as normas do novo acordo ortográfico da língua portuguesa, em vigor no Brasil desde 1º de janeiro de 2009.

Todos os direitos reservados.
Nenhuma parte deste livro pode ser reproduzida sob quaisquer meios existentes sem autorização por escrito dos editores.

Edição brasileira

Publisher	*Janice Florido*
Editoras	*Fernanda Cardoso, Elaine Barros*
Preparadora de texto	*Alessandra Miranda de Sá*
Revisor	*José Batista de Carvalho*
Editora de arte	*Ana Dobón*
Capa	*Fran Moreira*
Diagramação	*Linea Editora Ltda.*

Dados Internacionais de Catalogação na Publicação (CIP)
(Câmara Brasileira do Livro, SP, Brasil)

Michaels, Fern
   Um novo começo / Fern Michaels ; tradução de Nina Bittencourt. — São Paulo : Editora Lafonte, 2011.

   Título original: The scoop
   ISBN 978-85-7635-854-1

   1. Ficção norte-americana I. Título.

11-01817   CDD-813

Índice para catálogo sistemático:

1. Ficção : Literatura norte-americana   813

1ª edição brasileira: 2011
Direitos de edição em língua portuguesa, para o Brasil, adquiridos por Editora Lafonte Ltda.

Av. Profa. Ida Kolb, 551 – 3º andar – São Paulo – SP – CEP 02518-000
Tel.: 55 11 3855-2290 / Fax: 55 11 3855-2280
atendimento@larousse.com.br • www.larousse.com.br

CAPÍTULO
I

Charleston, Carolina do Sul

Aquilo era um evento, não restava dúvida. Não que funerais fossem, via de regra, considerados "eventos", mas quando alguém da importância de Leland St. John falecia, era. A orquestra de cordas de sete músicos tocando embaixo de chuva, de acordo com um dos últimos pedidos de Leland, transformara aquele enterro em um evento, independentemente do que estivesse acontecendo no restante do mundo.

E havia ainda a cauda do furacão Blanche, que enviava torrentes de chuva sobre as pessoas presentes ao enterro amontoadas sob a tenda azul-escura e contribuía ainda mais para a atmosfera estranha.

— Acabe logo com isso — Toots Loudenberry murmurou, e continuou resmungando enquanto o sacerdote encomendava o corpo. — Ninguém é tão bonzinho como o senhor está querendo fazer Leland parecer. Tudo o que o senhor sabe sobre ele é o que eu lhe contei, e com certeza eu não lhe disse nada disso que o senhor está inventando. Ele era um velho rico e egoísta. Ponto final.

A filha de Toots inclinou-se para mais perto e tentou sussurrar através do espesso véu que cobria a cabeça e as orelhas da mãe.

— Não dá para você apressar isto? Afinal, não é a primeira vez que passa por uma situação como esta. É o sétimo ou oitavo marido que está enterrando. E desta vez, mamãe, você se superou com todas essas flores.

Toots se levantou e deu um passo à frente, interrompendo o sacerdote no meio de uma frase:

— Muito obrigada, reverendo.

Ela pensou em dizer que o cheque dele já havia sido depositado, mas mordeu a língua enquanto dava mais um passo à frente e colocava uma rosa sobre o caixão. Afastou-se para o lado para que os demais pudessem segui-la para fora da tenda, aberta nas laterais. Pisou numa poça d'água, praguejou por entre os dentes e foi respingando água até a limusine que aguardava para levá-la de volta para casa.

— Só você mesmo, não é, Leland? Não podia esperar mais uma semana para morrer? A previsão é de que pare de chover daqui a quatro ou cinco dias. Mas não, tinha de ser enterrado embaixo deste aguaceiro! Agora veja só, meus sapatos estão arruinados! E também meu chapéu, minha roupa, tudo! Você tem ideia de quanto custou esta roupa? Mas, mesmo que tivesse, não se importaria, não é? Duvido que tivesse esperado mais uma semana para morrer... Você sempre foi um grande egoísta. Veja no que deu todo esse egoísmo... Você está morto!

— O que está resmungando, mamãe?

Toots entrou na limusine, tirou os sapatos encharcados e depois o chapéu preto. Olhou para a filha Abby, que parecia um rato afogado.

— De todos os meus maridos, Leland foi de quem eu menos gostei. Me contraria profundamente ter de enfrentar este tempo pavoroso para assistir ao enterro dele. Leland foi meu único erro na vida. Mas, se pensarmos que foi apenas um em oito, até que não foi tão ruim.

Abby inclinou-se para pegar a embalagem de guardanapos de papel ao lado da garrafa de champanhe, cortesia do serviço de limusine.

— Por que contratou os músicos, então?

Toots suspirou.

— Leland estipulou no testamento que queria ser enterrado ao som daquela maldita orquestra de cordas. Por mais paspalho que ele fosse, que tipo de pessoa eu seria se não honrasse o último pedido dele?

— Você não quer dizer que, se não tivesse honrado o último pedido dele, o dinheiro dele teria ido para a campanha de preservação dos ursos-polares do Ártico?

— Também. — Toots suspirou.

Teresa Amelia Loudenberry, Toots para os amigos, olhou para a filha.

— Até quando você fica, filhinha?

— Meu voo é às quatro horas. Deixei Chester com uma *baby-sitter* e ele não fica bem com *baby-sitters*. Só vou comer alguma coisa, trocar de roupa e em seguida vou para o aeroporto... Não olhe para mim desse jeito, mamãe. Eu nem conhecia esse último sujeito com quem você se casou. Eu o vi uma única vez, no dia do seu casamento, e mal falei com ele. Se bem me recordo, você disse que ele era encantador, e eu esperei encontrar um homem encantador. E ele estava longe de ser encantador.

— É, talvez eu devesse ter dito "encantador de serpentes" — ponderou Toots, pensativa. — Leland era como uma bela embalagem de presente, que quando você abre é... uma bela porcaria. Foi uma surpresa para mim, mas quando eu me dei conta disso, já estava casada, então tinha de fazer a minha parte da melhor maneira possível. Mas, enfim, ele está morto, e não deveríamos estar falando mal dele. Vou ficar de luto por dez dias, apenas para manter as aparências, e depois vou seguir com minha vida. Encontrarei alguma coisa para fazer, um *hobby* para passar o tempo. Estou cansada de só fazer coisas corriqueiras, sem graça. Qualquer um pode fazer coisas corriqueiras. Preciso fazer alguma coisa diferente, algo que represente um desafio. Alguma coisa empolgante, que me absorva. Ah, e tem outra coisa... Leland usava dentadura. Ele a colocava em um copo d'água no banheiro, à noite. Eu nunca consegui me acostumar com isso. E ele também não era lá essas coisas na cama.

— Mamãe! Não há necessidade nenhuma de você me contar essas coisas.

— Só estou comentando, Abby. Não quero que você pense que sua mãe é insensível. Você tem de admitir que, afinal, eu tive sete casamentos bem-sucedidos. Deveria ter sossegado depois que Dolph morreu, mas fiz isso? Não. Deixei-me levar pelo falso charme de Leland, com dentadura e tudo. A vida às vezes é tão injusta... Mas chega de lamúrias. Vamos lá, me conte, como vão as coisas na Califórnia? E o emprego? Quais são as últimas fofocas de Hollywood?

Abby Simpson, filha do primeiro casamento de Toots, com John Simpson, o grande amor da vida de Toots, trabalhava para uma revista de segunda categoria de Los Angeles, a *Informer*. Seu trabalho era ir atrás de notícias que tivessem potencial para se transformar em matérias de interesse para o público que adorava uma boa fofoca.

— Rodwell Archibald Geoffrey, conhecido como "Rag" por nós, subalternos, me chamou na sala dele e disse que quer mais iniciativa. Disse que não adianta publicar notícias que todos os principais jornais e revistas da cidade já publicaram. Ou seja, é uma maneira sutil de dizer que não está satisfeito com o meu trabalho. Eu já mandei meu curriculum para outras revistas, mas ninguém está contratando ninguém, no momento. Estou fazendo o que posso. Ganho o suficiente para pagar minha casa e o que sobra dá para comprar ração. Não, você não pode me ajudar, mamãe. Eu vou conseguir sozinha, portanto nem adianta tocar no assunto. Aliás, eu trouxe algumas edições inéditas para você ler.

— Eu nunca entendi como é que vocês escrevem tudo isso, e depois tudo o que escreveram acontece. Vocês imprimem isso com semanas de antecedência...

Abby riu.

— Não é bem assim, mas é mais ou menos isso. Bem, estamos chegando, e você tem visitas. Você realmente sabe como ser uma anfitriã em um funeral, mamãe.

— *Evento*, meu bem. "Funeral" é uma palavra tão lúgubre... Evoca pensamentos funestos.

Abby riu novamente enquanto descia da limusine e subia os degraus para a espaçosa varanda da casa da mãe.

As duas correram para o andar de cima para trocar de roupa e receber os convidados que iriam lhes prestar condolências.

Toots olhou para o próprio reflexo no espelho de corpo inteiro em seu quarto. Sim, ela parecia acabada, mas, ora, uma viúva não deveria parecer um pouco acabada?

— Não adianta, eu não fico bem de preto — murmurou consigo mesma, enquanto jogava o vestido ensopado no chão, a um canto do banheiro.

Em seguida enfiou no corpo outro vestido preto e um colarzinho de pérolas, penteou os cabelos, aplicou algumas gotas de perfume e por fim considerou-se pronta para descer e receber os convidados.

O tempo que uma pessoa tinha de perder com um enterro! Tudo o que ela queria era ir para o quarto e ler as revistas que Abby lhe dera. Não que gostasse de revistas de fofocas, mas naquele momento tinha uma obrigação social a cumprir, e era isso o que faria. Depois teria a noite inteira para ler suas revistas, bebericando uma boa taça de vinho. Beberia em honra a Leland, e assim terminaria aquele capítulo de sua vida.

Era hora de seguir em frente, algo que ela era especialista em fazer.

CAPÍTULO
II

Assim que fechou a porta depois de se despedir do último convidado, a enlutada Toots subiu a escada e entrou no banheiro de cem metros quadrados, onde preparou um banho de imersão, com quatro velas aromáticas na borda da banheira, a pilha de revistas e uma garrafa de seu Baccarat predileto.

Depois de pensar por um instante, decidiu-se pelos sais de banho de jasmim, e então tirou o vestido e jogou-o em cima da pilha de roupas molhadas no canto do banheiro. Não usaria nada daquilo nunca mais. Se bem que seria bom pedir a Bernice, sua querida e eficiente empregada, que não se desfizesse das roupas ainda. Não custava esperar dez dias, até terminar o período protocolar de luto. Dez não. Nove, se ela contasse aquele dia. E claro que aquele dia contava.

Toots inalou fundo o delicioso aroma que emanava da banheira. Que maravilha! Ela afundou um pouco mais na água e suspirou, satisfeita, desfrutando os primeiros momentos do banho antes de se inclinar para a frente e encher a taça de cristal com o espumante que trouxera da adega de Leland.

— A você, Leland! — exclamou, erguendo a taça.

Em seguida levou a taça aos lábios e virou-a, bebendo todo o conteúdo de um só gole. Pronto. Já fizera a sua parte. Agora poderia seguir em frente.

Toots tornou a encher a taça, recostou-se na banheira e acendeu um cigarro. Fumar era um hábito horroroso, mas ela não se importava. Já passara da idade de se preocupar com o que era bom ou mau para ela.

Queria aproveitar a vida, e recusava-se a pensar que o cigarro poderia acabar interferindo nisso. Além do mais, ela tinha outros vícios, todos os permitidos, por assim dizer. Adorava esses vícios, porque, antes de mais nada, eles facilitavam a vida, os assuntos das conversas, tudo. Ela gostava de beber, de fumar, de comer doces e de ler uma boa revista de vez em quando, mesmo que fosse de fofocas. Já se convencera, fazia algum tempo, de que o fato de ser vegetariana compensava todos os seus "hábitos insalubres", como Leland costumava dizer.

Toots estava no terceiro copo de vinho e na página 4 de uma das revistas quando se deu conta de que não conseguia se lembrar do que acabara de ler. O que estava acontecendo com ela? Nada interferia com sua leitura dos tabloides... Pelo menos, nunca interferira, até aquele momento.

Ela fechou os olhos e tentou descobrir o que estava interferindo em seu universo.

Alguma coisa estava espreitando, em algum lugar *dentro dela*. Não era Leland, esse não a incomodaria mais; Abby não a preocupava, pelo menos por ora... Ela se sentia sem rumo? Precisava de um homem na casa? Droga, claro que não! Então, o que a estava perturbando? Os nove dias de luto que impusera a si mesma? Improvável.

No quarto copo de vinho, Toots decidiu que precisava... não, precisava não... *queria* agitar. Precisava de agitação em sua vida. Seus pensamentos a levaram para uma época em que era jovem e cheia de energia, junto com suas amigas. Amigas com quem tivera pouco contato nos últimos vinte anos. Elas trocavam e-mails, falavam pelo telefone de vez em quando, enviavam cartões de Natal, mas a vida corrida não permitia muita coisa além disso. Talvez fosse hora de convidar todas elas para uma reunião. Afinal, elas eram madrinhas de Abby.

Todo mundo achava estranho o fato de sua filha ter três madrinhas. Especialmente o chato do Leland. Mas ela não achava nem um pouco estranho. Suas amigas também não achavam.

Toots espiou dentro da garrafa de vinho. Vazia!

Ela saiu da banheira, enxugou-se com uma toalha *king-size*, espalhou hidratante pelo corpo inteiro, vestiu uma camisola preta — não podia esquecer que estava de luto — e foi até o miniescritório em seu quarto.

Na verdade, não era um escritório propriamente dito. Era uma mesa que usava para escrever cartas, bilhetes, separar correspondência, esse tipo de coisa. E onde ela usava o *notebook*.

Toots ligou o *notebook* e começou a escrever um e-mail para sua amiga Mavis, que morava no Maine, num bangalô de madeira à beira-mar.

Mavis, o que acha de vir me fazer uma visita? Você sempre foi a mais criativa de nós quatro, a que tinha as ideias. Quando pode vir? Ah, hoje foi o enterro de Leland, e estou acabada.

Cinco minutos depois, o *notebook* bipou, acusando o recebimento de mensagem.

Sinto muito, Toots, mas não posso arcar com o custo dessa viagem. E tenho outro problema, que é minha cachorrinha, Cacau. Ela tem sido minha única companhia nos últimos tempos. Fiquei triste ao saber que seu cãozinho morreu. Eu nem sabia que você tinha um cachorro! É terrível quando eles morrem, não? Lamento, Toots. Gostaria muito de ver você, mas minha pensão não é suficiente para uma despesa como essa.

Toots franziu a testa e piscou várias vezes. Que estranho Mavis pensar que Leland era um cachorro... Ela ficou imaginando o que teria levado sua amiga a tal conclusão. Suspirando, clicou em "Responder".

Eu mando uma passagem na primeira classe para você e Cacau. Leland era meu marido.

A resposta de Mavis veio um minuto depois:

Menina, eu esqueci que você tinha se casado de novo! Que coisa triste, que pena... Mas você vai superar, Toots, você sempre supera. Agradeço muito sua oferta. Não vejo a hora de nos encontrarmos. Já faz tanto tempo... Ida e Sophie também vão?

Toots respondeu:

Estou cuidando disso agora. Amanhã nos falamos.

O e-mail seguinte de Toots foi para Sophie, que era casada com um mulherengo que estava com um pé na cova e outro numa casca de banana, segundo o último e-mail que ela escrevera. Não era segredo entre as quatro amigas que Sophie detestava o marido e só estava mais ou menos tomando conta dele porque era beneficiária de um seguro de vida de 5 milhões de dólares.

Sophie, estou escrevendo para convidá-la para vir passar uns dias comigo. Eu pago a passagem, se você tiver disponibilidade para vir. Faz muito tempo que não nos vemos. Estou com uma ideia que acho que você e as meninas vão achar interessante. Será como nos velhos tempos!"

A resposta de Sophie chegou tão depressa que Toots se espantou.

Não posso deixá-lo aqui sozinho, Toots. Esse velho está demorando demais para morrer. Eu não paguei todo aquele dinheiro, durante todos estes anos, para perder tudo agora. Além do mais, quero que ele todos os dias fique se perguntando se vou dar a ele comida e os remédios. Cá entre nós, é claro que vou. Que tipo de pessoa eu seria se não fizesse isso?

Bem, aquilo não seria difícil de solucionar, pensou Toots.

Não se preocupe, Sophie. Se eu contratar um enfermeiro dia e noite para o seu marido, você vem? A propósito, Leland foi enterrado hoje.

Sophie respondeu de volta:

O.k., vou cancelar meus compromissos. Não que tenha algum, na verdade. Apenas me avise em que dia você quer que eu vá. Quem é Leland?

Toots respondeu:

Eu lhe aviso sobre a data da viagem. Leland era meu marido. Preciso seguir aquela coisa de dez dias de luto. Só faltam nove, porque hoje já conta. Você pode me observar e ver como é, para quando o seu marido bater as botas, e fazer igual. Luto é uma coisa traiçoeira, sabe? Você tem de fazer tudo certinho, senão as pessoas comentam mesmo!

Que número de marido era Leland?, Sophie quis saber. *Acho que você já se casou mais vezes do que Elizabeth Taylor, não?*

Leland era o número 8, Toots apressou-se a responder. *E o último, porque não pretendo me casar nunca mais. Bem, voltaremos a conversar amanhã. Preciso escrever para Ida, agora. Não vai ser fácil convencê-la a vir. Lembra-se de como nós odiávamos uma à outra e fazíamos de conta que não? Acho que ela ainda está ressentida por eu ter me casado com o rapaz de quem ela gostava. Ela seria uma viúva agora se eu não tivesse me casado com ele. Eu tentei fazê-la ver que ele não valia nada, mas ele tinha tanto dinheiro...*

Toots não esperou a resposta de Sophie para escrever para Ida. Foi diretamente ao ponto:

Ida, tudo bem? Sou eu, Toots. Estou lhe escrevendo para convidá-la para vir passar uma temporada em minha casa. Mavis e Sophie também vêm, vai ser como nos velhos tempos! Eu tenho um plano, Ida, e quero que vocês três participem. Espero que você não esteja mais chateada comigo. Já está na hora de colocar uma pedra em cima daquilo tudo, não acha? Acredite ou não, eu lhe fiz um favor roubando de você o tal sujeito, nem me lembro do nome dele agora. Nem todo o dinheiro que ele tinha compensava o ar aborrecido que o acompanhava dia e noite. Não que ele fosse um monstro, coitado, até que era bonzinho. Mas então, o que você acha da minha ideia? Ah, ia me esquecendo de contar... Hoje foi o enterro de Leland. Estou de luto, por mais nove dias.

A resposta de Ida foi curta e grossa:

Conte comigo. Avise-me quando quer que eu vá. Leland morreu? Já foi tarde...

Toots esfregou as mãos e fechou o *notebook*. Algo notável estava para acontecer, ela podia sentir isso. Do que se tratava o grande plano ela não fazia a menor ideia. Mas pensaria em alguma coisa. Ah, e como!

CAPÍTULO
III

Toots se acordava às 5 horas da manhã, todos os dias da semana, mas naquele décimo e último dia de luto acordou às 3 horas, mais empolgada do que se sentia havia muito tempo. Sophie, Mavis e Ida chegariam naquela manhã. Aquele seria um dia especial.

Excepcionalmente, arrumou a cama assim que se levantou. Mais tarde, Bernice, sua empregada e amiga, arrumaria o restante.

Aquele dia seria o primeiro de um recomeço de vida para Toots. Ela queria viver como uma mulher com a metade de sua idade, não como uma senhora que enterrava maridos como se fossem tesouros antigos e depois passava o resto da vida em função da memória deles. Não, não, não, de jeito nenhum.

Feliz por poder, finalmente, livrar-se de seus trajes de luto, Toots entrou no *closet* e escolheu uma blusa pink e uma saia vermelho-cereja. Com 1m70 de altura, e felizmente ainda com um corpo de fazer inveja a qualquer mocinha, seus cabelos castanho-avermelhados não tinham um único fio branco. Claro que era porque ela os tingia, mas ninguém precisava saber disso.

Toots prendeu os cabelos num coque frouxo. *Nada mau para 65 anos*, pensou ela, olhando-se no espelho de corpo inteiro. Três de seus maridos costumavam dizer que ela se parecia com Katharine Hepburn, embora ela não conseguisse se lembrar quais eram, nem que fosse para salvar a própria vida.

Mas isso não tinha importância.

Toots sorriu para a sua imagem no espelho. As cores de sua roupa eram berrantes, mas, depois de dez dias só usando preto, ela queria parecer um arco-íris dali por diante. Nada mais de maridos em sua vida, e nada mais de roupas pretas.

Com esse pensamento em mente, Toots tirou todas as peças pretas do *closet* e jogou tudo dentro do cesto de roupa suja. Faria uma doação para alguma instituição de caridade. Em seguida desceu até a cozinha, que era a parte da casa de que ela mais gostava.

O velho piso de pinho brilhava como ouro derretido. Com o sol nascendo, Toots sabia que as janelas recém-lavadas cintilariam como diamantes. Ela e Bernice haviam passado o dia anterior esfregando e dando lustro nas vidraças, com vinagre e jornal. Tapetes rústicos em tons de verde e vermelho estavam espalhados sobre o piso da cozinha, lembrando uma decoração de Natal. Três das paredes eram revestidas de armários modulados vermelhos, para horror de Leland. Na quarta parede ficava uma lareira de pedras que ela mesma pegara nas montanhas da Carolina do Norte. Também para horror de Leland, que não perdera tempo em desaprovar, dizendo que era "economia porca".

Toots o lembrara de que aquela era a casa *dela*, e que ele se sentisse à vontade para ir morar na edícula reservada aos hóspedes, se preferisse. Ele decidira ficar dentro de casa, o infame. Mas não abrira mais a boca para fazer críticas, depois disso.

Bem, mas Leland estava morto e enterrado. Toots poderia pintar as paredes e o teto da cozinha de vermelho-sangue, se quisesse.

Afastando os pensamentos do finado marido, preparou um bule de café e pegou um maço de cigarros na gaveta da cozinha onde guardava seu suprimento secreto de chocolates. Quando o café ficou pronto, ela encheu uma xícara e, assim munida, foi se sentar na varanda dos fundos.

Toots adorava aquela hora do dia. Os passarinhos estavam começando a acordar, e o chilrear deles era como música para os ouvidos dela. As flores e os arbustos ainda estavam úmidos de orvalho e o cheiro da grama recém-cortada lembrava que o verão se aproximava. Os jasmins que ela colhera na tarde anterior e colocara num jarro sobre uma mesinha de ferro na varanda exalavam um perfume doce e pungente, estimulando os sentidos.

Toots amava aquilo tudo, e não conseguia imaginar-se morando em nenhum outro lugar do mundo.

Tomou um gole de café e recostou a cabeça, respirando fundo e fechando os olhos, rememorando a lista de coisas que se propusera a fazer para recomeçar sua nova vida. Na véspera, ela e Bernice haviam limpado a maior parte da casa, por dentro e por fora. Pete, o jardineiro de Toots havia anos, e bom amigo, aparara a grama, podara os arbustos, limpara os canteiros e recolhera as folhas secas dos dois grandes carvalhos. Os bebedouros de beija-flor estavam abastecidos, e havia grãos secos de milho espalhados nas bordas mais distantes do jardim, para tentar manter os esquilos afastados dos comedouros dos passarinhos. Embora essa tática não funcionasse muito, Toots tinha o hábito de adotá-la e não desistia.

Ela era metódica, tinha uma rotina, e gostava de segui-la, mas havia agora, independentemente disso, um anseio dentro de Toots que ela não conseguia aplacar, desde a morte de Leland. Uma inquietação, uma sensação difícil de explicar, até de definir.

Será que aquilo era um sintoma de envelhecimento? Sentir-se perdida, sem senso de objetivo? Não! Não! Não! Toots não se permitiria sentir pena de si mesma acreditando nessa bobagem.

Suas grandes e melhores amigas estavam a caminho. Não havia espaço para tristeza, depressão ou mau humor. Toots gostava de sempre pensar de maneira positiva e de agradecer pelas bênçãos que a vida lhe dera. Aos 65 anos, ela tinha uma saúde de ferro, segundo as palavras de sua médica. Tinha uma filha linda, com uma carreira próspera em Los Angeles. Suas queridas amigas estavam todas vivas. E ela tinha muito, muito dinheiro.

A vida era boa.

Toots tomou mais um gole de café, já meio frio, acendeu outro cigarro e tragou centenas de toxinas antes de exalar a fumaça no ar fresco. Ida não a deixaria em paz quando descobrisse que ela ainda fumava. Ida tinha a tendência de achar que todas as coisas boas da vida faziam mal. Até respirar fazia mal, segundo ela. Mavis dizia que Ida tinha o que os psiquiatras agora chamavam de TOC, transtorno obsessivo-compulsivo, fosse lá o que isso significasse.

Será que ninguém mais ficava simplesmente resfriado? Por que todas as doenças agora tinham de ser reduzidas a iniciais?

Novos tempos, pensou Toots, enquanto entrava para pegar mais café. *Tempos novíssimos em folha.* Nada de marido para lhe trazer preocupações... Não que ela alguma vez tivesse se preocupado com eles... mas, pela primeira vez na vida, estava sozinha, por sua própria conta. Toots não tinha muita certeza se achava isso bom ou não. Ela sempre tivera alguém por perto, nem que fosse algum parente distante ou pelo menos um marido. Com Abby do outro lado do país, e as amigas uma em cada canto, Toots deu-se conta de que uma das sensações que vinha experimentando era o sentimento de perda, de não mais ser útil...

Bobagem. Ela nunca fora de sentir pena de si mesma! Tomou mais duas xícaras de café e fumou mais três cigarros antes de preparar uma tigela de flocos de cereal Froot Loops mergulhados em leite integral e uma colherada extra de açúcar. Riu alto ao pensar em si mesma como uma garota traquinas.

— O que a senhora está fazendo acordada a esta hora, rindo feito uma maritaca na *minha* cozinha? — perguntou Bernice da porta, olhando surpresa para a patroa, que amava como uma irmã.

Toots deu um pulo e virou-se, sobressaltada.

— Santo Deus, Bernice, que susto! Não ouvi você chegar. Eu lhe faço a mesma pergunta. O que está fazendo aqui tão cedo?

— Temos muita coisa para fazer hoje. A senhora mesma disse isso ontem à noite. Aquelas suas amigas esnobes vão chegar daqui a pouco. Não quero que elas pensem que a senhora vive num padrão inferior ao de uma rainha. Por isso, estou aqui, às suas ordens. Lembre-se de que a senhora me ensinou a falar assim depois que seu terceiro marido faleceu.

Toots fez uma careta. Não se lembrava de ter ensinado nada parecido a Bernice, mas assentiu com um movimento de cabeça.

Bernice era mais amiga do que empregada. Quanto Toots lhe contara sobre a vinda das amigas, ela não ficara nem um pouco entusiasmada. Não querendo que ela se sentisse excluída, Toots lhe pedira que a ajudasse em uma série de atividades, mas Bernice agira como se tivesse sido atacada por um bando de abelhas selvagens e resmungara qualquer coisa sobre ser uma simples criada.

— Oh, pare já com isso! Você está se comportando como criança — repreendera Toots. — Você não precisa ficar por perto o tempo todo quando as meninas estiverem aqui. Sei que tem muita coisa com que ocupar o seu tempo.

Toots e Bernice sabiam que isso era conversa fiada. A família de Bernice consistia em um filho de quem ela não tinha notícias havia quatro anos e que supostamente estava viajando mundo afora em busca de suas raízes.

— Se a senhora não fosse minha patroa, eu lhe diria para ir plantar batatas — dissera Bernice, com um traço de seu antigo senso de humor.

— Ah, é? E se você não fosse minha empregada favorita, sabe o que eu lhe diria? Que você estava despedida! — Toots revidara.

— A senhora tomou o bule inteiro de café? — perguntou Bernice, trazendo Toots de volta ao presente.

— Tomei, por quê? Você é a fiscal do café esta manhã, por acaso?

— A senhora sabe que eu gosto de tomar pelo menos três xícaras, antes de começar a trabalhar. Por favor, prepare mais um bule enquanto faço uma torrada.

— Sim, senhora! — respondeu Toots, fazendo continência.

Aquela era a rotina normal das duas, todas as manhãs. Bernice se mostrava um tanto autoritária, mas no bom sentido. Toots, por sua vez, sabia que se deitaria na cama e nunca mais se levantaria, até morrer, se Bernice fosse embora. Ela se consolava com o pensamento de que, quando Bernice conhecesse suas amigas, baixaria a guarda. Elas todas teriam um tempo para tagarelar e conhecer umas às outras de novo, incluindo Bernice.

O telefone tocou e Toots teve outro sobressalto. Ao longo de oito casamentos, aprendera que telefonemas logo cedo de manhã ou tarde da noite nunca eram para dar boas notícias. Hesitou por um momento antes de atender, mas então se lembrou de que não havia mais nenhum marido para ter de enterrar.

— Alô? — cantarolou ela, num tom de voz alegre.

— Mamãe, você está mesmo acordada ou está fingindo? — perguntou Abby.

— Eu poderia lhe fazer a mesma pergunta. E estando você aí na Costa Oeste, significa que está varando a noite no trabalho. Bem, e então? Por que está me ligando a esta hora tão inusitada? Está tudo bem? — indagou Toots, ansiosa.

— Depende do que você quer dizer com "tudo bem". Se estou bem de saúde? Sim. Se paguei a parcela da minha casa? Sim. Chester está bem? Sim, também.

Abby suspirou. Chester era o cão pastor-alemão que Abby adotara três anos antes, no Natal. No começo ela o chamara de Potinho de Mel Pedacinho do Céu, mas o cachorro não respondia a esse nome, então ela mudara para Chester.

Toots conhecia a filha, e sabia que ela não ligaria àquela hora da manhã se realmente estivesse tudo bem.

— E então, qual é o problema? Algum namorado? Se você conheceu outro pé-rapado que precisa ser paparicado, eu estou fora, já vou avisando.

Abby ignorou o tom de desdém da mãe.

— Mamãe, fiquei sabendo de uma notícia alarmante. Parece que Rag está encrencado. Todo o pessoal aqui já sabia que ele tinha dívidas de jogo, mas não sabíamos a extensão do problema. Tivemos uma reunião ontem à tarde e ele comunicou que vai pôr a *Informer* à venda. Disse que está cansado de trabalhar, mas nós sabemos que é para pagar as dívidas. Ele passa quase todos os fins de semana em Las Vegas. Agora não sei o que vou fazer da minha vida, porque provavelmente vou perder o emprego. Ele disse que é quase certeza que a pessoa que comprar a revista vai querer substituir toda a equipe. Estou aflita, mamãe...

— Oh, meu bem, que coisa terrível! Mas, por tudo o que você já me contou sobre seu chefe, é possível que nada disso aconteça. Ele já ameaçou vender a revista outras vezes e nada aconteceu. Tudo acaba voltando ao normal. Não se preocupe antes da hora. Só por curiosidade, você tem ideia de quanto ele está pedindo pela revista? — quis saber Toots, enquanto uma ideia começava a se formar em sua cabeça.

— Não sei, mamãe, mas acho que, se ele quiser mesmo vender, não vai ter dificuldade para achar um comprador. Tem muitas editoras que comprariam a *Informer* num piscar de olhos. E qualquer uma delas já tem uma equipe formada, que assumiria sem problema nenhum. O que me revolta é que a falta de juízo de outra pessoa deixe, não só eu, mas todo um grupo de pessoas sem trabalho. Sinto-me mal só de imaginar a possibilidade de ter de requerer seguro-desemprego.

— Você pode vir para cá, filhinha, e trabalhar no *The Post and Courier*. Sabe que Amanda a contrataria na hora.

Amanda Lawford, editora *publisher* do jornal *The Post and Courier*, havia trabalhado inúmeras vezes com Toots em comitês e dissera a ela, mais de uma vez, que, se Abby algum dia decidisse voltar a morar em Charleston, ela lhe daria a coluna criminal. Mas Abby nunca se interessara.

— Obrigada, mamãe, mas não. Estou com 28 anos. A última coisa que quero é voltar para casa com o rabo entre as pernas. Além disso, Amanda Lawford só me quer por perto para namorar aquele *nerd* do filho dela.

Toots riu.

— Nisso você tem razão. Ele sempre pergunta por você, quando nos encontramos.

— Diga a ele que mandei lembranças, na próxima vez em que o encontrar. Ele é bom rapaz, mas não faz o meu tipo. Além disso, eu jamais poderia namorar um homem chamado Herman. Me lembra aquele programa a que eu assistia quando era criança.

— *A Família Addams*! — Toots riu ao se lembrar de como Abby adorava o seriado de TV. Não perdia um episódio.

— Pois é. E então, quando minhas madrinhas chegam? Não acredito que você conseguiu reunir as três de uma vez só! Faz séculos que não as vejo.

— Venha para cá para encontrá-las, Abby. Elas iriam adorar — encorajou Toots. — Eu pago a passagem.

— Não posso, mamãe. Na atual situação, não é o melhor momento para tirar férias. Além do mais, acabei de voltar daí.

— Bem, seu quarto está arrumado, se mudar de ideia. Bernice faz questão de limpá-lo todos os dias, para deixá-lo pronto para o caso de você resolver vir de um momento para o outro.

— Obrigada, mamãe. Você é um amor, mas só liguei mesmo para desabafar. Precisava de um pouco de colo. Vou me virar por aqui. Em último caso, volto para o *Los Angeles Times*. Meu ex-chefe vive me mandando e-mails, oferecendo frilas, só não tenho aceitado por falta de tempo.

— Mas você detesta escrever sobre política.

Toots ouviu Abby suspirar do outro lado da linha.

— Se eu não tiver outro jeito, vou estudar a possibilidade. Tenho contas para pagar, e não, não vou aceitar dinheiro de você, nem adianta oferecer. Obrigada, mas não.

Toots sorriu, apesar de tudo. Abby era igualzinha ao pai. Teimosa, independente.

— Está bem, querida, você é quem sabe. Mas não se esqueça de que estou aqui, está bem? Qualquer coisa, é só gritar por socorro.

— Eu sou uma sortuda por ter uma mãe como você, mamãe!

CAPÍTULO IV

Toots percorreu a cozinha, abrindo e fechando gavetas.
— Onde está minha agenda de endereços? Sei que está por aqui, em algum lugar...

— Está na sua escrivaninha, no seu quarto — disse Bernice, mastigando um pedaço de torrada. — É lá que a senhora a guarda.

— Oh, mas claro! Tem razão. Onde estou com a cabeça?

— Em lugar nenhum.

— Quer parar, por favor? — retrucou Toots, olhando para trás enquanto subia a escada, apressada.

Toots ouviu Bernice resmungar alguma coisa quando avisou que tinha encontrado a agenda. Ela sorriu e balançou a cabeça. Bernice trabalhava para ela desde que Abby era bebê. Na época, a boa mulher havia acabado de ficar viúva, com um filho pequeno, e respondera ao anúncio que Toots publicara no jornal do bairro, em Nova Jersey, onde morava na época. Depois que John Simpson, o único amor da vida de Toots e pai de Abby, morrera em um acidente de carro, elas haviam se mudado de Nova Jersey. Bernice não hesitara nem por um segundo quando Toots lhe propusera que fosse com ela para Charleston. Abby estava com 5 anos na época. Parecia que tinha sido ontem...

Bernice conhecia Toots melhor do que todos os oito maridos juntos. Estivera ao lado dela nos tempos bons e ruins. Apesar da sincera amizade entre as duas mulheres, Bernice se mantinha em seu lugar, e Toots confiava nela mais do que em qualquer outra pessoa do mundo.

Toots folheou a agenda até encontrar o número de telefone de seu enteado, Christopher Clay. Então olhou para o relógio e deu-se conta de que ainda era muito cedo para ligar.

Ah, bobagem... Se Christopher fosse igual ao pai dele, acordava com as galinhas!

Toots digitou o número, apesar do fuso horário de três horas de diferença. Era um assunto importante, que justificava qualquer inconveniência.

Enquanto esperava o enteado atender, ela tentou lembrar em que ordem se encaixava o pai dele, Garland, na escala de maridos. Achava que era o quarto. Chris estava no colégio interno quando eles se casaram.

Toots se lembrava de como tivera medo de que Chris a visse como a madrasta má, mas isso não acontecera. A primeira mulher de Garland, mãe de Chris, havia morrido quando Chris ainda era um bebê. O menino ficara empolgado com a ideia de ter "uma mãe de verdade", e o relacionamento não poderia ter dado mais certo, desde o início. Até agora, Toots ainda pensava em Chris como seu filho. Quando Garland morrera e deixara tudo para ela, Toots imediatamente transferira todos os milhões para a conta de Chris, que havia acabado de ingressar na faculdade de Direito. Ela só havia ficado com a casa que Garland deixara, porque na época Chris não tinha maturidade para ser dono de um imóvel. Mas, alguns anos depois, ela também passara a casa para o nome dele.

Toots tinha boas lembranças da época em que Chris morava com e ela e Abby e esperava que essas lembranças também fossem boas para ele.

— Christopher, bom dia! É Toots, querido! Como vai? — cumprimentou ela, jovialmente.

Um riso soou do outro lado da linha, em tom baixo e grave.

— Eu deveria saber que era você. Magnata Toots, você é a única pessoa que me ligaria a esta hora da noite... da manhã.

"Magnata Toots" era o apelido que Chris dera à madrasta quando ele se formara na faculdade e ela organizara uma festa para duzentas pessoas em questão de horas.

Toots sorriu. Ela sempre admirara e respeitara o enteado, e ficava feliz por eles terem se mantido em contato e amigos ao longo dos anos. Sabia que podia contar com ele para o que fosse preciso. Quando Abby resolvera se mudar para Los Angeles, o fato de Toots saber que Chris estava lá para prestar ajuda e apoio tirara um peso enorme de seus ombros... Ele era um rapaz íntegro e responsável, como o pai fora.

— Olhe, desculpe por ligar a esta hora, mas é importante, senão eu não ligaria. Preciso de aconselhamento legal, Chris, e você foi a primeira pessoa que me ocorreu. Além do fato de estar em Los Angeles, que é o palco da situação.

— Obrigado pela confiança, Toots. O que está acontecendo em Los Angeles?

— É Abby. Ela está com problemas.

— Não diga! Por que você não me contou?

— Estou contando agora. Mas não se preocupe, Chris, não é uma questão de vida ou morte. Não por enquanto, pelo menos. Abby está bem... Ela está tendo problemas no trabalho.

— Ela ainda escreve artigos para aquele tabloide?

Toots respondeu num tom frio, porém gentil:

— Sim, Christopher, ela ainda escreve artigos para aquele tabloide. Ela ama o que faz, independentemente de quem aprove ou não.

— Não precisa defendê-la, Toots. E qual é o problema?

— O dono da revista está com dívidas de jogo e avisou à equipe que vai vender o título para outra editora.

Christopher riu.

— E o que Abby tem a ver com isso? Ela não quer trabalhar para ninguém mais? Abby é uma ótima jornalista, Toots. Pode trabalhar para o jornal ou a revista que quiser.

— Como mãe dela, eu já sei disso! Acontece que Abby adora trabalhar para a *Informer* — disse Toots, ríspida. — Desculpe, Chris, mas é que estou furiosa com aquele homem. Eu não pretendia descontar em você. Abby me contou que, aparentemente, uma das condições para vender a revista é que os atuais funcionários sejam demitidos. Ela disse que é assim que as coisas funcionam, mas não vejo por que a pessoa que venha a comprar a revista não possa manter a equipe. Tudo bem que eu não estou a par de como se administra uma editora, mas...

— Toots, pode parar — Chris a interrompeu. — Já entendi aonde você quer chegar, mas meu conselho é que fique fora disso. Financeiramente, a *Informer* é um fracasso. Não é uma revista bem conceituada, Toots, você sabe disso. Não tenho ideia de como é circulação e a vendagem, mas...

— Você pode descobrir para mim? Por favor, Chris... Ofereça o dobro do preço que estão pedindo. Não questione, Chris, apenas faça o que estou lhe pedindo.

— Não é um bom investimento, Toots. Eu insisto em adverti-la a não levar essa ideia adiante. Você mesma admitiu que não sabe nada sobre a administração de uma editora. Se já tomou sua decisão, quem sou eu para impedi-la, mas repito que não é um bom negócio. Também não me anima a ideia de ser intermediário nessa compra. Você já pensou bem, Toots? E Abby, o que ela acha disso tudo?

Droga! Como ela sabia que ele ia lhe fazer aquela pergunta?

— Eu já pensei bem, Chris. — Toots suspirou ruidosamente. — Quanto a Abby, ela ainda não sabe da minha intenção.

— E suponho que você não pretenda contar, não é, Toots? — retrucou Chris, contrariado.

Será que ela era assim tão transparente?, pensou Toots. Droga, o pior era que era, sim. Era mãe, afinal. Tinha de fazer o que pudesse pela filha. Qualquer mãe normal faria o que pudesse para ajudar a filha. De repente, Toots refletiu se não era aquele tipo de agitação inescrupulosa que ela vinha buscando nos últimos dias. Mal podia esperar para contar a Sophie, Mavis e Ida!

— Sua suposição está correta, rapaz.

— Tudo bem, Toots. Me dê um ou dois dias para ver o que posso fazer.

— Você é um amor, Chris! É um bom homem, como seu pai era. Eu sabia que podia contar com você.

Dez minutos depois Toots estava de volta à cozinha, servindo-se de mais uma xícara de café. Seus olhos brilhavam como havia muito tempo não acontecia.

— Bernice, eu tenho uma garrafa de uísque importado guardada em algum lugar por aí. Vamos encontrá-la, abri-la e fazer um brinde.

Toots percorreu a cozinha, abrindo as portas de todos os armários, à procura do uísque. Encontrou-o no armário embaixo da pia, ao lado do sapólio.

Bernice estendeu sua caneca vazia.

— Importa-se de dizer a que vamos brindar?

De repente, Toots ficou com medo de trazer azar à possível negociação se falasse antes de ela se concretizar. Sempre fora supersticiosa.

— Sim. Não. Não sei. Não tenho certeza. Não faz mal, deixe para lá. — Ela ergueu sua xícara. — A novos recomeços e finais felizes!

As duas mulheres encostaram as xícaras uma na outra, respingando café e uísque no piso recém-encerado. Bernice jogou um pano de prato usado no chão e esfregou-o sobre a sujeira com o pé.

— Eu gosto muito do seu jeito de limpar, Bernice querida, mas acho que se minhas amigas vissem iriam achar um pouco estranho. Pessoalmente, não ligo, só estou comentando — acrescentou Toots, servindo mais uma dose de uísque para cada uma.

— A senhora não pensava assim ontem, quando me fez trabalhar feito um burro de carga.

— Oh, por favor, Bernice, pare de se lamuriar! Eu não fiz você trabalhar feito um burro de carga. Você tem o melhor emprego de Charleston.

— Tudo bem, não precisa se exaltar.

As duas riram de si mesmas.

— Bem, pode me dizer agora por que estamos bebendo uísque às 5 horas da manhã? — insistiu Bernice.

— Não, mas vou lhe dizer uma coisa. Talvez eu faça uma viagem para a Costa Oeste. Em breve. Possivelmente depois de amanhã.

— E suas amigas? A senhora não vai me deixar aqui sozinha com elas! Eu nem as conheço! — Bernice começou a andar de um lado para outro.

— Elas irão comigo, é claro. Você também pode ir, se quiser. Deve saber que eu não a deixaria de fora.

— Eu, não! Obrigada, mas não, senhora. Eu não entro em avião nem morta. Não, eu fico aqui, cuidando da casa, me certificando de que Pete mantenha os comedouros dos passarinhos abastecidos.

— Oh, Bernice, você precisa se divertir um pouco! A vida é muito curta para você deixar de fazer as coisas por medo...

— Senhora, se Deus quisesse que eu voasse, Ele teria me dado asas. Estou com 70 anos. Vivi até agora sem voar e pretendo continuar assim. Nunca entrei num avião na minha vida. Não é uma questão de ter medo ou não, a esta altura dos acontecimentos. É que eu não vejo em que isso vai mudar a minha vida.

Toots refletiu sobre o que sua empregada acabara de dizer. Ela reconhecia que fazia sentido, do ponto de vista de Bernice.

— É, acho que você tem razão, mas ainda assim poderia pensar no assunto.

— Ainda assim nada! Não é uma coisa natural, entende? Se fosse para as pessoas voarem, teríamos nascido com asas. — Bernice usou o mesmo argumento que sempre usava toda vez que o assunto de viagem de avião surgia, sem se importar se estava sendo repetitiva.

— Tem razão, mas eu lhe digo, você não sabe o que está perdendo. Eu já viajei muito, e ainda há muitos lugares que quero conhecer. Na verdade, pretendo começar a viver costa a costa. É a última tendência entre as pessoas da terceira idade, pelo menos entre as que são bem-sucedidas.

— Costa a costa? — Bernice franziu a testa.

— Isso mesmo, da Costa Leste para a Oeste e vice-versa. Ora aqui, ora lá.

Se ela comprasse a *Informer*, teria mesmo de viver costa a costa. Talvez não fosse má ideia pedir a Chris que providenciasse a compra de um jatinho particular.

— Bem, a senhora é qualificada para esse estilo de vida — opinou Bernice.

— Sou mesmo, concordo. Muito bem, vamos ver agora o que falta fazer daquela nossa lista de tarefas. Ainda tenho de comprar umas miudezas no supermercado. Acho que vou pedir a Pete que dirija o carro, já que estou... um pouquinho bêbada.

— Bem, eu, de minha parte, só preciso descansar um pouco. Esse negócio não cai muito bem no meu estômago logo de manhã. Deveríamos ter comido um prato de cereal antes. Vá ao supermercado. Eu vou arrumar as camas das hóspedes, enquanto isso.

— Boa ideia. Ainda bem que o Wal-Mart fica aberto 24 horas. Se você se lembrar de mais alguma coisa que seja preciso comprar, me ligue no celular — avisou Toots.

Pegando a bolsa e a chave do carro, ela saiu pela porta dos fundos e foi ao encontro do jardineiro.

Duas horas mais tarde, o sol da manhã invadia a cozinha através das amplas janelas, enquanto Toots depositava catorze sacolas em cima da bancada. Ela checou a lista de compras, riscando cada item conforme os tirava da sacola.

— Minha nossa, Ida deve ter algum problema, mesmo...

Bernice entrou na cozinha com a leveza de uma brisa de verão.

— A senhora já voltou?

— Sim. Seis horas da manhã é o horário perfeito para ir ao supermercado. Não tem fila no caixa, é uma beleza! Olhe só para isto. — Ela fez um gesto abrangendo todos os desinfetantes, limpadores líquidos e tira-limos.

Bernice vasculhou dentro das sacolas.

— Para que tudo isso? Não estamos precisando de produtos de limpeza. Ainda tem bastante na despensa.

Toots balançou a cabeça.

— Foi Ida que pediu para comprar. Deve ser a isso que Mavis se referia. Ela disse que Ida tem mania de limpeza. Disse que isso se chama TOC, transtorno obsessivo-compulsivo.

Bernice pegou uma embalagem com o que parecia ser a foto de um telefone celular no rótulo.

— O que é isto?

— É uma luz mata-germes. Você passa em uma área supostamente infestada de germes e eles morrem em questão de segundos. *E. coli*, estafilococo, salmonela, vírus da gripe, tudo isso. Mavis disse que Ida não viria se eu não comprasse esse negócio.

— A senhora acha que ela vai usar isto aqui no assento do vaso sanitário? Meu Deus, será que vou ter de limpar os banheiros a cada dois minutos?

Toots riu.

— Não se preocupe. Comprei todos os produtos de limpeza que existem na face da Terra. E, além do mais, esta casa está limpíssima. Qual é o problema se houver um microbiozinho aqui e outro ali? Ida vai ter de se acostumar.

— Eu espero — murmurou Bernice, começando a guardar os mantimentos nos armários da cozinha. — Não sei para que tanta comida. A senhora mesma disse que elas vão para a Costa Oeste... Quem vai comer tudo isto?

— Na verdade, Bernice, quero deixar um bom estoque, para o caso de ficar na Califórnia mais tempo do que o previsto. Mais do que, digamos, dez dias. Não sei dizer ao certo quanto tempo vou ter de ficar por lá, e quero ir sossegada, sabendo que você e Pete estão bem abastecidos até que eu volte. O *freezer* já está cheio...

Toots imaginou se estaria pondo a carroça na frente dos bois. Talvez estivesse, mas tinha o pressentimento de que aquele "projeto" poderia vir a ser algo mais do que um simples costa a costa.

— A senhora comprou aqueles bolinhos com recheio de geleia de framboesa que eu adoro?

— Claro. Alguma vez deixei de comprar? Não entendo como você consegue comer aquilo sem engordar um grama.

— Do mesmo jeito que a senhora, Magnata Toots. Eu fumo, bebo e sinto a adrenalina correr nas veias quando vejo o mercado de ações em alta. Tudo isso acelera o meu metabolismo. Não conte a ninguém que eu lhe disse isso, porque ninguém acreditaria, mas é verdade... Eu juro.

Toots ficou olhando para Bernice, boquiaberta.

CAPÍTULO
V

Por sorte, o agente de viagens de Toots tinha conseguido reservar as passagens de Sophie, Mavis e Ida de tal forma que os três voos chegariam no espaço de uma hora. A última a chegar seria Ida, e Toots falara com elas pelo telefone, no dia anterior, explicando todos os detalhes, e ficara combinado que Sophie e Mavis esperariam no aeroporto até o voo de Ida chegar.

Antes de Toots sair para o aeroporto, Bernice a fez prometer que não tomaria uma gota de álcool antes de estar de volta com as amigas. Como se ela precisasse que alguém lhe dissesse isso! Mas era o jeito como Bernice tomava conta da patroa, e Toots teve o tato de não dizer nada para não magoá-la, já que Bernice estava agitada, andando pela casa, cuidando dos últimos preparativos para a chegada das hóspedes.

Quarenta minutos depois, Toots entrava no estacionamento do Aeroporto Internacional de Charleston. Em breve teria seu jatinho particular e não precisaria mais depender das linhas aéreas comerciais. Pelo menos, era esse o seu plano.

Toots deixou o carro em frente ao balcão do serviço de manobristas e entregou a chave ao recepcionista, um garoto moreno que parecia não ter ainda 18 anos mas que devia ter no mínimo 1 metro e 90 de altura, magro feito um poste. Ela o fez prometer que não fumaria nenhum dos cigarros que ela deixara no banco do passageiro, alegando que eles atrofiavam o crescimento em adolescentes. O rapaz jurou que não tocaria nos cigarros.

Dentro do aeroporto, Toots apressou-se em direção ao portão de desembarque. O voo de Mavis foi o primeiro a chegar. Ela queria ficar bem na frente, para que Mavis a visse assim que passasse pelo portão.

Toots imaginou se Mavis estaria tão feliz quando ela com aquela reunião.

Sabendo que Mavis estava viajando com sua chihuahua Cacau, ela ligara antes para se informar se a cachorrinha poderia ficar com elas enquanto esperavam por Sophie e Ida. Toots foi informada de que não haveria problemas, desde que o animal ficasse dentro da caixa de transporte apropriada.

Se não fosse pela caixa de transporte, Toots não teria reconhecido Mavis. Apesar dos telefonemas ocasionais, dos e-mails mais frequentes nas últimas semanas e dos cartões de aniversário e Natal, fazia quase seis anos que elas não se viam. A pessoa que Toots viu saindo da área de desembarque com uma caixa de transportar animais não era a amiga querida de quem ela se lembrava. Mavis devia ter engordado no mínimo 50 quilos, talvez mais, desde o último encontro.

Mavis logo localizou Toots esperando atrás das cordas de veludo. Ela acenou com um braço gordo e meio flácido.

— Toots! Aqui! — ela chamou, parando por um segundo para recuperar o fôlego.

Toots estampou um largo sorriso no rosto e acenou de volta.

— Rápido, garota! Quero te dar um abraço!

Quando Mavis finalmente saiu do corredor formado pelas cordas de veludo, ofegava pelo esforço e gotículas de suor brilhavam em sua testa e acima do lábio superior. Ela abriu a bolsa e pegou um lenço de papel para enxugar o rosto.

— Meu Deus, como faz calor aqui! Não sei como você aguenta...

Toots abraçou a amiga e beijou-a no rosto. Um outro plano começava a tomar forma em sua mente já sobrecarregada. Ela sorriu. Mavis precisava dela, e isso a deixava extremamente feliz. Toots adorava que as pessoas precisassem dela.

— A gente se acostuma depois de um tempo. Que bom que você veio, Mavis, estou muito feliz! Tenho uma surpresa para você, mas não posso contar o que é antes de Sophie e Ida chegarem.

— Au, au!

— Esta deve ser Cacau — disse Toots, espiando dentro da caixa de transporte.

Mavis pelejava para falar e respirar normalmente, mas ainda arfava.

— É, sim, e ela está com sede. Uma surpresa, é? O que será? Vamos até o toalete, e então vou ver se adivinho o que é, enquanto esperamos por Sophie e Ida.

— Fica logo ali. — Toots apontou. — E sua bagagem, onde está?

Ela olhou para a sacola de lona marrom que Mavis trazia a tiracolo. Não era possível que ela só tivesse trazido aquilo!

Mavis deu uma palmadinha na sacola.

— Isto é tudo. Gosto de viajar com pouca bagagem. De qualquer forma, só tenho três roupas. Minha pensão não permite fazer gastos extras. Só os impostos já são um rombo para o ano todo! Espero que você tenha máquina de lavar e secadora.

— Claro que tenho. — Toots pegou a caixa de Cacau e a sacola de viagem da mão de Mavis quando chegaram ao toalete feminino.

— Pode ir. Eu espero aqui.

Mavis assentiu e entrou no toalete.

Passageiros com malas de todas as cores, tamanhos e formas transitavam pelo terminal. Toots ouvia fragmentos de conversas aqui e ali, enquanto esperava do lado de fora do toalete. Cacau latiu para um rapaz que circulava pelas dependências do aeroporto em uma espécie de carrinho de golfe com uma luz amarela piscando em cima. O ruído do bipe que a luz produzia devia ter assustado a cachorrinha.

O cheiro de cebola frita de uma lanchonete de *fast-food* próxima impregnava o ar, tão enjoativo que Toots sentiu o estômago revirar. Como as pessoas tinham coragem de comer aquele tipo de comida era algo que não compreendia. Froot Loops com leite integral e açúcar era o máximo que ela se permitia.

Enquanto esperava por Mavis, a mente de Toots trabalhava a mil por hora. A primeira coisa que ela faria seria entrar em contato com uma amiga que tinha uma franquia da Liz's Stout Shop e comprar algumas roupas. Mavis precisaria para levar para a Califórnia, isto é, se concordasse em ir, claro. Depois disso, ela pagaria uma nutricionista e um *personal trainer* para fazer a amiga emagrecer. Claro que, antes disso, teria de se certificar de que Mavis estava fisicamente apta para seguir um programa de exercícios. Ela ligaria para Joe Pauley, seu médico, e pediria a ele que fosse até sua casa ainda naquela noite. Ela e Joe eram amigos havia anos e Toots sabia que ele atenderia a seu pedido.

Mavis saiu do toalete parecendo revigorada como uma margarida em flor. Como um girassol, para ser mais exata, pensou Toots, dando-se conta de que Mavis estava enorme de gorda e de que o girassol era a maior flor de que ela podia se lembrar no momento.

Cacau tornou a latir, dentro da caixa.

— Vamos até a área de *pets*, para ela poder dar uma volta fora da caixa e beber água, depois voltamos para esperar Sophie — Toots sugeriu.

Ela foram para a área aberta onde vários cães e gatos perambulavam ao lado de seus donos, e dez minutos mais tarde estavam de volta ao saguão do aeroporto.

— Vamos tomar alguma coisa? — convidou Toots.

— Ótima ideia. Eu tomaria um *milk-shake* duplo de chocolate. No avião eles só serviram suco e um *pretzel*. Eu achava que serviriam pelo menos um sanduíche... — queixou-se Mavis.

Toots soube, então, que, se queria ajudar Mavis, teria de começar naquele momento.

— Mavis, querida, não sei como lhe dizer isto, mas você me conhece, nunca fui de meias palavras. A última coisa que você precisa agora é de um *milk-shake*. Você nunca esteve tão gorda em toda a sua vida e eu estou preocupada.

Pronto. Ela dissera.

Mavis respirou fundo e assentiu com um movimento de cabeça.

— Eu sei. Um dos motivos pelos quais hesitei em vir foi porque fiquei com medo de não caber na poltrona do avião. Mesmo na primeira classe, eles tiveram de adaptar uma extensão no cinto de segurança. Quase morri de vergonha! Mas não consigo mudar meus hábitos alimentares... Comecei com um sorvete por dia, depois acrescentei mais um ou dois *donuts*, agora são mais dois ou três sacos de salgadinhos todo dia. — Mavis olhou para si mesma. — E veja só o resultado...

Os olhos de Toots se encheram de lágrimas diante do dilema da amiga, se é que se podia chamar de dilema um sobrepeso de 50 quilos. Era mais o caso de risco de um infarto fulminante.

— Se você quiser emagrecer, pode contar comigo para ajudá-la. — Toots achou melhor não contar a Mavis que já tinha um plano em mente. Ela precisaria da ajuda de Sophie e Ida para manter Mavis longe da geladeira e firme na esteira.

— Eu aceito sua ajuda — disse Mavis. — Sabe, às vezes eu penso em você, em Abby, nas meninas, então passo uns dias comendo só salada. Mas aos pouquinhos acabo voltando à rotina normal. E também tem Cacau... Eu não tenho dinheiro para comprar ração de boa qualidade, então ela come o que eu como. E ela adora pão, sabe? Eu sempre divido com ela. Ainda bem que ela, pelo menos, não engorda, está sempre magrinha.

— Mavis, eu deveria lhe dar umas palmadas, sabia? Por que não me disse que estava nessa situação? Eu tenho dinheiro aos montes, não vou ter tempo para gastar tudo nesta vida...

— Ah, claro que vai, Toots! E você já me ajuda bastante. Graças a você eu posso comprar um pinheiro natural todos os anos no Natal, com o dinheiro que você transfere para a minha conta, de presente. Para não falar do *notebook* que você me deu, e da ajuda para pagar a minha hipoteca.

Era verdade, mas Toots sempre gostara de ajudar. Não fazia alarde nenhum sobre isso, simplesmente ajudava quando sabia que a amiga estava precisando. Mas se soubesse em que ponto as coisas estavam, teria ajudado muito mais.

Mas isso estava prestes a mudar. Ela ligaria para Henry Whitmore, seu velho amigo e presidente do Banco de Charleston, e abriria uma conta para Mavis. E se Mavis protestasse, seria perda de tempo; ela acabaria aceitando, mais cedo ou mais tarde.

As coisas vão mudar, Mavis Hanover, quer você queira, quer não.

As duas mulheres entraram num bar e se sentaram a uma mesa encaixada num nicho, com um banco de cada lado. A caixa de Cacau ficou ao lado de Toots, uma vez que Mavis sozinha ocupava quase o banco inteiro.

Uma garçonete usando blusa *pink* e bermuda preta, com um crachá onde se lia *Tammy*, se aproximou para anotar o pedido.

— Duas águas com gás, com gelo e limão — pediu Toots.

— Nada para comer? — perguntou a garçonete, com um acentuado sotaque sulista.

Toots se perguntou se aquela garota teria idade suficiente para ingerir bebida alcoólica, quanto mais para servir. Uma dezena de pulseiras tilintou no braço dela, batendo umas contra as outras, enquanto ela anotava o pedido. A garota tinha pelo menos cinco brincos em cada orelha, além de alguns *piercings*.

Toots olhou para Mavis, que estava quase salivando de fome.

— Sim, pode trazer duas saladas, sem molho, com limão à parte.

— Isso significa que já comecei minha dieta?

— Sim, mas não será tão sacrificante quanto parece. Eu sou vegetariana e raramente fico com fome. — Toots não iria mencionar seu vício em açúcar.

— Tudo bem. — Mavis deu de ombros.

Elas passaram a meia hora seguinte atualizando as novidades e relembrando os velhos tempos.

— Lembra-se de quando os peitos falsos de Ida saíram pelo decote do vestido de baile de primavera? — Mavis riu. — Eu achei que nunca mais ela iria aparecer na frente de ninguém depois daquilo. Ela ficou se escondendo por um tempão.

Toots riu também.

— Eu teria feito a mesma coisa. Ainda mais ela sendo a rainha do baile... Ter um par de meias enroladas pulando para fora do sutiã, bem na hora da coroação, não é a lembrança mais agradável que alguém pode ter da adolescência! Mas que foi engraçado, foi... Sophie morreu de rir!

— É impressionante como, depois de todos esses anos, nós continuamos amigas... Não consigo imaginar minha vida sem você e as meninas. E sem Abby, é claro. Se não fosse por Abby, não sei se continuaríamos tão ligadas, não é? Já que nenhuma de nós teve filhos, só você...

— Cada uma seguiu seu caminho, é verdade. O e-mail não é uma coisa fantástica? Imagine quanto não seria a nossa conta de telefone se não existisse e-mail! É tão mais fácil, mais rápido...

— Eu recebo e-mails de algumas ex-alunas minhas. Aliás, uma delas é candidata a senadora. Tomara que seja eleita.

— Por você, eu também espero. E que ela reconheça que professora de inglês fantástica teve.

Mavis riu.

— Isso eu não sei, mas ficaria feliz e orgulhosa de ver uma menina de cuja educação eu participei chegar ao senado. Aliás, o atual governo não me agrada muito, sabe? Vivo com medo de que aumentem a mensalidade do meu seguro-saúde. Se isso acontecer, estarei perdida!

Toots estendeu o braço sobre a mesa e pousou a mão sobre a da amiga.

— Você nunca terá de se preocupar com nada disso, entendeu?

Com as pulseiras tilintando, Tammy se aproximou e entregou a conta a Toots, que tirou da carteira uma nota de 20 dólares e a colocou dentro da capinha de couro. Ela sorriu para a garçonete antes de consultar o relógio de prata em seu pulso.

— O voo de Sophie deve estar chegando. Acho que vou dar uma olhada no painel, só para confirmar. Não quero que ela desembarque e não encontre ninguém esperando. Você não quer pedir um café, ou um chá, e esperar aqui? Não há necessidade de ficar carregando Cacau e essa caixa para lá e para cá.

Toots achava que aquela era uma maneira gentil de dizer que a amiga estava pesada demais para ficar andando pelo aeroporto sem reclamar.

— Acho boa ideia, se bem que preferiria um *milk-shake*...

— Nem se atreva! Bem, fique aí sentadinha, apreciando o movimento. Eu não me demoro.

— Já que você insiste — respondeu Mavis com um sorriso.

— Não se preocupe, prometo que não vou fugir.

— Ótimo. — Toots tirou outra nota de 20 da carteira e colocou-a sobre a mesa. — Para o café.

Na verdade, Toots queria prevenir Sophie para que a amiga não ficasse chocada com o corpanzil de Mavis, como ela ficara.

Enquanto se apressava para receber Sophie, Toots não se lembrava da última vez em que se sentira tão feliz. Estava reencontrando as amigas, que precisavam dela... Mavis, pelo menos, precisava.

Naquele exato momento, sua vida estava perfeita, não poderia ser melhor. Até ela ver Sophie saindo da área de desembarque.

— Tootsie! — exclamou Sophie, usando o apelido que somente ela usava.

Novamente, Toots estampou um largo sorriso no rosto.

— Sophie Manchester, que coisa boa rever você! — Ela abraçou os ombros magros da amiga, que não devia estar pesando mais de 45 quilos, se tanto.

Mavis estava obesa, e Sophie era pele e osso.

— Você está ótima! — exclamou Sophie. — Como sempre, claro! Não é novidade. E onde está Mavis? Você disse que ela chegaria antes...

Por um momento, Toots ficou sem palavras. Como contar a uma amiga que a outra estava pesando uma tonelada e meia, se a amiga em questão mais parecia um esqueleto ambulante?

— Ela está esperando no bar — foi a melhor resposta que lhe ocorreu.

— Mal posso esperar para vê-la! Faz tanto tempo... Graças a Deus, existe a internet, senão... Com Walter à beira da morte, a internet é minha única ligação com o mundo. Não é inacreditável que aquele fóssil ainda não tenha esticado as canelas? Todas as manhãs eu acordo torcendo para que ele não tenha acordado e que não acorde nunca mais...

A vontade de Toots era de dizer a Sophie que não falasse daquela maneira, que aquilo tudo era horrível de se dizer. Por outro lado, ela sabia o que a amiga passara ao lado do marido. Ela própria reconhecia que o velho fóssil já deveria ter morrido havia muito tempo, mas não expressaria essa opinião em voz alta, pelo menos não naquele momento.

— Talvez ele faleça enquanto você estiver aqui, quem sabe? — sugeriu ela.

— *Faleça?* — Sophie riu. — Eu quero mais é que aquela peste morra. M-O-R-R-A — ela soletrou. — "Falecer" é brando demais para aquilo lá.

— Como Walter reagiu quando você disse que iria viajar?

Toots cumprira a promessa e providenciara um enfermeiro para ficar com o marido de Sophie 24 horas por dia, sete dias por semana, durante o período que ela ficasse fora.

— Você quer mesmo saber? Eu nem contei a ele. Walter que leve o maior susto de sua vida quando descobrir. Quem sabe, se ele pensar que fugi, morra de uma vez! Sei lá, que tenha um ataque cardíaco ou coisa parecida.

Toots não pôde deixar de rir. Na verdade, Walter *era* um homem detestável.

— Por falar em ataque cardíaco, Mavis engordou muito, demais mesmo. Ela está imensa, por isso não se assuste quando a vir. Aja com naturalidade. Eu já falei que ela vai ter de fazer dieta enquanto estiver aqui. Ela concordou, mas algo me diz que não vai ser fácil. Pretendo também levá-la para fazer um *check-up*, contratar um *personal trainer*, por isso, não faça nenhum comentário sobre o peso dela, a menos que ela toque no assunto. Ela tem uma cachorrinha muito fofa, então concentre-se na cachorrinha.

Ocorreu vagamente a Toots que poderia fazer Sophie comer tudo o que ela não deixaria Mavis comer. Matar dois coelhos com uma cajadada. Ela precisava ajudar Sophie a engordar um pouquinho. Sophie sempre fora a mais bonita das quatro, com cabelos pretos lisos, olhos castanhos amendoados e um corpo esguio, mas agora estava magra demais.

Toots ajudou Sophie a tirar as quatro malas do carrinho de bagagem, cada uma puxando duas malas. Ainda bem que ela viera com o utilitário, em vez do carro pequeno.

— Mavis está ali. — Toots apontou na direção do bar. — Lembre-se, não faça nenhum comentário sobre a gordura dela.

Toots foi abrindo caminho por entre o mar de passageiros, até chegar à mesa onde Mavis e Cacau esperavam.

Sophie disfarçou a surpresa ao deparar com a figura de Mavis, porém esta não se preocupou em ser sutil:

— Menina, você está um palito! Está treinando para ser faquir?

As duas mulheres se abraçaram e trocaram beijinhos no rosto antes de Sophie responder:

— Não consigo me alimentar direito. Fico tão ocupada tomando conta daquele bode velho que não tenho tempo nem para comer. — Sophie olhou Mavis de alto a baixo. — Já de você não se pode dizer o mesmo, não é?

— Sophie! — repreendeu Toots.

— Tudo bem, Toots — Mavis a tranquilizou. — Eu sei que estou gorda e preciso perder peso. Talvez Sophie possa me dar algumas dicas de como fazer isso.

— Nunca pensei que nossos papéis fossem se inverter... Lembra-se daquela minha fase gorda, no primeiro ano? Eu engordei 15 quilos, sem mais nem menos, e foi difícil perder. Achei que nunca iria conseguir. Mas, na nossa idade, é mais difícil ainda — disse Sophie, puxando uma cadeira para se sentar à cabeceira da mesa.

— Não me desanime, Sophie. Eu já prometi a Toots que vou fazer regime. Não sei até quando vou aguentar, mas vou tentar. — Mavis olhou de esguelha para a mesa ao lado delas, quando a garçonete colocou ali um prato de batata frita com pedacinhos de bacon e queijo derretido por cima. — Se não funcionar, continuo gorda até morrer. Pelo menos morrerei feliz!

— Ah, mas não vai mesmo! — retrucou Sophie. — Vai me dizer que não se lembra daquelas nossas corridas no parque? Se bem me lembro, Mavis, *você* era a magricela que ficava me encorajando a correr e tentando me convencer de que Billy Bladsoe não valia todos aqueles assaltos noturnos à geladeira.

— Eu me lembro, sim. Eu era magrinha, mesmo. Bem, não sei se vou conseguir ficar tão magrinha como era, mas seria bom me livrar de um pouco de peso. É tão desconfortável que às vezes tenho vontade de cortar tudo o que está sobrando com uma faca.

— Emagreça primeiro, depois vou lhe informar sobre operação plástica, se você quiser, é claro — ofereceu Toots.

Mavis balançou a cabeça.

— Não sei se chegaria a esse ponto, mas é algo a se pensar. Quero que me prometam uma coisa, vocês duas. — Mavis olhou para Toots e depois para Sophie.

— Diga — respondeu Sophie.

— O que você quiser — acrescentou Sophie.

— Não ponham na minha frente batata frita, sorvete, bolos e tortas doces. Não garanto que vou conseguir resistir se vir um *cheesecake* de cereja. São essas quatro tentações que me tiram da linha.

— Vou me certificar de que não haja nada disso na geladeira — prometeu Toots, e em seguida olhou para o relógio outra vez. — Acho que vou ver se o voo de Ida chegou. Ela vai ficar indignada se eu não estiver lá para recebê-la e estender o tapete vermelho.

Toots remexeu dentro da bolsa, colocou outra nota de 20 sobre a mesa e entregou o tíquete do estacionamento a Sophie.

— Meu carro está com o serviço de manobrista. Vocês não querem esperar por mim lá, enquanto eu aguardo Ida? Talvez seja melhor encontrá-la a sós primeiro.

— Eu não acredito que ela ainda esteja ressentida com você depois de todos esses anos, porque você roubou aquele namorado dela. Até hoje vocês duas discutem por causa disso toda vez que se encontram.

— Ida conta com isso. Não posso desapontá-la — respondeu Toots.
— É verdade — concordou Mavis.
— Au, au!
— Parece que Cacau também concorda. — Toots sorriu. — Bem, é só seguir as indicações para o estacionamento. Encontro vocês no carro. É um Range Rover preto, caso o manobrista pergunte.

Toots deixou as amigas no bar, sabendo que Mavis contaria a Sophie que ela tinha uma surpresa para elas, e que as duas passariam um bom tempo tentando descobrir que surpresa era essa.

Dez minutos depois, quando viu Ida passar pelo portão de desembarque, Toots quase desmaiou. Mavis e Sophie tinham problemas de peso, uma demais, outra de menos. Ida, por sua vez... Por todos os santos, *qual era* o problema dela?

Toots observou a amiga enquanto ela abria caminho entre os passageiros, tomando o cuidado de evitar ao máximo qualquer contato humano. Ida não era gorda nem magra. Estava com um corpo ótimo, para a idade. Os cabelos grisalhos estavam cortados num estilo moderno e, em vez de envelhecer sua aparência, lhe concediam um charme especial. Logo se via que era uma senhora fina, de classe. Toots se considerava uma mulher bonita e atraente para a idade, mas, toda vez que via Ida, não conseguia deixar de refletir como a amiga era fisicamente perfeita, com traços perfeitos, corpo perfeito, estatura perfeita.

Mas aquele não era o momento para ficar fazendo comparações com sua ex-rival. Havia assuntos mais importantes em que pensar. Como, por exemplo, por que Ida estava usando luvas de látex e máscara cirúrgica.

Com a voz abafada pela máscara, Ida perguntou:
— Teresa, é você?
— Claro que sou eu! Quem você achou que era? King Kong? Eu não mudei tanto assim, não é?

Que droga, pensou Toots. *É só estar perto de Ida para todas as inseguranças voltarem!*

— Não sei... Deixe-me olhar bem para você.

Toots abraçou Ida e deu um passo para trás, para que ela a examinasse. Ida recuou, quase caindo para trás.

— Não encoste em mim!

— O quê? — perguntou Toots, convencida de que não ouvira direito.

— Vamos sair daqui. Você comprou todos os produtos da lista que passei para Mavis? Não diga que ela não lhe contou sobre o meu problema, porque ela me ligou logo depois de falar com você, ontem à noite.

É, além do TOC e da mania de limpeza, Ida ainda sabia ser insuportável, quando queria. Toots iria curá-la daquilo também, rapidinho.

Ela segurou Ida pela mão.

— Venha comigo, e não se atreva a dizer para eu não encostar em você!

CAPÍTULO VI

— Bernice! — Toots exclamou. — Você se superou de novo! Estava tudo uma delícia.

Toots era vegetariana, Mavis entraria em um sério regime, Sophie precisava engordar e Ida tinha medo de que qualquer coisa que pusesse na boca pudesse conter germes... Toots havia telefonado para Bernice ainda do aeroporto para explicar sobre as estranhas peculiaridades alimentares das amigas. Em poucos minutos, as duas haviam elaborado um cardápio que agradaria e seria conveniente para todas: salmão cozido e salada de agrião para Mavis, bife e purê de batata para Sophie, e legumes cozidos para a anfitriã e para Ida.

Desempenhando o papel de criada multitarefa — copeira, cozinheira e faxineira —, Bernice assentiu com a cabeça e começou a tirar os pratos da mesa. Com um sorriso ensaiado, perguntou:

— As senhoras gostariam de comer a sobremesa e tomar café agora?

— Claro — respondeu Toots. — Sirva-nos na varanda, sim?

Toots viu Bernice revirar os olhos. Se a mulher queria fazer o papel de serviçal solícita, ela é que não seria desmancha-prazeres.

— Café bem quente, Bernice, por favor. Eu quero o meu com leite, como sempre, mais café do que leite. Imagino que Mavis prefira o dela puro e que dispense a sobremesa. Ida? Sophie?

Mavis foi a primeira a se manifestar:

— Eu não quero café, obrigada, mas gostaria de provar um pouquinho da sobremesa.

— Bernice, traga algumas frutas cortadas.

— Sim, sra. Toots — respondeu Bernice, muito séria e com os olhos baixos.

— Sophie? Ida? Sobremesa e café? — Toots perguntou às amigas, sentadas à sua frente.

— Sim, eu quero sobremesa! Desde que cheguei, não ouço outra coisa a não ser que estou muito magra — respondeu Sophie, com um sorriso.

Felizmente o distúrbio alimentar de Sophie não era autoinfligido, pensou Toots, aliviada. Anorexia, nada disso, graças a Deus. Ela andava mesmo ocupada demais tomando conta de Walter, o que a impedia de cuidar de si mesma. Mas isso estava prestes a mudar.

— Ida? — perguntou ela.

— Não quero nada, obrigada.

No instante em que pisara na casa, Ida pedira para ir para seu quarto e escaneara cada canto com a luz mata-germes que Toots havia comprado. Ao que tudo indicava, as acomodações estavam a contento, já que ela não havia reclamado de nada, pelo menos até aquele momento. A própria Toots lavara o banheiro da suíte de Ida, esfregando tudo com água sanitária e depois com desinfetante — até ela sabia que não podia misturar os dois se quisesse estar viva quando as amigas chegassem — e, aparentemente, fora do agrado de Ida também. Ida precisava fazer terapia, intensiva e com urgência. Toots fez uma anotação mental para lembrar-se de pedir uma indicação a Joe Pauley.

Enquanto as amigas se familiarizavam com os respectivos quartos, assim que chegaram, Toots aproveitara para ligar para o médico e pedira a ele que fosse até lá mais tarde. Também falara com Henry Whitmore, que prometera mandar por fax a papelada para preencher, para que ela abrisse uma conta para Mavis. Com essas duas providências tomadas, só faltava saber de Chris se ele havia adquirido a propriedade da revista. Ela rezava para que sim. Abby jamais ficaria sabendo quem comprara a *Informer*, porque ela dissera a Chris que queria permanecer "anônima". Os grandes homens de negócios faziam isso o tempo todo, refletiu ela. Abby nunca ficaria sabendo quem era sua nova "chefe". Toots tinha grandes planos para o futuro da filha como repórter de tabloides.

Dez minutos depois, as quatro amigas passeavam pela longa extensão da ampla varanda que rodeava todo o perímetro da casa, uma característica das construções mais antigas de Charleston. Quando Toots comprara a propriedade, anos antes, havia preferido não contratar uma decoradora, como a maioria de suas amigas fazia. Ela simplesmente fora comprando as peças de que gostava, ao longo dos anos, inclusive em suas viagens, e com isso criara um ambiente aconchegante, dentro e fora da casa. Havia móveis de vime na varanda, com estofados estampados e coloridos, potes de cerâmica com plantas, samambaias e outras folhagens, e uma iluminação bem distribuída que proporcionava uma atmosfera acolhedora. Toots adorava os perfumes que se espalhavam no ar àquela hora do dia, quando já começava a anoitecer. Sempre considerara que o período da noite, antes de dormir, devia ser dedicado a refletir sobre os acontecimentos do dia, tanto os bons quanto os maus. Mas naquele dia ela teria de dar atenção às suas hóspedes e se preparar para o que o dia seguinte lhes reservava.

Bernice serviu a sobremesa e o café com a mesma pompa com que servira a refeição. O carrinho de chá era uma visão tentadora, com uma musse de chocolate decorada com creme chantili, um belo arranjo de frutas variadas cortadas, prontas para comer, e um bule fumegante de café rodeado por delicadas xícaras de porcelana.

— Quanto tempo faz que não nos encontramos assim, as quatro? — perguntou Mavis, saboreando uma suculenta fatia de abacaxi.

— Seis anos, quando Abby se formou na faculdade. Logo em seguida ela decidiu que ia morar na Califórnia, e vocês vieram em meu socorro, lembram-se? Foi o pior dia da minha vida! Não sei o que teria sido de mim sem vocês...

Toots relembrou a sensação de tristeza e de vazio que a acompanhara durante um longo tempo depois que Abby saíra de casa. Fora nessa época que o malfadado Leland havia aparecido em sua vida, tentando seduzi-la com seu charme. E ela, tonta que era, se deixara levar! Depois, quando quisera terminar tudo, ele ficara desesperado, e ela sentira pena e concordara em se casar. Que droga... Onde estava com a cabeça?

— Toots! — chamou Sophie. — Volte à Terra, Toots!

— Aposto que ela está planejando o próximo casamento — brincou Ida, pela primeira vez se comportando como a boa e velha Ida que elas conheciam e amavam, e não a maníaca germófoba que repelia abraços e beijos.

— Ora, pare com isso! Eu estava pensando em Abby — retrucou Toots, explicando seu breve distanciamento mental.

— Você deveria tê-la chamado para vir também. Não sei quanto a vocês, mas eu não vejo nossa afilhada há séculos — afirmou Mavis.

— Eu disse a ela que viesse, mas ela não pode tirar férias no momento. Na verdade, é sobre isso que eu queria falar com vocês. O chefe de Abby tem um problema de vício em jogos. Não sei bem os detalhes, mas, pelo que entendi, ele está decidido a vender a revista para pagar as dívidas de jogo. Abby disse que é quase certo que, com essa venda, todos os atuais funcionários percam o emprego.

— Isso não é justo — protestou Sophie, bebericando seu café. — Ela não pode processá-lo? Por discriminação ou coisa assim?

Toots balançou a cabeça.

— Eu não perguntei. — Ela respirou fundo. — É sobre isso que queria conversar com vocês. Sei que cada uma de nós tem seus próprios problemas, mas acho que nada é tão importante que não possa ser deixado de lado por algumas semanas, ou... meses.

Toots se calou, deixando que suas palavras ecoassem na mente das amigas, esperando que produzissem o efeito desejado. Ela queria trazer excitamento à própria vida e à vida das amigas, queria quebrar a rotina. E, se ela se tornasse dona de um tabloide, as quatro teriam oportunidade de sair, e muito, da rotina. *Se* elas concordassem com seu ponto de vista. *Se* elas aceitassem um novo desafio de vida. *Se* elas concordassem em se mudar temporariamente para a Califórnia. Havia muitos *ses*...

— Eu a conheço bem, Teresa — disse Ida. — Você tem algum plano em mente, alguma carta na manga. Sempre teve inclinação para ser sorrateira... Eu que o diga! — acrescentou ela, referindo-se ao passado.

— Ora, esqueça isso, Ida! — repreendeu Sophie. — Você só se interessou por Jerry quando achou que Toots estava interessada nele. Aceite os fatos, ele quis ficar com Toots, não com você. E, até onde eu sei, a sorte foi sua. Qual o problema se ele deixou todos aqueles milhões para Toots? Ela mereceu, depois de aguentar por tanto tempo aquele muquirana, que nem era essas coisas na cama. Se quer saber a minha opinião, e eu sei que você não quer, mas vou falar assim mesmo, Toots lhe fez um favor enorme roubando aquele sujeito de você. Por isso, vamos superar o passado e trate de superar também essa sua paranoia com germes, micróbios e sujeira. É insuportável. Sabia que existem remédios para pessoas como você?

Toots mordeu o lábio para não rir. Sophie nunca tivera papas na língua!

— Ah, você acha isso, é?

— Acho não, eu tenho certeza! Essa briga de vocês duas dura há anos. Pelo amor de Deus, gente, chega! Não aguento mais. Não é como se você tivesse ficado sozinha a vida inteira, ora! Você se casou, e nem foi uma vez só. Quantas vezes foram, mesmo? — ela perguntou, olhando para Mavis.

— Sei lá, não me lembro. Juntando os casamentos dessas duas, eu já perdi a conta. Acho que elas competem para ver quem consegue ter mais maridos...

— Três, se você quer saber — respondeu Ida, num tom ríspido.

— Que três, que nada... Cinco, no mínimo! — revidou Toots. — Pensa que me esqueci daqueles dois idiotas da Geórgia? Os que você dizia que eram parentes de Jimmy Carter? Eles eram primos, se não me engano...

Toots adorava provocar a amiga, pois sabia que ela ficava furiosa com esse assunto.

— Pois, para seu governo, saiba que esses dois casamentos foram anulados. E eles não eram primos. Eram... primos *distantes*, e nem mesmo se conheciam. Se conheceram por *meu* intermédio — acrescentou Ida, com a arrogância que lhe era peculiar.

— Eu me pergunto se eles "trocaram figurinhas" entre si, depois... se é que você me entende...

Ida se levantou.

— Eu não sei por que ainda dou atenção a vocês três. Vocês só sabem fazer piadinhas sem graça e falar de sexo.

— Sente-se, Ida. Estamos brincando, você sabe disso. Pare de agir como uma puritana virgem. Somos suas amigas, se esqueceu?

Ida voltou a se sentar na beirada da poltrona de vime, toda empertigada.

— Eu sei que somos amigas, mas a verdade é que depois que você tirou Jerry de mim, a minha vida nunca mais foi a mesma. Desde então estou procurando um homem que seja um substituto à altura. Ele partiu meu coração, e você também! — Ida acrescentou, enquanto duas lágrimas escorriam por suas faces.

Toots concluiu que Ida seguira a carreira errada. Ela deveria ter sido atriz. De teatro. Aquela encenação se repetia toda vez que elas se encontravam, sempre com a mesma dramaticidade. Estava na hora de mudar de roteiro, parar com aquela choramingação. Toots queria oferecer a ela... a todas elas... a oportunidade de sua vida.

Toots entregou a Ida um guardanapo de papel enquanto Sophie acendia um cigarro e Mavis comia o último pedaço de fruta que restara no prato.

— Tenho uma proposta para fazer a vocês. — Quando Toots viu que as três estavam atentas, continuou: — É sobre Abby.

Dessa vez as três ficaram realmente interessadas. Suas amigas podiam ter muitos defeitos, mas, como madrinhas, não poderiam ser melhores!

— Ela está doente? — quis saber Ida.

— Ela vai se casar! — exclamou Sophie, empolgada.

— Ela é lésbica? — perguntou Mavis, num sopro de voz.

— Não, não e não, para as três. Credo, Mavis! Como pode sequer sugerir uma coisa dessas?

— Sei lá... Abby já não é nenhuma mocinha. Que eu saiba, ela nunca teve um namorado firme. Nunca a vi entusiasmada com algum rapaz. Qual é o problema? Não tem nada demais, ora. Hoje em dia esse tipo de coisa é comum, não é como na nossa época. Lembra-se de Sheila Finkelstein? Ela é lésbica. Eu a vi com a namorada um tempo atrás, num teatro em Nova York, quando levei minha classe até lá para o trabalho de fim de ano. Eu sempre desconfiei, quando estávamos no colegial. Tinha alguma coisa nela que era esquisita, sei lá, o jeito como ela olhava para a gente no vestiário, nas aulas de educação física. Eu nunca me senti à vontade perto dela.

— Eu me lembro de Sheila — disse Toots —, mas nunca me preocupei com as preferências sexuais dela.

As quatro mulheres riram gostosamente, como nos velhos tempos. Sim, todas elas tinham suas idiossincrasias, mas tinham os laços de uma amizade de cinquenta anos a uni-las.

E teriam de se passar outros cinquenta para anos para que esses laços se desfizessem.

CAPÍTULO VII

— Califórnia?! E o que eu vou fazer com Walter? — Sophie quase gritou. — Ele está para morrer a qualquer instante! Pelo menos, é o que eu acho... talvez porque eu *queira*... Califórnia!

— Sim, Califórnia. Calma, Sophie. Walter pode morrer com o enfermeiro tomando conta dele, ou com você, não faz diferença. Se isso acontecer, você pode ir para o enterro, se quiser. E se não quiser, não precisa ir. Simplesmente resgate o dinheiro do seguro e pronto. Capítulo encerrado.

— Sim, mas eu pensei que esta seria uma viagem rápida, umas miniférias, porque precisava de um descanso... — Sophie acendeu um cigarro. — E se ele morrer enquanto eu estiver na Califórnia?

— Você será uma mulher rica. É pegar ou largar.

Toots olhou para o grupo reunido em volta da mesa de jantar. Depois da sobremesa e do café, elas haviam entrado na casa e Toots pegara a garrafa de uísque que abrira cedo. Havia quatro copos sujos em cima da mesa e Sophie usava o seu como cinzeiro. Ida estava sentada na beirada da cadeira, como se estivesse pronta para se levantar a qualquer instante, enquanto Mavis não tirava os olhos das maçãs que estavam na fruteira no centro da mesa.

— Desculpe — murmurou Toots. — É que o nome de Walter evoca lembranças ruins e desperta o que há de pior em mim.

As outras três assentiram. Elas entendiam perfeitamente.

— Bem, o meu plano é o seguinte: acho que teremos de ficar pelo menos seis semanas na Califórnia se quisermos alcançar nosso objetivo, que é fazer da *Informer* uma fonte confiável. As outras revistas de fofocas dominam o mercado há anos. Está na hora de terem uma concorrente à altura.

Toots tomou um gole de uísque e estremeceu com um arrepio quando o líquido chegou ao estômago.

— Me parece ótimo, mas o que, exatamente, você pretende fazer? Notícia é notícia, não importa se é em Hollywood ou uma notícia de âmbito nacional. Você não faz as coisas acontecerem, elas acontecem, e pode levar anos para você ter boas fontes de informações. Você precisa de alguém infiltrado, precisa de alcaguetes confiáveis, e precisa, principalmente, que alguma intriga aconteça. *Babado*, entende? Babado forte.

— Lembre-se de que estamos falando de Hollywood. Uma notícia que pode ser insignificante para o resto do mundo pode ser importante lá. Por exemplo, lembra-se de quando Helen Hart desapareceu? Os tabloides reportaram que ela tinha viajado para a Europa para fazer uma cirurgia plástica, quando na realidade ela estava numa clínica de reabilitação lá mesmo, no coração de Malibu. Isso pode não interessar ao resto do mundo, mas é muito importante para quem está ligado ao mundo do cinema. Quem vai querer contratar uma velhota bêbada para protagonizar um filme de sucesso? Ninguém. Então, respondendo à sua pergunta, o tipo de notícia com que vamos trabalhar não é importante no sentido de que vai afetar o mundo, mas vai afetar a carreira de Helen Hart e de outras como ela. Os bambambãs da indústria cinematográfica leem essas revistas, por mais que não confessem. Abby me contou que eles leem. E ela sabe das coisas.

— Eu não entendo — interveio Ida. — Como você vai conseguir algo que o ex-dono da revista não conseguiu?

— É aí que entra Abby. Ela tem contatos. Ela comentou comigo, em mais de uma ocasião, que ficou sabendo de furos antes dos outros repórteres, mas o tal do Rag não acreditava nela. Então, no dia seguinte, lá estava a notícia, em destaque no *The Enquirer* ou no *The Globe*. Abby diz que isso acontece sempre, a ponto de ela desconfiar que o chefe está envolvido de alguma forma. Não faço a menor ideia do que ela quer dizer com isso, mas enfim... As matérias que Abby escreve são muito interessantes. Diz ela que não são manchete de primeira página, mas eu discordo. Adoro ler tudo o que ela escreve.

— Eu também — disse Sophie.

— Tenho muito orgulho da minha afilhada, independentemente do que ela escreva ou do trabalho que faça — acrescentou Mavis. — Ela é muito inteligente e talentosa, e acho que escreve muito bem. Na verdade, deveria ser escritora. Escreveria um romance com uma mão nas costas, e seria um *best-seller*. Bem diferente daquelas histórias escabrosas de Jackie Collins. Nunca gostei dos livros dela.

— Então por que lê? — questionou Ida.

— Porque, supostamente, os personagens dela são vagamente baseados em pessoas da vida real, e eu sempre tento descobrir quem são essas pessoas. Não que tenha como descobrir, porque, afinal, não se trata de ninguém que eu conheça, mas é interessante, de qualquer forma. E também não acredito naquelas cenas de sexo tórridas. Qual é a mulher que consegue fazer sexo cinco vezes em uma única noite, com cinco homens diferentes?

— Prostitutas — respondeu Toots.

— Vagabundas — acrescentou Sophie. — Ou, pelo menos, aquelas que querem conseguir alguma coisa, como uma chance de emprego ou promoção. Isso acontece o tempo todo.

— Como é que você sabe? — inquiriu Ida, impaciente.

— Não é que eu *saiba*, de fato, mas esse tipo de coisa acontece desde que o mundo é mundo. As pessoas usam o sexo como forma de barganha. — Sophie olhou para Ida e em seguida para Toots. — É ou não é?

— Se você está insinuando que eu fiz algo parecido na minha vida, está enganada. Cinco vezes em uma noite?! Nem com cinco homens diferentes nem com um só! Duas vezes é o meu recorde, e olhe lá...

— Por que será que a conversa sempre acaba se voltando para o assunto de sexo? — perguntou Ida, irritada.

— Porque é uma coisa que nenhuma de nós tem, atualmente — respondeu Sophie, com um sorriso de orelha a orelha. — Pelo menos, não que se saiba.

Ela olhou para as outras três mulheres sentadas à mesa, imaginando se alguma delas iria contestar sua afirmação.

Silêncio.

— Isso que você acabou de dizer é muito significativo, não acha? — desafiou Toots. — Afinal, não somos *tão* idosas assim. Vamos para Los Angeles! Está na hora de tomarmos uma iniciativa drástica. O que me dizem, meninas? Todas estão de acordo?

Toots olhou para as amigas sentadas ao redor da mesa, esperando uma resposta, com as mãos cruzadas no colo.

— Se eu puder levar Cacau, estou dentro. Posso pedir a Phyllis, minha vizinha, que vigie minha casa. Não, melhor ainda, vou dizer a ela que a use como casa de hóspedes quando os netos forem para lá, nas férias. Ela vive se queixando de que a casa dela não tem espaço para todo mundo, que ela fica tropeçando nas malas e nos tênis da garotada, espalhados pela casa... Será perfeito! — Mavis bateu palmas, abrindo um sorriso largo.

— E você, Ida? — quis saber Toots.

— Não sei... — Eu tenho este problema... — Ida olhou para as próprias mãos enluvadas com látex. — Sei que vocês acham bobagem, mas não consigo... Eu não seria uma boa companhia nem contribuiria com nada de bom para a revista, então acho melhor voltar para minha casa quando vocês forem.

— Isso é um "não"? — interveio Sophie. — Você não vai nem tentar? Quer passar o resto da vida usando luvas de borracha, lutando para respirar atrás de uma máscara e cheirando a desinfetante?

Toots sorriu. Ninguém como a boa e velha Sophie para dizer sem rodeios o que pensava. Era disso que Ida precisava, de um bom chacoalhão, e não havia ninguém mais jeitoso para fazer isso do que Sophie.

Ida virou-se para Toots, com os olhos marejados.

— O que eu faço, Teresa? Não queria ser assim. Já tentei combater isso, mas não consigo. E, antes que você pergunte, sim, eu já consultei três terapeutas. — Ela espalmou as mãos enluvadas, num gesto desamparado.

Toots e Mavis haviam convencido Ida a tirar a máscara quando Sophie ameaçara arrancar-lhe as joelheiras. Toots deduzira que fosse um meio de iniciar a reabilitação de Ida. Depois de algumas doses de uísque, Ida havia confessado que sua fobia de germes começara quando Thomas, seu último marido, morrera depois de comer carne contaminada com E.coli. A sugestão das três amigas fora unânime e uníssona:

— *Pare de comer carne.*

— Meninas, eu não posso decidir por vocês — disse Toots. — Ou vocês vão ou não vão. Não vou dizer que tanto faz porque não seria verdade. O que eu mais gostaria é de que as madrinhas de Abby, minhas melhores amigas e queridas comadres, estivessem comigo nessa aventura. E garanto que será uma aventura, mas se vocês não puderem ir, ou mesmo não quiserem, eu vou compreender.

Toots encarou as três, séria. Ela não se rebaixaria a ponto de implorar.

— Ora, quer saber de uma coisa? Eu vou! — declarou Sophie, resoluta. — Se Walter morrer, eu pego um avião, enterro a peste e resgato o meu dinheiro. Pode contar comigo.

Toots sorriu. Ela *sempre* podia contar com Sophie.

— Eu estou dentro! — repetiu Mavis, com uma risadinha, um evidente efeito do uísque.

De repente, Toots se lembrou de sua promessa de levar Mavis à Liz's Stout Shop para comprar um novo guarda-roupa. Talvez pudesse convencer Bernice a fazer isso.

— Bem, meninas, se vocês acham que conseguem conviver com o meu transtorno, acho que vou tentar — disse Ida, hesitante.

Toots refletiu que sua amiga parecia uma corça assustada com os faróis de um carro numa estrada escura. Ela bateu palmas, alegre.

— Então está combinado! Amanhã vamos resolver todas as pendências, planejar a viagem e pronto! Califórnia! Feito?

Toots estendeu a mão com a palma virada para cima. Aquele era o aperto de mãos secreto das quatro desde a época do colegial.

Mavis colocou a mão com a palma para baixo sobre a de Toots, Sophie colocou a sua sobre a delas, e por último Ida, com luva de látex e tudo, embora só tocasse de leve.

Elas contaram até três e ergueram os braços no ar.

— Feito! — gritaram em uníssono.

Toots e Sophie acenderam um cigarro cada uma. Mavis pegou uma maçã e Ida tomou mais um gole de uísque, selando o acordo.

Toots anunciou, com tom de voz solene, que elas se tornariam as "fontes" secretas. Tudo que ela precisava era de uma confirmação de Christopher de que a oferta que ela fizera para comprar a revista fora aceita. A partir de então, elas seriam, oficialmente, as fontes!

Ela mal podia esperar para contar a Abby que suas três madrinhas iam para a Califórnia para vê-la!

— Bem, agora que concordamos em morar temporariamente em Los Angeles, todas nós temos de arranjar um motivo plausível para estar lá. A primeira semana já está resolvida. Vou dizer a Abby que convenci vocês a irem comigo para fazer uma visita, já que ela não podia vir para cá. Na segunda semana acho que vou dizer que vamos tirar umas férias em um *spa*. Vou convidar Abby para ir também, embora saiba que ela vai dizer que não. Até aí eu já planejei. Se bem que não tenho cem por cento de certeza de que Abby vai acreditar. Aquela menina é esperta. Ela vai acabar percebendo que estamos tramando alguma coisa.

— Por que não contamos a verdade? — sugeriu Sophie.

— Seria o certo, mas não posso. Pelo menos, não por enquanto. Nem sei se aquele chefe dela aceitou minha oferta para comprar a revista. Acho que Chris já teria ligado se ele tivesse aceitado.

Toots tinha um pouco de medo de estar se precipitando, mas, caso seu plano de comprar a revista não se concretizasse, elas passariam alguns dias com Abby, mais alguns num belo *spa*, e seria uma ótima viagem que valeria a pena. E quando ela pensasse numa outra maneira de alavancar a carreira de Abby, convocaria outra reunião com as amigas.

O telefone tocou e as quatro cabeças se voltaram para Bernice, que atendeu ao segundo toque e logo passou o fone para Toots.

— É para a senhora.

— Alô? Sim, querido? Jura? Ora, claro que sim. Tudo isso? Bem, eu lhe disse, sim, para dobrar a oferta. Ótimo. E, Christopher, não se esqueça, Abby não pode saber de nada! Vejo você depois de amanhã.

Toots desligou e em seguida ergueu o punho no ar.

— Bernice, escute só! Eu agora sou oficialmente a proprietária *publisher* da *Informer*! Ou melhor, eu serei, assim que chegar à Califórnia, assinar a papelada e fizer a transferência bancária. O que você me diz disso? — perguntou ela, com um floreio dramático.

Resmungando alguma coisa sobre pessoas malucas que não sabiam o que estavam fazendo, Bernice recolocou o fone na base.

— Que Deus nos ajude... — murmurou.

— E eu depreendo que nós somos sua nova equipe de repórteres de segunda categoria, certo? — acrescentou Sophie.

— Ainda não, mas veja lá como fala — advertiu Toots. — Eu tenho uma forte intuição de que todas nós vamos deslanchar em uma nova e próspera carreira!

Ela não pôde deixar de imaginar Leland se revirando na sepultura, sete palmos abaixo da terra, se soubesse o preço que ela concordara em pagar por um tabloide. Dez milhões de dólares! O dobro do que valia. Mas Toots não era uma pessoa que desistia das coisas com facilidade. Faria daquela revista um negócio lucrativo, chovesse ou fizesse sol. A cautela a induziu a guardar para si as informações sobre os detalhes financeiros da negociação. Ela pagaria às amigas um belo salário para que ficassem à sua disposição para o que fosse preciso. O que quer que viesse depois disso ela tiraria de letra. Sempre fora boa para improvisar.

Quem iria imaginar que Toots, Teresa Amelia Loudenberry, seria a orgulhosa proprietária de uma revista séria? Pelo menos às vezes, séria... Ela já podia visualizar as manchetes: VIÚVA MILIONÁRIA REERGUE TABLOIDE!

— Eu posso me encarregar da parte de revisão gramatical e ortográfica — ofereceu-se Mavis. — Afinal, sou professora de inglês.

— É claro... Eu não tinha pensado nisso, mas imagino que deva haver alguém que cuida dessa parte numa revista, não? — ponderou Toots.

— E que tal uma checadora de fatos? — perguntou Sophie. — Eu poderia fazer isso... Toda vez que surgir uma notícia, eu vou até lá para confirmar se é verdade.

— Não diga asneiras, Sophie. Os tabloides não "confirmam" fatos. Eles simplesmente os escrevem, imprimem e publicam, não é, Teresa? — Ida voltou-se para Toots.

— Acho que não é tão simples assim, mas, em poucas palavras, eu diria que você captou a essência do negócio. Acredito que a verdade seja, digamos, embelezada, ou romanceada, para torná-la mais excitante e despertar o interesse do público. Pelo menos, foi isso que Abby disse quando perguntei de onde ela tirava todas aquelas histórias — explicou Toots.

— Gente, eu trabalhei para um fotógrafo quando morava em Nova York! — disse Ida, olhando para as outras. — Sem dúvida, você vai precisar de fotos para as reportagens.

— Ida, os tempos mudaram desde que você manejava aquela geringonça do século passado — lembrou Sophie. — Você sabe alguma coisa sobre fotografia digital? Photoshop? Montagem de fotos?

— Eu posso aprender, ora... Não sou burra, Sophie. — Ida fez uma careta.

— Não estou dizendo que você é burra. Mas se você quer tirar fotografias, precisa estar disposta a sujar as mãos. Não vai poder circular por Los Angeles usando luvas de látex e esperar que as celebridades de Hollywood posem para você. Vão achar que você não regula bem e que é quem deveria ser fotografada.

— Sophie tem razão — concordou Toots, olhando para as mãos emborrachadas de Ida.

— Vocês estão certas. Enquanto eu não me curar deste transtorno, não posso ficar andando para cima e para baixo numa cidade infectada sabe-se lá de quê, tirando fotos. Vou fazer algum trabalho interno. Isto é, se você concordar, Toots.

— Escutem, vamos esclarecer uma coisa, antes de mais nada. Nós estamos nisso juntas, o.k.? Vamos fazer o que for preciso, seja lá quem for, o que e onde, mas uma coisa precisa ficar bem clara desde já: aconteça o que acontecer, Abby não pode nem sonhar que nós quatro temos alguma coisa a ver com a revista. Vamos trabalhar nos bastidores, debaixo dos panos, entenderam? Não sei ainda como vamos fazer, não pensei nos detalhes, mas vou pensar. Prometo. Temos muita coisa em que pensar e planejar, entre hoje e amanhã. Mavis, você precisa de um novo guarda-roupa. Já falei com Liz, uma amiga minha que tem uma butique aqui em Charleston, para abrir a loja com exclusividade para você, hoje à noite, depois do expediente.

— Toots! Você não precisava fazer isso. Contanto que tenha uma máquina de lavar e uma secadora à mão, eu me viro. É sério, tudo que eu preciso é de água e sabão, e de um lugar para pôr minhas roupas para secar. Além disso, duvido que sua amiga tenha roupas que sirvam em mim.

— Pare de ser tão negativa! Máquinas de lavar e secadoras não são como telefones. Os hotéis não as têm à disposição para os hóspedes. E, para seu governo, a butique de Liz é exclusiva para gordinhas. Ela só tem tamanhos grandes, de 52 para cima. Lá tem de tudo, desde lingerie até acessórios. E, como você está começando um regime e vai emagrecer nas próximas semanas, pelo amor de Deus, não vá me comprar aquelas calçolas imensas que nossas avós usavam. Não importa o tamanho, que seja 56, 58, mas um modelo moderninho, sexy e colorido. Preto ou vermelho é o ideal. Você é uma mulher bonita, Mavis, e está mais do que na hora de reconhecer isso.

Toots sabia, por experiência própria, que quando a pessoa se olhava no espelho e gostava do que via, sentia-se melhor. No segundo em que se livrara de suas roupas de luto, ela própria se sentira renovada. Sabia que, a partir do momento em que Mavis se habituasse à ideia de cuidar de si mesma, de corpo e alma, não precisaria mais de incentivo. Ela mesma se empenharia em continuar.

Toots virou-se para Ida, sem dar a Mavis chance de responder.

— Você pode usar as luvas, no começo — disse ela. — Podemos dizer que tem um problema de pele, psoríase ou eczema, algo assim. Mas precisa me prometer que vai aceitar a ajuda que estou lhe oferecendo. O dr. Pauley vai passar aqui mais tarde para fazer um *check-up* em Mavis.

Toots relanceou o olhar para Mavis para confirmar se tudo bem. Mavis assentiu e Toots ergueu o polegar.

— Ele conhece um médico em Los Angeles que é especialista em TOC. Vai entrar em contato com esse médico amanhã e marcar uma consulta. Tudo bem, Ida?

— Tudo bem — Ida assentiu. — Está na hora mesmo de eu superar esse problema. Mas não posso prometer nada. Apenas que vou tentar.

— É tudo que lhe peço — retrucou Toots.

— E quanto a mim?

Toots balançou a cabeça.

— Você, Sophie, é um caso sério... Precisa recuperar um pouco do peso que perdeu. Também precisa se preparar para o funeral de Walter. Tenho bastante experiência nessa área, por isso, quando chegar a hora, vou ajudá-la a parecer que está mesmo enlutada. Eu me desfiz de todas as minhas roupas pretas, então você terá de comprar um suprimento para a sua primeira viuvez. Não é tão fácil como parece.

— Roupas pretas? De luto? Você está brincando comigo. No instante em que jogarem a última pá de terra no túmulo de Walter, eu vou comemorar! Essa coisa de luto não é para mim, não. E não ligo a mínima para o que a sociedade espera de mim ou para o que os outros pensam. Eu vou dar pulos de alegria, isso sim, porque vou ficar rica!

— Muito bem, amiga! — Toots bateu palmas. — É isso aí. Temos muito trabalho à nossa espera. Como diz a minha querida Bernice, vamos engatar primeira e pegar a estrada. Temos muito a fazer antes da meia-noite.

As quatro mulheres se entreolharam. Sabiam que a vida de todas elas estava prestes a mudar. Radicalmente.

CAPÍTULO VIII

O dinheiro resolvia tudo.

No calor do momento, Toots alugou um jatinho particular para a viagem à Califórnia, pois sabia que seria impossível conseguir reservas tão em cima da hora. Além do mais, a privacidade de um voo particular lhes daria a chance de planejar tudo direitinho, ensaiar, combinar os detalhes. O fator decisivo, porém, foi que o piloto disse que elas poderiam fumar durante o voo de cinco horas.

Toots ergueu a mão, relembrando às outras que Abby não era tola.

— Um deslize, e estaremos fritas! Ela nunca irá nos perdoar. Portanto, tenham isso em mente, garotas.

Uma parte de Toots se sentia desleal por estar comprando a *Informer* sem que Abby soubesse. Outra parte, a parte maternal, sentia que era seu dever perante Deus fazer o que pudesse para garantir a felicidade e o bem-estar da filha. Claro que gastar 10 milhões de dólares num tabloide falido era uma medida extrema, mas às vezes a única coisa que resolvia era uma medida extrema.

Toots podia já ter uma certa idade, mas não era tola. Com a ajuda das amigas, tinha certeza de que conseguiria fazer aquilo dar certo, para ela e para Abby, e ao mesmo tempo proporcionar às amigas uma virada importante na vida... Só precisava agora pensar nos detalhes, em cada um dos 10 milhões de detalhes...

Sophie se levantou e se espreguiçou.

— Não sei quanto a vocês, mas eu vou me deitar. Toda essa conversa sobre trabalho e sexo me deixou exausta. Vou sonhar com Brad Pitt!

— Ele é muito bem casado com Angelina não-sei-das-quantas e tem uma penca de filhos. Você deveria se envergonhar — censurou Ida.

— Ah, bobagem, isso só vai tornar o sonho ainda mais excitante!

Sophie deu um abraço em Toots, inclinou-se para dar um beijo no rosto de Mavis e, antes que Ida pudesse impedi-la, ou mesmo se desse conta do que ela ia fazer, deu um selinho em sua boca.

— Alguns micróbios para você sonhar! Boa noite, meninas!

Ida tirou um lencinho umedecido antibacteriano do bolso da calça e esfregou a boca com tanta força que Toots achou que ela fosse arrancar a pele.

— Preciso ir ao banheiro. — Ela correu para fora da sala com a velocidade de um raio.

— Nossa, que bólido! — comentou Mavis. — Ainda bem que eu não sou assim. Prefiro mil vezes ser gorda a ter essa paranoia maluca. Bem, preciso tomar um banho antes do exame. Estou ligeiramente alcoolizada, caso vocês não tenham notado.

Mavis se ergueu com dificuldade da cadeira e, quando conseguiu se equilibrar, moveu-se um tanto trôpega em direção ao hall.

— Eu notei, Mavis! — anunciou Toots. — Tem certeza de que não precisa de ajuda?

— Vou ficar bem depois de tomar uma chuveirada. Faz anos que não bebo nada, e tenho de admitir, Toots, que achei delicioso!

— É, eu também. Chame se precisar. Vou fazer um café, para quando Joe chegar.

A última coisa que ela precisava era que Joe pensasse que ela e as amigas de adolescência eram um bando de alcoólatras.

Enquanto as amigas se recolhiam, se desinfetavam e tomavam banho, respectivamente, Toots fez café, tomou duas xícaras e fumou três cigarros. Encontrou um frasco de neutralizador de odores no armário embaixo da pia e aplicou o produto na cozinha e na sala de jantar, antes de acender um incenso...

Como se fosse possível enganar Joe...

Agora, tudo que tinha a fazer era esperar por ele.

Uma leve batida na porta dos fundos pôs Toots em ação. O dr. Pauley. Dr. Joseph Pauley. "Joe", para ela.

Toots se apressou a ir abrir a porta. O ar noturno estava frio, o que era incomum naquela época do ano. Ela esperava que não tivessem um verão atípico, frio, mas então se lembrou de que elas não estariam ali, que passariam o verão e o outono na ensolarada Califórnia.

— Toots, eu não faria isto por nenhuma outra das minhas pacientes. Espero que esteja bem ciente disso.

Toots afastou-se para que seu amigo entrasse na cozinha.

— Sei. Vamos fazer de conta que eu acredito. Conheço pelo menos uma dúzia de pessoas que você atende em casa, por isso não adianta querer me enganar.

O dr. Pauley era o médico de Toots desde que ela se mudara para Charleston, mais de vinte anos antes. Devia ter, no mínimo, setenta e cinco anos, embora passasse facilmente por sessenta. Cabelos brancos sem uma falha, olhos azuis que não deixavam passar nada, mais de 1 metro e 80 de altura e nenhum grama adicional de gordura. Toots o achava bonito e encantador.

Ficara interessada nele logo que se conheceram, mas então haviam se tornado amigos, e ela sabia que, depois de todo aquele tempo de sincera amizade, não havia mais chance de o relacionamento mudar. Depois que compreendera isso, Toots passara a tratá-lo como o irmão mais velho que nunca tivera. Gostava de pensar em Joe como "gente boa".

— Eu posso ao menos tentar, não? — Joe sorriu, colocou a maleta de couro sobre a bancada da cozinha e olhou em volta. — Onde está minha nova paciente?

— Ela já vai descer. O nome dela é Mavis. Somos amigas desde a época do colegial. Faça tudo o que for preciso por ela. Mavis só tem o Medicare e vive de uma pensão que não dá para nada. Depois me mande a conta. Não quero que ela se preocupe com o preço da consulta em domicílio nem com exames de laboratório e remédios. Vou pagar tudo.

— Sem problema. Mas você sabe que eu não posso fazer muita coisa sem que ela vá ao consultório. Vou colher sangue para um hemograma completo e para medir o colesterol. Vou também auscultar o coração dela, os pulmões, e medir a pressão arterial. Mais que isso não posso fazer aqui. Se detectar qualquer problema de saúde nela, não vou esconder de você.

— Eu sei disso. Quanto tempo você acha que demoram os exames de laboratório? Eu gostaria que ela começasse a se exercitar logo.

— Vou encaminhar amanhã cedo. Mas ela precisa fazer um exame ergométrico antes de começar a praticar exercícios físicos. Vou marcar para amanhã. Ligarei para você avisando o horário.

Mavis entrou na cozinha nesse momento, espalhando fragrância de água de colônia por todos os lados.

— Estão falando de mim? — perguntou.

— Sim, estamos. Mavis, este é Joe. Ele é meu amigo, e é médico. Você está de acordo que ele a examine? Não quero que se sinta pressionada nem desconfortável. Se você não quiser, é só falar. — Toots ergueu as sobrancelhas.

— Não, Toots, eu preciso. Está mais do que na hora de tomar uma atitude. Se eu engordar mais, vou morrer, e aí quem vai cuidar de Cacau? — Mavis estendeu a mão para cumprimentar o médico. — É um prazer conhecê-lo, Joe.

Ele retribuiu o cumprimento.

— O prazer é meu. Muito bem, menina... — Joe olhou para o rosto de Mavis e viu os olhos dela brilharem. — Espero que você não tenha medo de agulhas.

Meia hora mais tarde, depois que Mavis fora apalpada e espetada, o dr. Pauley se despediu, prometendo telefonar assim que tivesse os resultados do exame de sangue e para avisar o horário do teste ergométrico.

— Agora está na hora de irmos às compras! — anunciou Toots, pegando sua bolsa em cima da bancada. — Adoro fazer compras!

Ela tinha falado com Bernice pouco antes, para saber se a serviçal iria com Mavis, mas Bernice dissera que "nem morta".

— Não é necessário, Toots! — tentou dispensar Mavis. — Quando eu emagrecer... — ela pegou com a mão o "pneu" de gordura em volta da cintura — ...vou precisar de outras roupas.

— Não tem problema, nós iremos de novo. De qualquer forma, quando estivermos em Los Angeles, você não vai ter tempo para ficar lavando roupa todo dia. Vamos estar ocupadas demais. Ah, Liz adora cachorros, então, pode levar Cacau. Ah, eu *amo* fazer compras!

— Ainda bem que você ama, porque eu detesto — observou Mavis. — Quando se é do meu tamanho, é embaraçoso.

— Ora, pare com isso! Pegue Cacau e vamos embora. Temos trilhões de coisas para fazer amanhã.

O trajeto até a loja de Liz transcorreu em silêncio, com as duas mulheres absortas cada qual em seus pensamentos. Quinze minutos depois que haviam saído de casa, Toots estacionou em uma rua estreita, junto a um calçadão onde havia um conjunto de lojas.

— Pronto. Vamos lá. Não vejo a hora de começar. — Toots contornou o carro e abriu a porta do passageiro, para ajudar Mavis a descer. — Lembre-se, isto é apenas o começo! Daqui a um ano você vai adorar fazer compras tanto quanto eu.

— Eu duvido... mas estou aberta a novas experiências, principalmente quando minhas três melhores amigas e minha afilhada estão envolvidas. Só Deus sabe como preciso de distração e emoção na minha vida... Liz deve ser uma grande amiga sua para abrir a loja a uma hora destas só para nós.

Cacau latiu dentro do transporte, no banco de trás.

— Ela é uma pessoa muito especial. Deixe que eu pego Cacau — ofereceu-se Toots.

Ela tirou a cachorrinha de dentro do carro, prendeu a guia à coleira, colocou-a no chão e segurou a mão de Mavis. — Agora vamos nos esbaldar!

Mavis riu com vontade.

— Eu nunca fiz compras a esta hora! Ainda não acredito que sua amiga vai abrir a loja só para mim!

— Amigas são para essas coisas. É bom você ir se acostumando. A vida que tinha no Maine é coisa do passado!

Mavis parou.

— Eu não quero que minha vida mude tanto assim, Toots. Adoro o Maine. Moro lá desde que Herbert morreu. Não consigo me imaginar morando em outro lugar.

Toots parou também, abruptamente. Seria aquele o primeiro desentendimento, a primeira falha no plano?

— Então, por que concordou em ir para a Califórnia?

— Ora, nós não vamos ficar lá para sempre, não é?

— Não, mas também não sei quando vamos voltar. Como eu disse, Mavis, você precisa começar a pensar de costa a costa. Precisa estar com o seu coração e sua alma no negócio, desde o início.

— Eu estou — Mavis apressou-se em dizer. — As mudanças são sempre um pouco assustadoras, é só isso. Como eu disse, moro no Maine desde que Herbert morreu, e isso já faz... o quê, quinze anos? Meu Deus, o tempo passa bem mais rápido à medida que a gente vai ficando mais velha, não?

— E nós estamos perdendo tempo falando sobre isso. Venha, vamos ver o que Liz tem em matéria de lingerie sexy.

Mavis balançou a cabeça. Cacau passou correndo por elas quando entraram na loja fracamente iluminada.

CAPÍTULO IX

A butique de Liz tinha como principal objetivo a privacidade. Não havia etiquetas com preços nas peças nem balões com 50% de desconto, nada disso. Para qualquer lado que olhasse, Mavis podia afirmar que as clientes de Liz sabiam que estavam sendo atendidas por uma profissional do ramo da moda de classe, especializada em senhoras com sobrepeso.

Não havia manequins esquálidas, com cinturinha de Barbie, usando roupas que serviriam em uma criança de 3 anos.

Mavis achou que a butique lembrava os *closets* de celebridades que ela vira numa revista, só que dez vezes maior.

Uma senhora baixinha e miúda, de cabelos grisalhos, se adiantou para cumprimentá-las.

— Você deve ser Mavis — disse ela, apertando a mão de Mavis entre as suas. — Eu sou Liz.

A distinta senhorinha usava uma saia-lápis preta, uma blusa branca de crepe, um casaquinho xadrez preto e branco e botas de couro vermelho que a deixavam no mínimo 7 centímetros mais alta.

Mavis olhou para Toots com o cenho franzido.

Toots sorriu.

— Eu sei o que você está pensando.

Mavis então se lembrou da boa educação.

— É muito gentil da sua parte fazer isso por mim. Eu fico sem graça, sabe, por prender você aqui a uma hora destas, quando você poderia estar em casa, em companhia de sua família — disse Mavis, de um só fôlego.

— Não se preocupe, é um prazer. Quando Toots me contou que tinha uma amiga que precisava renovar o guarda-roupa, fiquei muito feliz.

A voz de Liz era suave, quase melodiosa, agradável aos ouvidos.

— Liz adora orientar as pessoas sobre o que usar — explicou Toots. — Ela era conselheira de moda de algumas importantes estrelas de Hollywood, alguns anos atrás.

Fazia bem mais do que apenas "alguns" anos, mas, na idade delas, Toots supunha que vinte ou trinta anos fossem apenas "alguns".

— Oh, verdade? De quem, se não se importa que eu pergunte? — Mavis se interessava por qualquer coisa que se relacionasse com Hollywood.

— Doris Day era uma das minhas prediletas. Ela me dava carta branca para escolher suas roupas. Era um encanto de pessoa, era um sonho trabalhar para ela.

— Estou impressionada. O que você sugerir para mim eu vou provar. Estou tão gorda, tenho vergonha de ter me deixado chegar a este ponto.

Toots deixou a transformação de Mavis nas mãos competentes de Liz e sentou-se no macio sofazinho de veludo azul do lado de fora do provador, lendo uma revista, enquanto as duas mulheres andavam para dentro e para fora.

Três horas mais tarde, carregadas de caixas e sacolas, Toots e Mavis voltaram para casa, animadíssimas com as compras.

— Eu nunca tive tantas roupas na minha vida! — exclamou Mavis, com um evidente tom de satisfação na voz, deixando-se afundar numa poltrona, com Cacau esparramada no colo. — Nem quero saber quanto custou tudo isso. Acho que teria um infarto se soubesse...

— Ah, então foi por isso que voltou correndo para o carro quando Liz começou a separar as peças e a fazer os cálculos. Acredite em mim, terá valido cada centavo quando você se olhar no espelho e se sentir muito melhor e mais bonita. E, quando começar a emagrecer, vamos repetir a dose!

Encorajada pelo efeito daquela excursão noturna às compras, Toots prometeu a si mesma fazer o mesmo com as outras duas amigas, independentemente de elas terem poder aquisitivo ou não. Ter visto o sorriso de Mavis enquanto experimentava roupa atrás de roupa fizera valer a pena cada centavo gasto naquela noite.

— Bem, acho que isso não será necessário. Eu tenho uma boa noção de costura. Posso ir ajustando as roupas à medida que for emagrecendo.

— Nem em sonho! Pode parar com isso já. Você não vai fazer nada disso. Eu sou rica, Mavis. Tenho mais dinheiro do que preciso. Não vou viver para gastar o rendimento das minhas aplicações, portanto esqueça isso de "ajustar" roupas. Você vai ter de se acostumar às boas coisas da vida, ao conforto e à mordomia.

— Olhe, Toots, você pode me chamar de sua "prima pobre", se quiser. Eu não me importo.

As duas mulheres riram.

— Está tarde, Mavis. Por que não vai se deitar? Você vai fazer um teste ergométrico amanhã e eu tenho ainda algumas coisinhas para resolver. Depois vou dormir também.

— Não me lembro de ter tido um dia tão gostoso como hoje, Toots! Obrigada por tudo o que você está fazendo por mim. Estou me sentindo como Cinderela no baile... só que sem o príncipe. — Mavis se levantou e se inclinou para abraçar a amiga.

— O príncipe é dispensável, na minha opinião. — Toots sorriu.

— Tem toda razão, querida. Bem, estou exausta. Fazer compras é um exercício físico e tanto! Boa noite, Toots.

— Boa noite, Mavis.

Durante a hora seguinte, Toots deu três telefonemas e tomou uma tigela de Froot Loops com uma colherada de açúcar e meia xícara de leite. O primeiro telefonema foi para o Beverly Hills Hotel. Elas precisariam de um lugar para ficar enquanto ela decidia como iria operar a revista. Reservou quatro bangalôs, solicitando, especificamente, um deles, onde Elizabeth Taylor havia passado a lua de mel com seis de seus oito maridos. As quatro teriam privacidade e luxo, o que era ótimo. E no momento propício ela compraria uma casa, se tudo corresse conforme o planejado.

Quem sabe acabasse comprando a casa de Aaron Spelling? Quando chegasse a hora, pesquisaria na internet a lista de mansões à venda. Toots adorava pesquisar imóveis à venda na internet e imaginar como redecoraria o palacete que compraria.

Ah, dormiria muito bem naquela noite!

CAPÍTULO
X

Abby Simpson era tão bonita quanto as estrelas de cinema sobre quem escrevia, talvez até mais, se desse crédito aos comentários que ouvia quando os colegas achavam que ela não estava prestando atenção. Detestava aquelas conversinhas da hora do almoço e achava a comparação ridícula. O resultado era que acabava dando um jeito de disfarçar seus atrativos, justamente por causa desses comentários.

Abby não demorara a descobrir que beleza e inteligência não eram a combinação ideal em sua profissão. Pelo menos não em Los Angeles. Ter herdado os cabelos loiros e os olhos azuis do pai era quase uma maldição. Com compleição delicada e curvas nos lugares certos, ela não raro era confundida com uma das estrelas sobre quem escrevia, quando circulava pelos pontos mais frequentados pelas celebridades à procura de sua próxima matéria.

Uma estrela é que ela não era, nem queria ser. A simples ideia lhe revirava o estômago. Sua mãe, então, ficaria horrorizada se soubesse das comparações.

Abby recebera algumas ofertas para representar papéis secundários logo que chegara a Los Angeles, mas recusara todas. Tudo o que queria era cobrir as histórias de escândalos, não *participar* de uma. Abby relutava em chamar as histórias de "notícias", porque não eram notícias no verdadeiro sentido da palavra. Ela escrevia matérias de entretenimento, mas a essência de suas histórias continha a verdade. Ela apenas tornava seus artigos mais excitantes de ler.

Ninguém queria ler sobre a vida perfeita de seus ídolos. Isso não tinha graça. Por outro lado, quando os ídolos iam para clínicas de reabilitação, engordavam, se divorciavam ou tinham um comportamento que mostrava sua condição de humanos falíveis, o público adorava saber que os ricos e famosos também enfrentavam problemas, adversidades e até tragédias, como todo mundo. Ela simplesmente apimentava um pouco as histórias.

Agora, porém, com a *Informer* à venda, Abby não sabia ao certo por quanto tempo teria um emprego. Se sua situação financeira fosse mais estável, pensaria na possibilidade de fazer uma oferta para comprar a revista, mas suas finanças não davam para isso, no momento. Ela investira grande parte de suas economias para comprar uma casa, estilo casa de fazenda dos anos 1950, localizada em Brentwood, uma área exclusiva a oeste de Los Angeles.

Sua mãe lhe daria o dinheiro num piscar de olhos, se ela pedisse, mas ela não pediria. Não achava certo. Abby começara a trabalhar aos 16 anos, quando conseguira um emprego de meio período no *The Daily Gazette*, onde ficara até terminar o colegial. Depois trabalhara como assistente editorial para uma pequena editora enquanto cursava jornalismo na Universidade da Carolina do Sul. Aos 28 anos, não diminuíra o ritmo nem pretendia fazê-lo enquanto não alcançasse seu sonho: ser proprietária do maior e mais famoso tabloide do país, com distribuição internacional.

Para algumas pessoas, seu objetivo poderia parecer ridículo, porque, afinal, tabloides eram tabloides. Mas Abby achava que, como tudo o mais, eles tinham uma finalidade. Sorriu ao se lembrar de como sua mãe adorava lê-los. Desde pequena, Abby também gostava, o que a acabara levando ao atual emprego. E qual era o problema se não era uma publicação de projeção mundial? Ela não se envergonhava de sua profissão. Se porventura alguém a provocasse nesse sentido, ela revidava sem vacilar.

Como sua mãe, Abby dormia muito pouco. Quando o telefone tocou, à 1 hora da manhã no horário de Los Angeles, ela atendeu ao primeiro toque.

— Alô?

— Está acordada? — perguntou sua mãe.

— Claro que estou acordada. Acha que eu estaria falando ao telefone se estivesse dormindo? Você sabe que eu quase nunca durmo.

Abby sofria de insônia desde menina. Alguns de seus melhores trabalhos haviam sido feitos de madrugada.

— Eu sei. Seu pai também quase nunca dormia. Pelo menos quando eu estava na cama com ele! — Toots riu.

— Mamãe, mais uma coisa que eu não preciso saber! — Abby riu também. Sua mãe era uma figura, e ela não queria que fosse diferente. — Está tudo bem? Você não costuma me ligar a esta hora.

— São 4 da manhã aqui. Mas aí é mais cedo, não é? Ou é o contrário? Diga que não estou ficando senil!

— Você, senil? Imagine... Nunca! — garantiu Abby.

— Obrigada pelo voto de confiança. Eu liguei porque tenho uma surpresa para você.

Ai, meu Deus..., pensou Abby.

— Ah, é?

— Você não me parece muito entusiasmada. Está com companhia aí e não quer confessar?

Abby revirou os olhos.

— Eu estou bem, e não, não estou acompanhada. Bem que gostaria de estar. — Ela suspirou. — Chester é uma ótima companhia, mas nem sempre entende o que eu digo.

O querido Chester! Abby perdera a conta das noites que passara com o fiel cão deitado a seu lado, as orelhas empinadas, a cabeça inclinada para o lado, em atitude de indagação, o rabo abanando pacientemente, como se de fato estivesse tentando entender o que sua dona dizia.

Na maior parte do tempo, Abby gostava de sua vida do jeito como era, e não desejava que fosse diferente. Dava valor à sua liberdade e não tinha tempo para se dedicar a um relacionamento sério. Na verdade, *havia* alguém por quem se sentia atraída, desde sempre, mas sabia que ele não estava interessado nela do jeito que ela gostaria. Era seu querido "irmão postiço", Christopher Clay, filho de um de seus falecidos padrastos, seu protetor e grande aliado em Los Angeles. E, por acaso, seu grande amigo também. Seu melhor amigo, na verdade.

Abby arrastava uma asa por Chris desde que o conhecera, e por um longo tempo nutrira esperanças de que um dia ele a olhasse com outros olhos que não o de irmão mais velho. Ela sorriu. Deus, Chris era lindo!

— Abby, você ainda está aí? — perguntou sua mãe.

— Hum? Sim, desculpe, eu estava distraída. Você disse que tinha uma surpresa para mim... O que é?

— Você sabe que suas madrinhas estão aqui. Elas estão dormindo, no momento, até onde eu sei, mas eu queria ser a primeira a lhe contar. Você sabe como é Sophie, ela não se aguenta, era bem capaz de passar na minha frente — disse Toots, com carinho na voz.

— Mamãe! — Abby adorava a mãe, mas aquela inclinação para dramatizar tudo às vezes a irritava. — Conte logo, senão vou começar a cantar, e você sabe como é a minha voz para cantar.

— Eu sei, então deixe-me poupar nossos pobres ouvidos. Bem, a surpresa é a seguinte: eu convenci as meninas a irem comigo a Los Angeles para ver você! Vamos embarcar ainda hoje, se tudo der certo. Eu até aluguei um avião particular.

— Mamãe, que notícia maravilhosa! Faz anos que não vejo minhas madrinhas. Nem vou perguntar como você conseguiu convencê-las a vir. Até tia Ida? Ela não é meio complicada? Tia Sophie me mandou um e-mail dizendo que ela usa luvas o tempo todo...

Abby ouviu a mãe suspirar do outro lado da linha.

— Sim, e parece que o problema é sério. Ela tem mania de limpeza e fobia de germes. Joe já providenciou para que ela consulte um médico em Los Angeles que é especialista em transtorno obsessivo-compulsivo. TOC, como dizem agora.

— Eu já ouvi falar. Já vi na televisão, acho que no programa da Oprah. Mamãe, não sei como você conseguiu essa façanha, mas conheço o seu poder de persuasão. Vou arrumar emprestado um colchonete para tia Mavis. Você e tia Sophie podem dormir no meu quarto, e tia Ida no sofá. Eu gostaria de acomodá-las melhor, mas, embora a reforma já tenha terminado, ainda não decorei os quartos. O piso está brilhando, mas ainda não tem móveis...

— Obrigada, filhinha, mas nós vamos ficar no Beverly Hills Hotel. Reservei quatro bangalôs lá. Vou ficar no mesmo bangalô onde Elizabeth Taylor passou a lua de mel com a maioria dos maridos dela. Não vejo a hora! Vai ser como nos velhos tempos, nós quatro juntas!

Abby sorriu ao ouvir a empolgação na voz da mãe. Ela ouvira histórias sobre a época em que sua mãe e suas madrinhas moravam perto umas das outras, quando eram adolescentes. As quatro haviam aprontado algumas peripécias e era difícil para ela imaginar suas maiores referências se comportando de tal maneira.

— Perfeito. Me ligue assim que souber o horário em que vão chegar, para que eu mande um carro buscar vocês no aeroporto e levá-las até o hotel.

O carro de Abby era um MiniCooper. Com Chester sempre ocupando o banco do passageiro e toda a sua tralha espalhada no banco de trás, não sobrava espaço para mais ninguém.

— Obrigada, Abby.

— Agora é bom você dormir um pouco, para enfrentar essa viagem mais tarde. Quero vê-la bem descansada quando chegar aqui.

— Boa noite, querida. Até mais tarde.

Abby desligou o telefone e deu início a uma boa faxina na casa, algo que estava querendo fazer desde o fim de semana, mas não tivera tempo.

Tirou a roupa de cama e jogou-a dentro do cesto de plástico, para depois colocar na máquina. Lavar roupa seria sua última tarefa, já que a lavanderia ficava do lado de fora da casa.

Sem tirar a camisola com a estampa da Mulher Maravilha, ela tirou o pó dos móveis de seu quarto e da sala, aplicou lustra-móveis com aroma de limão e passou a vassoura mágica na casa inteira, antes de passar um pano com um produto limpador de piso. A seguir, lavou e arrumou o banheiro, guardando todos os artigos de maquiagem na gaveta.

Por último, fez uma faxina geral na cozinha e deixou tudo brilhando. Não gostava muito das bancadas de fórmica com padrão ondulado nas cores azul e cinza e bordas de metal, típico da época, mas assim que tivesse uma folga de dinheiro mandaria trocar por granito. Em breve.

Abby não se afobava, sabia ser paciente. Em pouco tempo deixaria sua casa um brinco, e também teria seu próprio tabloide. Às vezes os sonhos se realizavam. Então, por que esse também não?

Abby não desistia facilmente de seus objetivos. Era como os pais, determinada e disciplinada, e acreditava que um dia alcançaria sucesso. Por enquanto se contentava em sonhar.

Duas horas mais tarde, depois de limpar as portas de vidro da sala, ela se sentou no enorme sofá vermelho e adormeceu.

No andar superior da casa de Toots, em um dos quartos de hóspedes, Ida refletia que dar o primeiro passo para controlar sua obsessão era a coisa mais difícil que já tivera de fazer em seus sessenta e quatro anos de vida.

Remover a máscara cirúrgica a deixara insegura e inquieta, ainda mais numa situação em que já estava completamente fora de sua rotina normal.

A dificuldade começara no percurso de táxi até o aeroporto. Saber que centenas de pessoas haviam se sentado naquele banco quase a fizera pedir ao motorista para parar e deixá-la saltar. Precisara de toda a sua força de vontade para não fazer isso e voltar andando para a segurança higiênica e estéril de sua cobertura em Park Avenue.

O voo fora igualmente insuportável, com todos aqueles micróbios invisíveis circulando num ar viciado, que todos respiravam e trocavam entre si. Ida se sentia mal só de imaginar. Ela só não desistira porque queria muito rever as amigas, e também porque sabia que precisava combater aquilo.

Naquele exato momento, contudo, suas mãos tremiam, seu estômago estava dando nós, a palma das mãos estava molhada de suor, e a garganta estava seca e apertada. Reconhecendo os sintomas precursores de um ataque de pânico, Ida pegou um saquinho de papel pardo no compartimento com zíper de sua bolsa e, sentando-se na beirada da cama, apertou a extremidade, produzindo um pequeno orifício onde colocou a boca e começou a aspirar e expirar devagar. Esse procedimento normalmente impedia que ela hiperventilasse, mesmo não sendo um método infalível.

Enquanto respirava no saquinho de papel, Ida tentou se distrair observando o quarto que Toots lhe destinara. A cama de dossel — felizmente sem cortinado, pois imagine a quantidade de ácaros que não haveria ali! — de nogueira, o criado-mudo e uma penteadeira ocupavam metade do aposento. Em frente à lareira, havia um aconchegante par de poltronas com uma mesinha no meio e um tapete felpudo. As paredes eram pintadas de rosa-salmão e creme, e a atmosfera aconchegante era completada por um grande vaso de folhagem viçosa perto da janela.

Toots era conhecida por seu bom gosto e talento para decorar. Ida tinha certeza de que tudo aquilo fora escolhido por ela, e não por um decorador profissional.

Quando sentiu que conseguiria ficar em pé sem desmaiar, Ida deixou de lado o saquinho de papel, rezando para não precisar usá-lo novamente. Pelo menos não naquela noite.

Para distrair-se de outros pensamentos negativos, pegou a luz mata-germes que Toots havia deixado ali para ela e iniciou sua estranha, embora reconfortante, rotina. Centímetro por centímetro, escaneou todo o aposento, começando pelas maçanetas e pelos puxadores. Depois de passar a lâmpada, esfregava cada superfície com um lencinho umedecido antibacteriano.

Nada escapou ao escrutínio: criado-mudo, abajur, radiorrelógio. Nem mesmo os lençóis imaculadamente brancos e engomados que Bernice lhe garantira ter lavado em água quente e água sanitária.

Ida sabia que abusava da paciência das amigas com seu transtorno, mas era mais forte do que ela. Remover a máscara fora um passo gigantesco, e uma prova de sua determinação em combater o problema.

Quando Ida se deu por satisfeita com o quarto, repetiu o procedimento no banheiro. Só então tirou as luvas de látex, colocou-as em um saquinho plástico, e este dentro de um outro, maior e antibacteriano. Em seguida lavou as mãos, esfregando as unhas com uma escovinha apropriada, e então entrou embaixo do chuveiro, onde se lavou inteira, duas vezes.

Quando terminou o banho, enxugou-se na toalha branca que Bernice também jurara ter lavado em água quente e água sanitária.

Com medo de não conseguir dormir numa cama que não era a sua e também devido à ansiedade por causa da viagem no dia seguinte, Ida tomou meio comprimido de calmante e deitou-se, pensando em como as amigas deviam achá-la cheia de frescuras.

E elas tinham razão.

CAPÍTULO XI

No quarto do outro lado do hall, Sophie estava absorta na leitura de uma pilha de revistas que Toots deixara ao lado da cama.

Depois de ter folheado quase todas, sentiu uma súbita pontada de culpa.

— Droga de homem! — praguejou.

Mesmo morrendo, parecia que o miserável ainda se agarrava ao pescoço dela, com força suficiente para ela se sentir estrangulada.

Sophie colocou as revistas de lado e praticamente teve de pular para o chão, de tão alta que era a cama. Mas tinha de reconhecer que Toots possuía muito bom gosto e jeito para decorar. A enorme cama de carvalho, cuja cabeceira chegava à metade da parede verde-clara, era mais do que confortável, com um colchão macio e lençóis de trama egípcia de mil fios. Sobre o criado-mudo havia uma caixa de bombons e um frigobar continha garrafas pet de água e refrigerantes. No banheiro ela encontrara uma cesta repleta dos mais finos artigos de toalete, entre xampus, creme dental e hidratantes.

Sophie tinha a sensação de estar num hotel de luxo, em vez de na casa da amiga. Toots não economizara para fazer daquela visita uma ocasião memorável.

Ela foi até a janela que dava para o jardim lateral e respirou fundo, inalando o ar perfumado pela fragrância dos jasmins. Uma brisa fria soprou e Sophie fechou a janela, voltando a se enfiar entre as cobertas. Naquele momento sentia-se mais feliz do que se lembrava ter se sentido em muitos anos. A companhia de Toots tinha esse efeito sobre ela.

Sempre fora assim, desde que eram adolescentes. Toots transmitia uma sensação de segurança, de que tudo estava bem e ficaria melhor ainda. Era uma sensação muito boa.

Aconchegando-se entre a roupa de cama macia, Sophie permitiu-se recordar o passado, algo que não fazia com frequência. A vida com Walter não fora um mar de rosas. Na verdade, o inferno na Terra seria uma descrição perfeita.

Ver-se por sua própria conta em Manhattan fora mais assustador do que ela imaginara. Acabara de se formar em enfermagem e estava dividindo um apartamento com uma ex-colega de classe, uma moça mal-humorada que não fazia outra coisa senão reclamar. E então ela havia conhecido Walter.

Sophie se lembrava bem de quando o vira pela primeira vez. Tinha acabado de abrir uma conta no Bank of Manhattan e ele havia acabado de ser promovido a gerente da agência. Era bonito e charmoso. Sophie ficara surpresa, e deliciada, quando ele a convidara para jantar para comemorar a promoção.

O romance deles fora quente, intenso. Walter era dez anos mais velho que Sophie, e ela ficara impressionada com o conhecimento dele, com sua inteligência e capacidade. Depois de três meses de namoro ele a pedira em casamento, e ela aceitara sem vacilar.

Nos primeiros quatro anos de casamento Sophie deixara de lado a carreira de enfermeira. Walter era contra ela trabalhar. Mas, à medida que ele foi se tornando cada vez mais obcecado pelo trabalho e começou a ficar dezoito horas por dia no banco, Sophie se cansou de sua vida vazia e monótona. Com tempo livre de sobra, arrumou um emprego num consultório de pediatria no Brooklyn. Adorava a médica com quem trabalhava e adorava as crianças que iam ao consultório. Três anos depois de convivência diária com crianças, Sophie decidiu que estava na hora de ter uma que fosse sua. Walter já não era nenhum rapazinho e ela própria não queria esperar mais, com medo de no futuro ser uma "mãe velha", como diziam as meninas que trabalhavam no consultório.

Durante dois anos Sophie fez de tudo para engravidar. Mas, depois de mês após mês sem nenhum resultado positivo, conformou-se com a ideia de que nunca seria mãe. Walter também desistiu, mas não se conformou com a mesma facilidade. Desapontado por Sophie ser incapaz de conceber um filho, ele passou a descarregar nela toda a sua frustração e raiva. Começou com pequenas coisas, com bobagens, como reclamar que o bife estava bem passado demais, que o cabelo dela estava desarrumado, que o apartamento não estava limpo como deveria estar.

Walter exigiu que Sophie saísse do emprego, deixando claro que ela deveria se dedicar somente a ele e à casa, e mais nada. Sendo gerente de banco, era um absurdo que a esposa trabalhasse fora. Chegou a dizer que tinha vergonha, porque os colegas do banco olhavam para ele com ar de crítica, como se insinuassem que ele não ganhava o suficiente para sustentar a mulher.

Pela primeira vez, em dez anos de casamento, Sophie o enfrentou. De maneira nenhuma ela deixaria de trabalhar. O trabalho era a sua vida e ela deixou bem claro que achava ridículo o motivo de Walter para querer fazê-la parar de trabalhar.

Sophie se lembrava da primeira vez em que Walter batera nela.

Eles tinham acabado de voltar da festa de Natal do banco. Como sempre, Walter havia bebido além da conta, flertado além da conta e a destratado na frente dos colegas, falando com ela como se fosse com sua empregada. No táxi, de volta para casa, Sophie não lhe dirigira a palavra. Quando chegaram ao apartamento, ele começou a gritar com ela, falando impropérios, dizendo que o maior erro que ele cometera na vida fora casar-se com ela. Chamou-a de pessoa inferior, que não se comparava às esposas dos outros executivos do banco.

Cansada de brigar, Sophie disse que poderiam tratar do divórcio assim que passassem as festas de fim de ano. Ela mal acabara de proferir as palavras quando Walter lhe acertou um soco na boca, ferindo-lhe o lábio.

Chocada e humilhada, sentindo o gosto do próprio sangue na boca, Sophie tentou sair do apartamento, achando que quando o marido estivesse sóbrio lhe pediria desculpas. Mas ele, ao tentar detê-la, torceu-lhe o braço.

Depois da terceira vez em que apanhou, Sophie perdeu para sempre a esperança de algum dia ser feliz no casamento. Walter chegou ao extremo de acusá-la de ser a culpada por estar apanhando, e ela, lamentavelmente, acreditou nele.

Até que, certo dia, Toots foi a Nova York e apareceu no apartamento deles sem avisar para fazer uma visita, e encontrou a amiga marcada com vários hematomas. Enfurecida, Toots foi falar com o superior de Walter no banco.

Duas semanas depois ele foi convidado a se demitir.

Na época Sophie prometera a Toots que se separaria de Walter, mas suas raízes católicas e suas convicções arraigadas desde que era criança a impediram de se separar do homem a quem havia prometido amar, honrar e obedecer. E então, havia passado o resto da vida aguentando Walter e suas bebedeiras.

E agora ali estava ela, quase trinta anos depois, esperando ansiosamente que o desgraçado morresse. Aos sessenta e cinco anos, finalmente seria senhora de si mesma.

A perspectiva era animadora e Sophie adormeceu com um largo sorriso no rosto.

CAPÍTULO XII

Como de costume, Toots acordou pouco depois das 5 da manhã, embora tivesse ido dormir uma hora antes. Acendeu o abajur e pegou o robe de chenile no pé da cama. Dormira com a janela aberta e o quarto estava frio.

Ainda bem que ia para a Califórnia! A Califórnia era deliciosamente quente e ela não via a hora de começar sua vida costa a costa. E fazer isso junto com suas três melhores amigas era o melhor de tudo. Sem mencionar que estaria perto de Abby e poderia vê-la sempre que quisesse.

Com um sorriso no rosto, ela entrou no banheiro e ligou o chuveiro. Enquanto a água quente descia sobre seus ombros e suas costas, Toots flexionou o pescoço para a direita e para a esquerda para aliviar a rigidez dos músculos. Vinha notando, nos últimos meses, uma certa dificuldade para mover as articulações logo que se levantava pela manhã. Seria possível que já fosse um princípio de artrite? Era a velhice chegando?

Bobagem, ela só tinha 65 anos! Não diziam que os 60 de hoje eram os 40 de ontem? Será que só diziam?

Não, não, nada de pensamentos negativos, disse Toots a si mesma, terminando o banho em tempo recorde. Enrolada numa toalha de banho gigante, foi para o amplo *closet* de sua suíte e encontrou sua calça jeans favorita, uma que havia comprado logo depois que Abby nascera, e que, embora surrada e desbotada, ainda lhe servia como uma luva. Vestiu a lingerie de renda preta, o jeans e uma camiseta laranja. Prendeu os cabelos num coque frouxo, como sempre, e aplicou um pouco de *blush* nas faces e brilho nos lábios.

Olhando-se no espelho, Toots viu-se forçada a reconhecer que era uma sexagenária em excelente forma. Envelhecera muito bem, apesar do hábito de fumar e de comer doces. Quem sabe ela abandonasse um dos dois depois que se estabelecesse na Califórnia.

Quem sabe... Talvez.

Sem fazer promessas, nem para si mesma, Toots desceu até a cozinha e ligou a cafeteira. Enquanto a máquina gorgolejava, saiu para a varanda para fumar o primeiro cigarro do dia.

O ar frio a atingiu em cheio no rosto.

Droga de tempo. Só faltava a temperatura cair drasticamente bem no dia em que iam viajar, obrigando-as a sair de casa encapotadas para depois desembarcar na Califórnia!

Toots deu uma tragada no cigarro. Quando ouviu a porta da frente se abrir, apagou o cigarro no cinzeiro gigante que havia deixado ali na varanda na noite anterior, antes de ir se deitar.

— Bom dia, Bernice! Está com ótima aparência hoje! — ela saudou a empregada.

Bernice pigarreou com tanta força que Toots deu um passo para trás, esperando vê-la cuspir o esôfago direto na parede.

— Jesus Amado! Você está doente? — perguntou, perplexa. — O que é isso, criatura?

— Não é nada... É só minha alergia matinal — explicou Bernice.

A empregada serviu duas xícaras de café e levou-as para a mesa. Logo Toots percebeu que ela estava de mau humor. Bem, Bernice tinha cinco minutos para parar de fazer cara feia, porque o dia estava apenas começando e Toots tinha uma longa lista de coisas para fazer. Ficar paparicando Bernice não era um dos itens da lista.

Toots expressou seu pensamento em voz alta, com todo o jeitinho que lhe era peculiar.

— A senhora é quem manda, patroa. O que quer que eu prepare para o café da manhã das senhoras?

— Faça uma salada de frutas com cereais para Mavis. Imagino que ela não vá demorar para descer, porque sempre foi madrugadora. Sophie pode tomar Froot Loops comigo. Para Ida... Não sei, um ovo quente, talvez?

Toots sabia que qualquer coisa que fosse para a boca de Ida teria de estar completamente livre de micróbios. Não tinha certeza se era possível existirem micróbios em um ovo quente... Ah, mas aquilo iria acabar rapidinho, ou ela não se chamava Teresa Amelia Loudenberry!

— Sim, senhora. Alguma delas prefere chá a café?

— Não que eu saiba. Mas não se preocupe. Se alguém quiser chá, eu fervo uma xícara de água no micro-ondas.

Toots era uma negação na cozinha, mas era uma eficiência em matéria de esquentar qualquer coisa no micro-ondas.

— Está bem.

Toots olhou para Bernice com uma ruga na testa enquanto a mulher tirava laranjas, morangos e *grapefruit* da geladeira.

— Quer que eu prepare sua tigela de Froot Loops também?

— Ora, chega, Bernice! Você nunca prepara o meu cereal! Não sei que bicho a mordeu nestes últimos dias.

Toots sabia que Bernice estava contrariada com todo o trabalho extra, mas ela sempre fora uma patroa boa e amiga e nunca deixava tudo nos ombros de Bernice. Além de ajudar nas tarefas, a recompensava sempre que havia algum trabalho adicional, acrescentando um generoso bônus ao salário.

Mas talvez — e ela precisava levar isso em conta — Bernice estivesse muito velha para trabalhar tanto. Toots já havia providenciado uma boa previdência para quando ela se aposentasse. Talvez fosse o caso de conversar com Bernice sobre isso e sugerir que ela fosse diminuindo o ritmo aos poucos e começasse a pensar em se aposentar.

O pensamento entristecia Toots. Mesmo assim, logo que definisse suas obrigações como proprietária da *Informer*, pensaria seriamente a respeito da aposentadoria de Bernice.

Antes que Bernice tivesse chance de dar uma resposta atravessada, Sophie entrou na cozinha, usando um robe xadrez vermelho e branco que já vira dias melhores.

— Estou sentindo cheiro de café? — perguntou a recém-chegada, para ninguém em particular.

Bernice colocou o bule sobre a mesa e Sophie se sentou, enquanto Toots servia duas xícaras.

— Falei com Abby antes de ir dormir — ela contou... — Ela ficou animadíssima com a ideia de ver as madrinhas. Ofereceu-se para nos hospedar na casa dela, mas eu disse que já tinha providenciado para ficarmos num hotel. Se bem que será apenas temporário, porque pretendo comprar uma casa lá em breve. Ouvi dizer que a mansão de Aaron Spelling está à venda.

— Que Deus nos ajude — murmurou Bernice, descascando uma laranja.

— Eu espero mesmo que Ele nos ajude — retrucou Toots, olhando para Bernice de soslaio —, porque vamos precisar de toda a ajuda possível em Los Angeles.

Cacau, com todos os seus 2 quilos e meio, as patinhas trotando sobre o piso de madeira, e latindo, adentrou a cozinha, seguida por Mavis.

— Desculpem, ela é meio espalhafatosa de manhã. Precisa de cafeína. Nós sempre dividimos o café, não é, Cacau?

Sophie e Toots riram.

— Uma chihuahua viciada em cafeína! — Toots se levantou, foi até o armário e pegou uma vasilha plástica, onde colocou leite e algumas gotas de café. Em seguida depositou a tigela no chão, ao lado da mesa. — Pronto, agora ela sossega.

— Ela toma com açúcar — avisou Mavis.

— Bem... — Toots balançou a cabeça. — Ela vai ter de se acostumar a viver sem açúcar. Vocês duas. — Toots serviu a Mavis uma xícara de café. — Pronto... Sem açúcar e sem leite também. Sua salada de frutas está quase pronta.

— Ah, está bem, não posso esperar emagrecer sem sacrifício, não é? — Mavis suspirou. — Não vejo a hora de mostrar às meninas as roupas maravilhosas que você comprou para mim!

— E eu não vejo a hora de Walter bater as botas! — Sophie ergueu sua xícara, como se fosse fazer um brinde.

— Esperem, meninas. Se vamos brindar, brindemos com estilo!

Toots tinha um pequeno estoque de bebidas que reservava para ocasiões especiais, *muito* especiais, como a morte de um marido. Ela se levantou e retornou segundos depois, trazendo uma garrafa de Glenfiddich extremamente raro, famoso por ter maturado no barril por mais de sessenta anos antes de ser engarrafado. Leland pagara quase 50 mil dólares por uma garrafa. Fora o único pedido que ele fizera no testamento que Toots não atendera. Nem em sonho ela iria enterrá-lo com uma bebida tão rara e preciosa, como ele pedira. E aquela ocasião, agora, era perfeita para brindar ao futuro. E à iminente partida de Walter desta para melhor.

— Pronto! — Toots abriu a garrafa e correu até o armário da sala de jantar, de onde tirou quatro copos de cristal. Um uísque de 50 mil dólares não podia ser bebido em canecas de café.

Toots colocou os copos sobre a mesa e encheu cada um deles quase até a boca com o uísque.

— Isto aqui é o melhor que o dinheiro pode comprar. Uma das raras extravagâncias de Leland. Ele queria ser enterrado com esta garrafa, mas eu não consegui cometer um disparate desses.

— Como se fosse fazer alguma diferença para ele! — Sophie deu risada. — Será que ele achou que poderia querer tomar um gole, no caso de ser enterrado sem estar de todo morto?

— Bem, tem aquela coisa toda de vida após a morte, e tal... Pode ser que ele fique furioso quando vocês se encontrarem no além — observou Mavis, concordando em tomar só um golinho, já que dali a pouco faria o teste ergométrico.

— Mavis, eu não tenho dúvida nenhuma de que Leland está assando no fogo do inferno neste momento, e não acho que exista a menor possibilidade de encontrá-lo no além. Pelo menos, espero que não!

Ida entrou na cozinha nesse momento e parou a uma curta distância da mesa. Tinha acabado de tomar banho e estava vestida para matar, com uma pantalona preta, blusa de seda creme e nenhum fio de cabelo fora do lugar.

— Quem está assando no fogo do inferno?

— O último finado marido de Toots — respondeu Sophie. — Íamos agora mesmo fazer um brinde à morte de Walter, que está para ocorrer em breve. Quer se juntar a nós?

Ida assentiu, deu um passo à frente e pegou um dos copos. Era a primeira vez em muito tempo que tocava em um objeto sem se certificar de que estava devidamente esterilizado.

Um passo de cada vez, pensou, segurando o copo na mão enluvada de látex.

— Claro, por que não?

E então, pela segunda vez em menos de 24 horas, as mulheres se reuniram em volta da mesa e fizeram um brinde.

— A novos começos! — exclamou Toots, erguendo seu copo.

Ida, Sophie e Mavis encostaram seus copos no de Toots. A não ser pelo tilintar do cristal, a cozinha mergulhou no mais completo silêncio enquanto as quatro mulheres imaginavam o que o futuro reservava para cada uma delas.

Quando Mavis voltasse do exame, as quatro embarcariam na maior e mais louca aventura da vida delas.

CAPÍTULO
XIII

Dez milhões de dólares! Mesmo pagando a hipoteca da *Informer* e algumas dívidas de jogo, ele ainda estaria no buraco por dois milhões.

Rodwell Archibald Godfrey III estava mesmo enrascado. A não ser que... Seu cérebro começou a funcionar a mil por hora. Poderia pegar o dinheiro e fugir. Viajaria direto para as ilhas Caymã, onde existiam centenas de bancos que não questionavam depósitos de grandes quantias de dinheiro. Conseguiria uma nova identidade e um novo estilo de vida. Se arquitetasse uma bela estratégia para seu desaparecimento, poderia sair ileso. Lembrou-se das conexões com gente tão inescrupulosa quanto ele. Precisaria de uma nova carteira de identidade e de motorista, cartão de crédito e passaporte. Sabia que nunca mais teria uma oportunidade de sumir com tanto dinheiro.

Em uma fração de segundo, Rag decidiu encarar a aventura. No entanto, ainda lhe restava a voz da consciência, que insistia que ele tinha de ficar e lutar pelo dinheiro. Sabia que seus maiores erros na vida tinham sido por ter optado por viver o momento, e nem sempre as consequências haviam sido satisfatórias. Bem, teria de conviver com o incômodo de estar agindo erradamente, mas decidiu pensar nas consequências depois. Aliás, havia sido por isso que entrara naquela confusão toda.

Rag fechou os olhos e respirou fundo, considerando a questão mais uma vez, pesando um lado e o outro. Não havia saída melhor, tinha mesmo de pegar a bola e sair correndo do campo, e azar de quem ficasse para trás.

Tirando o *Blackberry* do bolso, Rag navegou por sua agenda de telefones. Quando encontrou o número que estava procurando, tirou um outro celular do bolso e fez a ligação. Andou de um lado para outro do escritório enquanto esperava para ser atendido, passando a mãos pelos cabelos ralos. Não tinha adiantado nada deixar os fios de um lado crescerem para tampar o outro. A emenda estava pior do que o cabelo de Donald Trump, pois dava para sentir parte da careca descoberta. Agora podia cogitar investir em um implante. Conseguiria ficar com a maior parte dos 10 milhões que algum louco oferecera pela *Informer*.

Rag chegou a pensar se o comprador louco não seria alguém de outro planeta, pois aquilo não tinha uma razão plausível de ser. Conhecia o assunto, pois publicava matérias de seres de outros planetas pelo menos uma vez por mês.

Por estar ansioso demais, começou a considerar seriamente o implante de cabelos, talvez até uma operação plástica, um *lifting* no rosto. Seu rosto já apresentava sinais dos 52 anos de idade. As mulheres que se interessavam por ele eram todas de meia-idade, com cabelos quebradiços e tingidos de loiro, bronzeadas em um tom bem escuro e batom brilhante nos lábios. Não que deixassem de ser bonitas. Quando ele decidia investir em algumas daquelas mulheres, e contava que era dono de uma revista, elas achavam que ele era o sr. Milionário e se jogavam para cima dele. Até que algumas souberam que a *Informer* era uma revista de terceira categoria afundada em dívidas, e o assédio parou no mesmo instante.

Rodwell... Rag, como era conhecido no meio jornalístico... decidiu que já era hora de se mudar para pastos mais verdes e novos. Dez milhões de dólares eram uma garantia de sucesso em todas as áreas. Ah, se eram!

— Alô? — uma voz rouca atendeu do outro lado da linha.

— Preciso falar com Micky — Rag respondeu com um rosnado.

— Você e meio mundo querem encontrá-lo.

— Aqui é o Rag. Quando acha que ele vai aparecer?

Não lhe ocorrera que Micky poderia não estar disponível. Droga!

Houve um minuto de silêncio antes que a pessoa do outro lado da linha voltasse a falar:

— Quem você pensa que é para perguntar sobre meu chefe? O presidente? "Quando ele vai aparecer?" Isso é coisa que se pergunte? — A voz tornara-se tão sinistra que Rag sentiu os pelos da nuca se arrepiarem.

Estava ficando sem tempo. Micky era um contato muito bom para ser perdido por um mal-entendido. Rag não tinha certeza, mas suspeitava que o amigo tivesse conexões com a máfia.

— Preciso falar com ele com urgência, caso contrário não estaria ligando em seu número particular. Diga a ele que nosso possível trato envolve uma grande quantia de dinheiro. Peça que me ligue se estiver interessado.

Dito isso, Rag fechou o celular que usava para ligar para seus *bookmakers* e amigos suspeitos.

Ainda não tinha se passado um minuto inteiro quando o celular tocou. Rag olhou para o visor e identificou o número para o qual tinha acabado de ligar.

— Alô.

— Estou retornando sua chamada. — A voz grossa fez com que um calafrio percorresse a espinha de Rag.

Bom garoto! Antes de começar a falar, Rag hesitou, mas logo afastou a sensação ruim. Lembrou-se de que aquela era uma chance rara de recomeçar. Não permitiria que ninguém ficasse em seu caminho.

— Preciso de alguns documentos para ontem! Ou seja, estou com *muita* pressa. Quero certidão de nascimento, passaporte, carteira de motorista, cartão de crédito, ou seja, o pacote completo. Em quanto tempo você me arruma tudo isso?

— Espere um minuto... Nós ainda não discutimos quanto isso vai lhe custar. Costumo discutir o valor antes de dar andamento em qualquer negócio — declarou Micky.

Rag achou a maneira de falar de Micky tão estúpida quanto a do sujeito que havia atendido o telefone minutos antes. Conhecia bem aquela espécie de gente, já que trabalhava em Hollywood. Mas por que se importaria com bons modos? Se quisesse uma operação limpa, teria ido ao JP Morgan Chase e feito um empréstimo de 10 milhões de dólares.

— Estou disposto a pagar o que for necessário.

Rag não tinha ideia de uma cifra, mas não seria pateta a ponto de mencionar um valor de antemão.

— Cem mil dólares — informou Micky, antes de acrescentar segundos depois: — Cada documento.

— Quatrocentos mil? Você está louco? Consigo documentos falsos pela internet por apenas mil dólares!

Rag não estava nem um pouco disposto a perder 400 mil dólares para conseguir uma nova identidade.

— É verdade, mas será que você passará pela alfândega com documentos tirados pela internet? Acho que não. Bem, trata-se do seu dinheiro e da sua vida. Faça o que bem entender.

Droga!

— Tudo bem, vamos negociar. Ofereço 50 mil dólares por tudo. Isso é tudo o que tenho. Fechado ou não? — Rag prendeu a respiração, esperando que sua oferta fosse aceita.

Silêncio.

— Tudo bem, posso violar as regras por você, pois já fizemos negócios antes. Para quando você precisa dos documentos?

— O mais rápido possível... Talvez para algumas horas atrás.

Rag de repente sentiu-se animado como não se sentia havia muito tempo. Los Angeles que fosse para o inferno! Estava cansado daquelas estrelas de segunda categoria que posavam como se fizessem parte da realeza; enjoado por ter de cavoucar histórias que não eram bem verdadeiras, só para competir com as outras revistas, estratégia que nunca tinha funcionado. Para o inferno com tudo aquilo! Podia sentir que dias melhores estavam por vir.

O sexto sentido de Christopher Lee Clay, Chris para os amigos, informava que havia alguma coisa errada com a compra da *Informer*.

Algo não estava certo, mas ele não saberia dizer onde estava o problema. Rodwell Godfrey tinha a reputação de não ser muito honesto. Chris tinha sido o responsável por juntar toda a papelada para a compra da revista, a pedido de Toots. Não se lembrava ao certo se tinha ficado desconfiado da transação desde o primeiro momento ou se tinha sido quando ela transferira o dinheiro para uma conta conjunta, oficializando a operação. Não contente, decidira tomar precauções extras enviando toda a papelada por fax para um amigo advogado corporativo, para se certificar de todos os pingos nos "is". O amigo havia confirmado que estava tudo em ordem.

Ainda assim, Chris não estava satisfeito. Não tinha contado a Toots, optando por esperar que ela e as amigas chegassem no final da tarde a Los Angeles. Talvez estivesse sendo criterioso demais por se tratar de sua madrasta. Apesar de ela possuir milhões de dólares, não queria se responsabilizar pela perda de nenhum centavo. Com esperança de que a suspeita fosse apenas paranoia de sua parte, examinou os papéis uma última vez. Tudo parecia certo, mas a sensação de desconfiança não tinha desaparecido.

Godfrey tinha se dado bem, pelo menos disso Chris estava certo. Talvez o preço pela revista tivesse sido alto demais, mas mesmo assim Toots tinha pagado. Claro que ela havia pedido que ele oferecesse o dobro, caso alguém já tivesse feito uma oferta para a compra da revista. Toda aquela papelada tinha razão de ser. Embora Chris soubesse que a revista não valia nem um centésimo daquele valor, também estava ciente de que, quando Toots punha alguma coisa na cabeça, não sossegava enquanto não conseguisse o que queria. Sua filha, Abby, era igualzinha.

Por falar em Abby, Chris se lembrou de quando vira sua irmã postiça pela primeira vez. Ela ainda estava em plena adolescência e ele já tinha terminado o segundo grau. A simpatia fora mútua e instantânea, mas depois daquela tarde as visitas dos dois a Charleston raramente voltaram a coincidir. Mesmo depois da morte de seu pai, ele tinha ficado bem próximo de Toots, mas ainda assim não vira Abby o suficiente para despertar sentimentos fraternais genuínos. Toots havia praticamente implorado para que ele fosse à formatura do segundo grau de Abby. Chris concluíra que era o mínimo que podia fazer por uma irmã postiça de quem tinha gostado bastante.

Depois da cerimônia, Abby tinha tirado a beca e o chapéu, deixando Chris boquiaberto. Ela não era mais aquela garotinha magrela de cabelos enrolados. Abby Simpson era um arraso de mulher. A partir daquele instante, nunca mais a encarara com os mesmos olhos. Nas poucas vezes em que tinham se encontrado no passado, ele costumava provocá-la por ser tão baixinha, dizendo que ela não iria crescer mais. Bem, ela tinha se transformado e crescido, e se transformado em uma mulher maravilhosa, muito mais do que as aspirantes a estrela que costumavam grudar nele sete dias por semana.

Depois que Abby se mudara para Los Angeles, eles se encontravam ocasionalmente para jantar, sempre a convite dele. Todas as vezes Chris sentira-se atraído de uma maneira que não podia ser chamada de fraternal. Tinha a impressão de que a magnata Toots o mataria se soubesse de suas intenções, e assim manteve segredo.

Por algumas vezes tinha surpreendido Abby fitando-o de uma maneira que nada tinha a ver com uma irmãzinha caçula. Ainda não tinha sugerido algo mais por simplesmente achar que não era certo. Chris costumava sair com boa parte das estrelas de Hollywood. Ser um advogado de artistas e empresas de entretenimento tinha suas vantagens. Estava acostumado a negociar toneladas de contratos para a nata de Hollywood e era muito bem pago por seus serviços. Ainda assim, sempre havia aquelas estrelas que faziam questão de pagar mais do que os combinados 20% de seus ganhos, como se fosse um bônus extra pelo serviço. Se fosse honesto consigo mesmo, algo que fazia questão de ser sempre, admitiria que estava cansado daquele ritmo louco de Los Angeles. O brilho e o glamour já tinham perdido a validade havia muito tempo. Aos 33 anos, ele queria algo mais, alguma coisa real, que sempre acabava remetendo-o a Abby.

Abby não escondia o fato de amar Los Angeles e o trabalho como repórter de tabloide, e não se arrependia de suas escolhas. Chris a admirava por sua honestidade e coragem. Era um carinho concreto, pensava ele, apesar de aquilo soar como um sentimento tolo e fora de moda. Entretanto, quando chegasse a hora de se estabilizar, sabia que gostaria de alguém como Abby a seu lado, uma pessoa segura de si. Infelizmente teria de se mudar para Dakota do Norte se quisesse encontrar alguém como Abby, porque realidade e Los Angeles não combinavam.

Munido dos documentos legais, Chris foi até a cozinha para pegar uma garrafa de água Perrier antes de se acomodar na varanda de frente para o mar. Tinha pago uma pequena fortuna pelo apartamento à beira-mar e agora se perguntava a razão de ter feito isso, uma vez que ali nunca parecera ser seu verdadeiro lar. Talvez porque não lembrasse em nada a mansão de Toots ou a pequena casa de Abby.

O apartamento era moderno, com paredes de vidro do piso ao teto, piso de tábuas de pinho claro e absolutamente nenhuma personalidade. Não havia almofadas espalhadas, nem uma pilha de revistas dispostas displicentemente em na mesinha de canto, nem fotos de família, nem vasos de plantas. Na época ele pensara que não ter nenhum objeto pessoal facilitaria quando resolvesse se mudar no futuro, levando apenas a escova de dentes.

Na verdade não gostava dos móveis, nem do jogo de pratos, nem das cortinas e muito menos dos quadros nas paredes. Para ser bem sincero, não gostara de absolutamente nada ali desde que comprara a casa, cinco anos antes. Culpa da decoradora, mas principalmente sua, por não ter dito como gostaria que a casa fosse arrumada. Tinha dado carta branca para a decoradora, pois estava ocupado demais negociando os contratos e as fartas remunerações. Se bem que não ficava muito em casa, apenas passava a noite ali, e de olhos fechados, portanto não precisava olhar para nenhum canto.

Já tinha oferecido jantares para alguns clientes, mas contratara o serviço de um bufê e não se preocupara com nada. Nenhum amigo vinha visitá-lo, tampouco passava os domingos jogando futebol com os vizinhos, absolutamente nada. Em resumo, a casa era apenas um lugar para dormir e tomar banho. Como não tinha um escritório, passava a maior parte da semana em lugares e clubes badalados, fazendo negócios com clientes ou potenciais clientes que queriam "ser vistos". Como tinha sido eleito um dos dez melhores partidos de Los Angeles, as mulheres, tanto jovens quanto mais velhas, disputavam para aparecer a seu lado. Chris não se orgulhava do fato por se tratar de um mundo muito superficial. Contudo, havia muita gente que achava o contrário, tanto que não hesitaria um segundo sequer para trocar de lugar com ele.

Talvez, com a chegada de Toots à cidade, finalmente teria um tempo para se divertir.

CAPÍTULO
XIV

Assim que o avião pousou e foi dada a permissão para que se ligassem os celulares, Toots discou para Abby, que, conforme havia prometido, tinha providenciado uma limusine para esperar por elas ao lado da pista. Toots estava ansiosa para rever a filha e levar as amigas para o Beverly Hills Hotel, onde seriam muito mimadas. Nada mais que o merecido.

O voo tinha sido agradável e ela estava feliz por ter alugado um jato particular para a viagem. Não podia imaginar Ida em um voo comercial. Ela tinha passado o tempo todo quieta e encolhida em sua poltrona. Toots bem sabia que a apreensão da amiga nada tinha a ver com medo de avião, mas sim com tocar em alguma coisa contaminada.

Pobre Ida... Já estava marcada uma consulta com um psiquiatra, especialista naquele tipo de transtorno, para o dia seguinte. E, se a consulta não fosse proveitosa, Ida iria bater em retirada.

Antes de sair de Charleston, Toots tinha pedido que Henry Whitmore transferisse 10 milhões de dólares para uma conta conjunta com Chris para a compra da *Informer*. Henry havia protestado, questionando sua sanidade mental, ao saber qual seria o destino do dinheiro. Quando conversara com Chris a respeito da venda, este também não se mostrara confiante, como era de se esperar.

Toots se preocupou um pouco. O que faria se tivesse de contar a Abby que havia comprado a *Informer*? Será que a filha aceitaria trabalhar com a *mãe*? Toots estava certa de que não. Mas, se fosse necessário, confessaria tudo a Abby e evitaria qualquer briga consequente.

Deixando as preocupações de lado, Toots esperou até que o motorista colocasse todas as malas no carro. Assim que ele abriu a porta da limusine, ela se afastou para que Mavis entrasse primeiro, já que ocuparia boa parte do acento em "U". Joe tinha dado o aval de que ela estava em boas condições naquela manhã. O resultado do teste ergométrico indicara que ela estava apta a começar um programa de exercícios no momento em que quisesse. Mavis sentou-se e colocou Cacau no colo. Sophie entrou em seguida.

— Mal posso acreditar que depois de todos esses anos estou andando em uma limusine deste tamanho. Vejo sempre umas iguais a esta passar pela cidade — disse Sophie, batendo no assento a seu lado. — Venha, Ida. Juro que não tenho nenhum piolho.

Sophie riu e Toots não pôde deixar de imitá-la.

Como se estivesse entrando em um campo minado, Ida sentou-se com cuidado ao lado de Sophie. Toots foi a última a entrar, sentando-se de frente para as três.

Em um dos lados havia uma garrafa de champanhe dentro de um balde de gelo. Alguém tinha feito a delicadeza de deixar um cartão preso ao gargalo.

— Isso foi presente de Abby — Toots anunciou, passando os olhos pelo cartão. — Ela nos dá as boas-vindas a Los Angeles e diz que vai nos encontrar no Polo Lounge do hotel para jantarmos juntas às 7 horas. Sete horas seriam 10 horas para nós. Bem, temos tempo para tirar um cochilo ou pelo menos descansar um pouco. O que vocês acham?

Toots percebeu a animação na própria voz, algo que não sentia havia muito tempo. Para ser mais exata, desde que se casara com Leland. Agora Leland estava coberto por sete palmos de terra e ela muito viva e prestes a embarcar em uma nova aventura. Nada a impediria de desfrutar a vida naquele momento; não que algum dia alguma coisa a tivesse impedido de fazer o que bem entendesse. Passara os últimos tempos um pouco mais reservada, isto é, nem sempre. Bem, estava começando um novo e grande dia! Toots estava animada pela simples razão de estar livre e desimpedida. E pretendia manter o *status* por um bom tempo. Nada de homens. Ou melhor, nada de *casamentos*, pelo menos; não estava abdicando da companhia masculina por completo, mas ter se casado oito vezes era um bom recorde.

— Estou pronta para o que der e vier! Quero fazer aquela massagem de corpo inteiro de que você sempre se gabou, Toots. Acho que também vou cortar o cabelo, tingir e me depilar — disse Sophie, sorrindo.

— Quais as partes que você costuma depilar? — Mavis quis saber.

— Que partes você acha que eu depilo? — Sophie devolveu a pergunta.

— Eu não sei, por isso perguntei. Vi pela televisão que as mulheres raspam tudo hoje em dia. E, quando digo "tudo", quero dizer isso mesmo que vocês estão pensando.

— Bem, eu não chego a tanto. Quase morro de dor para tirar as sobrancelhas. Não consigo imaginar o quanto deve doer para depilar... Ah, você sabe o quê. — Sophie olhou para o colo da amiga. — Aí, nos países baixos.

Toots caiu na gargalhada. Mavis e Sophie eram ingênuas demais. Ela sabia que antes, de ficar fóbica, Ida tinha feito uma depilação completa. Ao fitar a amiga, ficou surpresa com o sorriso malicioso naqueles lábios finos. Talvez Ida não fosse um caso perdido, afinal.

— Ora, ela perguntou, eu respondi! — Sophie se defendeu. — Por que está rindo, Toots? Você já se depilou inteira?

— Claro que sim.

— Onde? — Sophie insistiu.

— Ah, pare de fazer perguntas como se fosse uma adolescente. Não, eu não depilei nada abaixo da cintura e acima das coxas. E, mesmo que tivesse depilado, não contaria.

— Não precisa ficar tão brava. Eu só estava curiosa. Nunca me depilei tanto assim, portanto minhas dúvidas são pertinentes. E você, Ida? Você mora na cidade grande. Já foi àqueles salões luxuosos para se depilar?

— Sophie! — Toots a repreendeu.

— Quero saber se ela já fez alguma coisa parecida antes de começar com esse medo de germes.

— Sophie Manchester, fique sabendo que eu já depilei o meu hemisfério sul mais de uma vez. Na verdade, a ideia foi de Thomas. Não dói muito — confessou Ida, fitando Sophie nos olhos.

Todas encararam Ida, surpresas. Cacau acordou e começou a latir, abanando o rabo minúsculo. Ida tinha permanecido calada durante a viagem inteira. Todas tentaram visualizar Ida permitindo-se depilar para usar biquíni.

— Agora chega, já sabemos o suficiente, Ida — murmurou Mavis. — Não sei quanto a vocês, mas eu estou morrendo de fome. Podemos incluir um lanchinho na agenda antes do jantar?

Cacau latiu de novo. Na certa ela conhecia a palavra "jantar", pensou Toots.

— Claro que sim. Pedi que cada uma das nossas suítes estivesse suprida de comida, bebida alcoólica e refrigerantes *diet*. Vamos comer alguma coisa no meu bangalô antes de irmos às massagens. Arranjei até uma babá para Cacau. — Toots parou de falar para olhar pela janela. — Olhem a paisagem. Tudo aqui é banhado pelo sol, as flores são exóticas e a cidade é simplesmente linda. Estou tão feliz por vocês terem vindo! Acho que deveríamos brindar a isso.

Toots tirou a rolha do champanhe e logo serviu uma taça para cada uma. Sabia que tinha apenas uma visão de turista do lugar, mas estava tão feliz que sua vontade era de gritar para o mundo inteiro ouvir.

— A que estamos brindando agora? Não que eu me importe muito, mas não quero ficar embriagada no final do dia. O uísque de hoje cedo já me deixou tonta. Acho que não bebo tanto desde a escola de enfermagem — comentou Sophie.

Toots ergueu sua taça.

— Gostaria de fazer um brinde às minhas melhores amigas e às três melhores madrinhas que minha filha poderia ter.

Pela segunda vez naquele dia as quatro tocaram as taças umas das outras.

O trânsito estava muito bom. Algo fora do normal, pensou Toots, ao chegarem ao Beverly Hills Hotel uma hora depois de terem aterrissado. Toots ficou impressionada. Aquela viagem estava sendo o que considerava como *top* de linha, primeira classe do princípio ao fim. Tinha dinheiro suficiente, então por que não aproveitar para se divertir? E ao mesmo tempo proporcionava o mesmo para as amigas. Se alguma coisa a mais acontecesse, seria lucro. Senão, as meninas teriam lembranças excelentes da viagem. Toots era realista, sabia que uma coisa ou outra daria errado, mas o saldo continuaria positivo.

No meio de arbustos nos mais diversos tons de verde e um caleidoscópio de flores salpicando a paisagem, Toots sentiu-se como Dorothy chegando ao reino de Oz quando atravessaram os portões do hotel. Não se lembrava de ter visto tantas plantas e flores exuberantes reunidas em um só jardim, apesar de que Charleston era conhecida por sua flora. Seu próprio jardim possuía uma variedade incrível de flores, mas não se comparava à exuberância que tinha diante dos olhos.

— Vocês estão vendo o mesmo que eu? — indagou Sophie olhando pela janela, conforme a limusine avançava pela via de cascalho. — Não quero nem imaginar quanto custa a diária.

Mavis tentou se inclinar para a frente para olhar pela janela também, mas era pesada demais para se mover no espaço exíguo.

— Droga, estou gorda demais até para me mexer. Ah, Toots, não vejo a hora de me livrar de toda esta banha! Estou sem graça até para entrar na recepção. Aposto que lá dentro deve estar cheio de estrelas de cinema e tipos hollywoodianos.

— Escute aqui, Mavis, você é tão boa quanto... Não, você é melhor do que a maioria dessa gente. — Toots vislumbrou o medo nos olhos da amiga. — E daí se você está acima do peso? Estamos aqui neste paraíso e você também vai se divertir. E se alguém ousar mexer com você, terá de se ver comigo.

Os olhos de Mavis ficaram marejados.

— Está certo, acho que posso passar por isso sem grandes problemas — murmurou.

— Lembre-se do que está dizendo quando eu não a deixar sair da esteira ou quando oferecer-lhe um belo filé de peixe em uma bandeja decorada com lascas de limão.

— Vou me esforçar ao máximo, prometo — disse Mavis, e Toots sabia que ela estava falando a sério.

— Sei que fará o que puder. Agora, seque essas lágrimas. Quero ver um sorriso nesse rosto. Minha amiga, lembre-se de que estamos em Hollywood. Isso não é incrível? E o mais importante de tudo é que estamos em uma missão para fazer com que a vida de Abby seja perfeita.

— Todo mundo sorri em Hollywood. — Sophie abriu um sorriso para provar o que dizia.

Assim que a limusine parou, o motorista desceu prontamente para abrir a porta de trás.

Uma a uma, as senhoras saíram do carro sob a ensolarada tarde californiana.

— Bem-vindas ao Beverly Hills Hotel — saudou um rapaz, vestido de branco dos pés à cabeça. — Sigam-me, por favor.

O Beverly Hills Hotel, localizado em Sunset Boulevard, era *o* hotel, onde as estrelas de cinema podiam ser vistas no dia a dia, segundo o guia turístico de Toots, razão pela qual ela fizera as reservas ali. Outra razão da escolha fora porque queria se deitar na mesma cama onde Elizabeth Taylor tinha dormido. E, como nova proprietária e *publisher* da *Informer*, não queria perder nenhuma oportunidade de encontrar uma nova história sobre Hollywood. Estava preparada, caso precisasse inventar alguma coisa. Não permitiria que Abby perdesse o emprego por causa de um idiota jogador e mulherengo. Não enquanto estivesse viva.

— Venha logo, Toots, estamos esperando — chamou Mavis.

Toots estava tão perdida em pensamentos que não se deu conta de que as amigas já estavam dentro de uma van que as conduziria até as suítes horizontais, chamadas ali de "bangalôs".

— Desculpem-me, eu me distraí, o que não é difícil com todo esse sol.

— E você ainda está com ideia de morar aqui? — Sophie perguntou.

— Não durante o ano inteiro, pelo menos não a essa altura do campeonato. Pretendo passar os próximos quinze dias aprendendo como se administra um tabloide. Acho que não terei dificuldades, mesmo porque pretendo contratar pessoas capacitadas para tanto. Acho que irei mais observar do que operacionalizar a revista. O difícil será nos mantermos no anonimato e assegurarmos que Abby não suspeite de nada.

Será que tinha dado um passo maior do que a perna? Toots esperava que não.

— Ainda não entendi por que você não conta a ela que comprou a revista — opinou Ida. — Duvido que ela não descubra de um jeito ou de outro.

— Tire isso da cabeça agora. E já que você é conhecida por falar demais às vezes, é melhor manter essa sua boca fechada, senão sou capaz de enfiar sua mão, sem as luvas de látex, dentro da lixeira mais próxima — advertiu Sophie.

— Eu não disse que contaria a Abby. Claro que eu não faria nada que pudesse chateá-la. Só não entendo a razão de tanto segredo. Sou sempre a favor da sinceridade, assim se evitam problemas. E pare de me ameaçar, Sophie.

Toots pôs o dedo indicador sobre os lábios, indicando o motorista com um sinal de cabeça.

— Vamos deixar esse assunto para mais tarde. Agora só estou interessada em relaxar, aproveitar o lugar e tomar um drinque para celebrar nossa visita. Chego a pensar se não foi uma bênção tirar umas férias de Bernice. Ela é ótima, mas protetora demais e enxerida. Normalmente não me importo. Droga, claro que me importo.

— Isso não é verdade. Ela se mete na sua vida apenas porque se preocupa com você. Admita, você a ama tanto quanto a nós, segundo suas próprias palavras em um e-mail recente — declarou Sophie, fingindo ciúme.

— É verdade, mas mesmo assim é bom estar sozinha, sem ninguém tomando conta de mim o tempo todo.

— Entendo o que está dizendo. Quando eu era professora, costumava rezar para chegar logo o verão. No final do ano letivo, os alunos ficavam muito inquietos e eu me esgotava dando aulas de inglês. Tudo o que eu queria era ir para casa e relaxar, sem me preocupar com ninguém. Claro que, quando Herbert morreu, cheguei a pensar em me candidatar para ser professora substituta. Não sei o motivo que me fez mudar de ideia. Talvez, se tivesse voltado a trabalhar, não tivesse engordado tanto.

Mavis riu de si mesma e Toots encarou o riso como um bom sinal.

— Bem, como vocês sabem, o passado já virou história. É hora de nos aventurarmos em coisas maiores e melhores — Toots anunciou.

— Eu já tenho a parte "maior", o que me faz esperar pela "melhor" — constatou Mavis com um amplo sorriso.

— Esse é o espírito de tudo! — Sophie vibrou. — Algo me diz que estamos prestes a ter uma experiência que valerá por nossa vida.

— Tomara que seja algo calmo — concordou Toots, meneando a cabeça.

— Teresa, você acha mesmo que consigo superar esse... problema? — Ida olhou para as mãos enluvadas. — Sei que parece loucura, mas não consigo evitar. Farei tudo o que for humanamente possível para voltar a ter uma vida normal. Se você me ajudar a superar isso, eu a perdoarei por ter me roubado Jerry.

— Você já deu o primeiro passo. Pretendo ficar a seu lado em cada passo dessa jornada até que você consiga enfiar a mão em uma lixeira como Sophie falou. É para isso que existem os amigos. Ficaremos juntas o tempo todo. E, antes que eu me esqueça, Ida, fiz um favor a você casando-me com Jerry. Quantas vezes preciso dizer isso? Ele não conseguia nem... Vamos colocar a situação de outra forma: durante todos os anos de casados não tivemos nada além de uma relação platônica.

— Suponho que deva agradecer a você — observou Ida, com um sorriso brotando nos lábios.

— Esqueça-se de Jerry, Ida, e siga em frente. O passado já era. Não estamos ficando mais jovens, e, quanto a mim, pretendo saborear esses próximos anos de esplendor.

A van parou em um pequeno estacionamento perto do conjunto de bangalôs. O motorista desceu e falou com um garoto uniformizado. Outros dois rapazes se aproximaram e se encarregaram das malas. O motorista abriu a porta do lado do passageiro e sinalizou com o braço.

— Senhoras, bem-vindas ao Palácio Rosa.

A encenação foi tão dramática que as mulheres caíram na risada.

CAPÍTULO XV

Antes que mudasse de ideia, Abby digitou o número do celular de Chris. Não o encontrava havia anos e tinha certeza de que ele gostaria de ver sua mãe enquanto ela estava na cidade. A desculpa era boa demais para deixar passar. Tinha uma regra que não gostava de quebrar. Não importava o quanto estivesse com saudade ou que quisesse vê-lo, jamais ligaria sem uma boa razão.

— Chris Clay — ele atendeu.

— Que tal dizer "alô"? — brincou Abby.

— Estou sonhando ou você sai mesmo da toca de vez em quando? — provocou Chris.

Abby notou que ele estava rindo do outro lado da linha e imaginou o brilho sensual naqueles olhos azuis. Era melhor guardar aqueles pensamentos para si. Repreendeu-se um segundo depois. E por que não sonhar? Afinal, não era nenhuma freira.

— Saio, sim. E se Rag descobrisse meu paradeiro, eu logo estaria procurando outro lugar para me esconder. Ele pôs a revista à venda e, segundo as fofocas, encontrou alguém idiota o suficiente para comprar. Sempre há uma centelha de verdade nos rumores, principalmente quando a pessoa em questão é o meu chefe.

— Eu também ouvi esse boato — Chris comentou.

— As notícias correm, mas não é por isso que estou ligando. Você não vai acreditar, mas minha mãe e minhas três madrinhas estão na cidade. Elas estão hospedadas no Palácio Rosa do Beverly Hills. Pretendo jantar com elas lá no hotel mesmo, no Polo Lounge. Pensei que talvez você quisesse nos fazer companhia.

— Acho que posso, sim. Não vejo a magnata Toots há muito tempo também. Quer que eu vá buscá-la?

Abby pensou por alguns segundos. Seu carro estava imundo, Chester havia babado nos vidros e ela tinha se esquecido de limpar. Morreria de vergonha de entregar o carro para um manobrista do hotel.

— Claro que sim. Podemos pôr a conversa em dia sem que mamãe fique nos observando. Você acha que às seis horas é cedo demais? Aliás, com qual estrela de cinema você está saindo esta semana? — indagou ela, sem nenhuma cerimônia.

Ainda bem que Chris não podia vê-la com os dedos cruzados, esperando uma resposta negativa.

— Às seis está ótimo. Vejo você mais tarde, então, e obrigado pelo convite. Não estou saindo com ninguém. Estou ficando careca, vai ver que é por isso que elas estão perdendo o interesse — contou ele, rindo da própria piada e desligando em seguida.

Abby ficou olhando para o fone durante um tempo, parabenizando-se por ter conseguido que Chris aceitasse um convite. Ela bem sabia da reputação dele com as mulheres. Eram raras as noites em que não era visto com uma estrela de cinema em um dos inúmeros lugares badalados de Los Angeles. Já tinha tido a oportunidade de escrever sobre ele uma ou duas vezes. Contudo, por ser da família, ele estava fora dos limites, não importando quem estivesse a seu lado. Tinha deixado de publicar boas histórias por sua lealdade à família.

Abby imaginou a mãe mergulhando em uma imensa banheira com um cálice de vinho e uma pilha de tabloides. Se por acaso tivesse escrito alguma história mais picante sobre Chris, Toots desmaiaria, simplesmente porque o considerava um filho. Toots jamais permitiria que alguém maculasse a reputação de seus filhos. E, se por acaso tentassem, Abby sabia o preço que teriam de pagar. Riu ao imaginar a mãe, a beldade do Sul, chutando alguns traseiros e só depois averiguando a identidade.

Com bastante tempo livre e considerando que sairia à noite, Abby resolveu levar Chester para um longo passeio. O pastor-alemão de 43 quilos pulou do sofá e correu para a porta da frente.

— Vamos, garoto. Precisamos tomar um pouco de ar fresco.

Uma hora mais tarde, Abby e Chester voltaram para casa, ambos animados pela caminhada. Chester estava com a língua para fora ao segui-la até a cozinha, onde ficava seu pote cheio de água. Levou apenas um minuto para beber tudo. Sedenta também, Abby pegou uma garrafa de água e bebeu no gargalo. Ao olhar para o relógio acima da geladeira viu que ainda tinha uma hora para tomar banho e se vestir antes de Chris chegar.

Sem perder tempo, correu para o banheiro, abriu a torneira e entrou debaixo do chuveiro. Lavou os cabelos com um xampu perfumado de frutas cítricas, derramou uma boa quantidade de sabonete líquido de gardênia na esponja, espalhou pelo corpo e em seguida ficou observando as bolhas de sabonete escorrendo para o ralo.

Enrolando os cabelos molhados em uma toalha como se fosse um turbante, Abby entrou em seu *closet* para decidir o que iria vestir. Olhou para um vestido Versace preto e justo, presente de aniversário de sua mãe no ano anterior. Tirando-o do cabide, colocou em frente ao corpo e mirou-se em um espelho de corpo inteiro atrás da porta. Chris a acharia arrumada demais. Aquele era um vestido típico de uma menina boazinha. Com esse veredito, o vestido foi jogado em cima da cama. Não queria parecer uma garota comportada, pelo menos não naquela noite. A última coisa que desejava era que Chris a visse como a irmãzinha caçula. Queria mesmo era que ele a julgasse como uma das estrelas com quem costumava sair.

Mas onde estava com a cabeça? Sairia para jantar com a mãe e as madrinhas, não tinha necessidade de se preocupar tanto com o que vestir. Na verdade, o vestido preto estava perfeito. Completaria o figurino com um colar de pérolas e sandálias de salto alto. Com a decisão tomada, Abby começou a secar rápido o cabelo. Em seguida maquiou-se como se fosse uma profissional. Quando terminou, deu um passo atrás e admirou o resultado. Seus amigos do trabalho costumavam dizer que ela se parecia com Meg Ryan. Exagero.

CAPÍTULO XVI

Toots vestiu-se com uma saia azul, combinando com uma blusa de tom mais claro e sandálias prateadas. Prendeu os cabelos no alto da cabeça, colocou um par de brincos de diamante e um pouco de base no rosto para esconder as olheiras, finalizando com *blush* no alto das bochechas. Escolheu um batom cor de bronze e espalhou-o pelos lábios com satisfação. O espelho lhe dizia que não conseguiria ficar muito melhor do que seu reflexo lhe mostrava.

Aos 65 anos, sentiu-se viajando no tempo. Claro que não esperava se parecer com Kate Hudson; isto é, talvez com sua mãe, Goldie Hawn. Prometeu a si mesma que dormiria no dia seguinte até tarde, embora soubesse que seu relógio biológico não acompanharia o ritmo. Contudo, nada daquilo era importante. Estava exatamente onde planejara, acompanhada de pessoas queridas.

Mavis, Sophie e Toots tinham passado uma hora fazendo massagem facial. Ida optara por ficar na suíte, limpando e desinfetando tudo. Tinha requisitado a camareira duas vezes, pedindo mais toalhas e lençóis. Toots ainda tentara convencê-la de que os lençóis estavam mais do que limpos, mas o esforço foi em vão.

Quando voltou da sessão de massagem, Toots ligou para a recepção e conversou com o gerente para contar sobre o problema de Ida. Embora detestasse precisar trair a amiga, receou que, se não explicasse o transtorno obsessivo-compulsivo de Ida, o gerente iria se cansar de tantas exigências e acabaria pedindo que ela fosse se hospedar em outro hotel.

O gerente tinha sido mais do que atencioso, garantindo que Ida poderia solicitar quantos lençóis quisesse, inclusive, se quisesse visitar a lavanderia, seria muito bem-vinda. Toots esperava que não chegasse a tanto.

Pegando uma bolsa pequena e brilhante, que teoricamente estaria na última moda em Los Angeles, Toots saiu do quarto. Iriam jantar no Polo Lounge! O que poderia existir de mais maravilhoso? Respirando fundo, olhou em volta, apreciando a decoração da suíte pela primeira vez. Todo o apartamento era decorado em tons de verde e cor-de-rosa. A mobília havia sido talhada sob medida, conforme contara a camareira, que a ajudara a abrir a mala e guardar as roupas. Havia uma entrada particular, uma sala de estar, outra de jantar, uma lareira, que ela poderia jurar que nunca tinha sido acesa, e uma cozinha que satisfaria qualquer *chef* aficionado. Os acabamentos eram de primeira qualidade e a louça de uma porcelana delicada. O banheiro do quarto tinha duas pias, uma banheira redonda grande e um boxe de mármore cor-de-rosa. As toalhas também eram rosa, combinando com roupões de luxo e chinelos iguais, tudo disposto no armário, esperando para ser usado.

Sobre a pia estavam dispostos diversos vidros e embalagens: gel de banho, xampu e condicionador, creme para as mãos e o corpo. Até a escova de dentes e a pasta eram cor-de-rosa. Tudo era daquela cor.

O Beverly Hills Hotel era tão luxuoso quanto as diárias cobradas, mas Toots tinha tanto dinheiro que, se quisesse gastar 5 mil dólares por noite passada ali, pagaria com gosto. *Pode multiplicar por quarto*, pensou ao sair para a varanda.

Sophie a aguardava no lado de fora do bangalô.

— Nunca vi tanto luxo na minha vida! Me belisque. Quero ter certeza de que não estou sonhando.

Toots riu e beliscou o braço da amiga, enquanto seguiam para a suíte de Mavis.

— Estamos na terra do faz-de-conta, lembra-se?

— Claro que sim, e não sei como lhe agradecer. Ninguém jamais suspeitaria que meu marido está para morrer — comentou Sophie, dispersa.

Toots sabia onde aquela história acabaria.

— Sophie, não comece a se culpar por ter viajado. Conheço sua história, confie em mim. O sentimento de culpa é impiedoso e você não merece isso. Acho que não preciso lembrá-la do que passou nos últimos trinta anos. Lembre-se, está comigo, Toots, está bem? Quero que relaxe e aproveite enquanto estivermos aqui. Não sabemos quando terá de correr de volta para Nova York para providenciar o funeral de Walter. — Toots tirou um lencinho de papel da bolsa e deu para a amiga.

— Sei de tudo isso, mas não consigo parar de pensar que ele está lá deitado, esperando... para morrer. Walter é um velho débil mental. A bebida e a farra o envelheceram antes do tempo. Ele foi um bastardo cruel, não foi? — Sophie perguntou, com lágrimas brilhando nos olhos.

— Foi, sim. Essa é a razão pela qual quero que você o tire da cabeça, pelo menos por esta noite. Tivemos um dia longo e estafante. Acho que merecemos uma noite divertida. Abby está vindo com Chris. Mal posso esperar até que você e as meninas o vejam. Quer um cigarro?

— Nossa, eu estava morrendo de vontade de fumar.

Toots tirou dois cigarros da bolsa, acendeu-os e deu um a Sophie. Toots caiu na risada ao se imaginar tão "classuda".

As duas seguiram por um caminho particular pelo jardim, cercado por um esplêndido jardim, entre flores que perfumavam o ar do começo da noite. Com vontade de mimar Sophie, Toots pensou em abraçá-la com força até que a vida dura que ela tivera desaparecesse, e lhe emprestar a felicidade que estava sentindo. E não havia homem nenhum em sua vida. Sua felicidade naquele momento era tanta que a deixou com lágrimas nos olhos. Tirando outro lencinho de papel da bolsa, Toots enxugou os olhos.

— Olhe só o que fez! Chorando como um bebê. Seu rímel está escorrendo... — Com o cigarro preso no canto da boca, Sophie pegou o lenço e com cuidado tirou a mancha preta de sob os olhos da amiga. — Pronto. Vamos parar com essa choradeira. Olhe quem está ali.

Sophie apontou para Mavis esperando na varanda de seu bangalô e correu em sua direção.

— Nossa! Há muito tempo não a vejo tão... tão maravilhosa! Seu cabelo e a maquiagem estão perfeitos. Minto. Você era assim aos 18 anos de idade. Mas não se parece com a Mavis que conheço, e sim como uma estrela de cinema — elogiou Sophie.

Com a falta de jeito habitual, Mavis deu uma volta para exibir o penteado e a maquiagem.

— Acho que não chegaria tão longe, mas me sinto como Cinderela. Sei que já disse isso uma centena de vezes. Quando me vi no espelho, tive vontade de chorar. Cacau quase não me reconheceu. Não me sinto nem me arrumo assim há uns vinte anos. Não vejo a hora de começar a malhar. A camareira me prometeu mostrar onde fica a academia amanhã. Segundo ela, alguém providenciou um *personal trainer* para mim. Não posso imaginar quem teve essa ideia. — Os olhos de Mavis brilharam como duas safiras. Olhou para Sophie e Toots e confessou: — Estou me sentindo tão... — Nesse ponto baixou o rosto rubro — ...sexy. — A última palavra foi dita em um sussurro.

— Você é a professora de inglês aposentada mais sexy que eu conheço. O verde-escuro combina muito bem com você — Sophie elogiou, apagou o cigarro e o enfiou no bolso.

Toots piscou, lembrando-se de que, quando estavam em Roma, ela também tinha escondido um cigarro apagado no bolso da amiga.

— Precisamos parar com esse vício. Ninguém mais fuma. Estamos fora de moda.

— Pare *você*. Inclua-me fora dessa — disse Sophie com convicção.

— Sim, senhora — respondeu Toots em tom de chacota.

Mavis ignorou a conversa das outras duas.

— A senhora da loja de roupas, Liz, sabia o que ficaria bem ou não em mim. Tenho uma dívida eterna com essa mulher.

Mavis vestia uma túnica verde sobre uma calça justa que a faziam parecer 15 quilos mais magra. A recém-trocada cor de cabelo caramelo e a maquiagem em tons de pêssego complementavam a coloração delicada. Toots percebeu que a transformação da amiga já tinha começado.

— Acho que vocês duas estão fantásticas. — Toots olhou para o relógio de diamantes no pulso. — Vamos ver se Ida está pronta para deixar seu casulo desinfetado. Não quero deixar Abby esperando.

As três senhoras, vestidas de maneira casual porém chique, foram passeando pelo caminho tortuoso por entre o jardim que levava ao bangalô de Ida, situado entre altas palmeiras e flores cor-de-rosa.

— Nunca vi jardins como estes — Sophie comentou, surpresa. — As únicas flores que vejo em Nova York são as que estão no mercado de Joanne. Tenho certeza de que as flores têm três dias quando ela as pega do distribuidor. Não conheço mão-de-vaca maior. Ela costuma reembalar a carne. A história saiu em todos os jornais. Fico imaginando se não foi lá que o marido de Ida, Thomas, comprou a carne que o matou intoxicado. — Sophie parou de falar para vislumbrar os arredores. — Pena não ter trazido minha máquina fotográfica.

— Podemos comprar uma descartável na loja de presentes — sugeriu Toots. — Não consigo imaginar Ida fazendo compras em um mercado. Por isso acho que podemos descartar a hipótese de Thomas ter sido envenenado com algo que ela tenha comprado no mercado de Joanne. Nem mencione isso para ela. Já temos novidades suficientes para esta noite sem precisar aborrecê-la.

Sophie deu de ombros e prometeu se comportar. Se bem que sua fama de quebrar promessas era notória. Toots procurou não ficar preocupada demais.

— Coitada da Ida, gostaria que houvesse um jeito de poder ajudá-la — intercedeu Mavis. — Quero que ela se sinta tão bem quanto eu neste momento.

— Ela conseguirá. Levará algum tempo e muita paciência de nossa parte — concluiu Toots, baixando a voz para continuar: — Vamos nos focar nos atributos positivos dela, está bem?

Ao terminar de falar, um pensamento malévolo invadiu a mente de Toots. Quais *seriam* as qualidades de Ida? Infelizmente não chegavam a fazer sombra para seus próprios atributos, ou de Mavis e Sophie.

Sophie bateu na porta. Toots e Mavis ficaram bem atrás. Sophie tinha mais jeito para lidar com Ida do que as outras duas, por alguma razão. Mais uma batida na porta.

— Ida, sabemos que está aí dentro. Abra essa porta, caso contrário vou cuspir na minha mão e fazer você segurá-la! — Sophie ameaçou.

— Isso a fará abrir a porta. — Toots suspirou.

A porta se abriu formando uma fresta, o suficiente para deixar ver apenas um olho azul de Ida.

— Não posso sair. Peçam desculpas a Abby por mim. Sinto muito, mas terão de ir sem mim. — Ida fechou a porta e as outras ouviram o clique das trancas.

— Azar o dela — sentenciou Sophie, dando as costas. — Não vou forçá-la a fazer nada que não queira; pelo menos, não por enquanto.

— Trazê-la até aqui já foi um grande feito, vamos dar um pouco mais de tempo a ela antes de forçá-la. Ela vai conseguir — Toots concluiu. — Não sei quanto a vocês, mas eu estou morrendo de fome.

— Eu estou sem apetite — Mavis declarou, orgulhosa.

— Você precisa comer, querida, contanto que seja uma dieta saudável. — Toots daria qualquer coisa por uma cumbuca gigante de Froot Loops, mas teria de esperar até o café da manhã. De qualquer forma, não via como pedir aos garçons do luxuoso Polo Lounge uma porção de Froot Loops como entrada.

— Essa maldita fome está me matando. Será que vocês não podem andar mais rápido? — pediu Sophie, com seu jeito objetivo de falar. Mavis apressou o passo ao máximo que seu corpanzil permitia. Toots certificou-e de que ninguém estava olhando e mostrou o dedo do meio a Sophie, o que fez Mavis rir.

Quando chegaram à porta do restaurante, Sophie passou à frente das outras, uma vez que a reserva estava em seu nome. Logo na entrada foram recebidas por uma *hostess* latina de cabelos negros e longos.

— Por favor, sigam-me — disse a moça com um sotaque que a embelezava ainda mais.

— Aposto que ela é uma estrela de cinema — Mavis cochichou no ouvido de Sophie.

— Claro que não. Se fosse não estaria trabalhando aqui — respondeu Sophie, revirando os olhos.

— Talvez esteja desempenhando um papel.

— Mavis, caia na real. Nenhuma atriz estaria ensaiando enquanto trabalha no Polo Lounge. Estou certa de que elas estão aqui na esperança de serem descobertas por algum produtor que as transforme em grandes estrelas de cinema. Se não for esse o caso, então estão procurando um marido rico. Você precisa começar a ler tabloides como Toots, só não fique viciada.

— Se não me engano, não foi assim que descobriram Lana Turner? — Toots perguntou, olhando para trás.

— Acho que ela estava tomando Coca-Cola em uma lanchonete — Mavis palpitou.

As três seguiram a *hostess* até a área externa do restaurante. As mesas de ferro com cadeiras de estofamento verde combinavam com as toalhas xadrez verdes. No fundo, dois caramanchões imensos estavam cobertos por flores da primavera e grandes vasos ostentavam azaleias vermelhas. No centro uma grande aroeira-pimenteira abrigava algumas mesas sob sua copa. As amigas se sentaram a uma mesa bem localizada, de onde podiam ver todo o movimento do restaurante. Tinham acabado de se sentar quando Toots viu Abby e Chris se aproximando.

CAPÍTULO XVII

Toots deu um abraço bem apertado na filha, depois fez o mesmo com Chris.

— Estou tão feliz por você ter vindo! Venha, quero lhe apresentar as madrinhas de Abby.

Tanto Mavis como Sophie cumprimentaram Chris com entusiasmo.

— Tenho ouvido falar de você durante todos esses anos — contou Mavis.

— Eu também, só não tinha ideia que você era tão bonito! — disparou Sophie, ao se afastar para estudá-lo dos pés à cabeça.

Chris abriu um sorriso, exibindo dentes perfeitos, e agradeceu pelos elogios. Em seguida aguardou que todas se sentassem para se acomodar ao lado de Abby. Era preciso se esforçar para se concentrar na conversa, já que o suave perfume floral de Abby o embriagava. Ainda tentava domar o coração descompassado quando ela abrira a porta de casa, pouco antes. Sentira a palma das mãos suar e o rosto corar em questão de segundos.

Abby, por sua vez, não demonstrara grande emoção ao encontrá-lo. Comparando-a com as mulheres com quem tinha saído nos últimos tempos, ela era o maior prêmio que um homem poderia receber.

Chris imaginou se ela fazia ideia do efeito que causava nele. Era certo que não, pois vinha sendo tratado como um irmão. O cachorro de Abby, no entanto, o amava.

— Ida não conseguiu sair do quarto. Ela sofre de transtorno obsessivo-compulsivo — Toots explicou, quando Abby perguntou se sua terceira madrinha não as acompanharia no jantar. — Marquei uma consulta com um médico para ela amanhã. Se isso não funcionar, teremos de amarrá-la e dar um jeito nós mesmas.

— Hoje em dia todo mundo tem esse tipo de transtorno em Hollywood. Isso dá notícia para os tabloides. — Chris piscou para Abby, mostrando que estava brincando.

Tinha sido uma pena não ter conseguido se encontrar com Toots antes de ter ido buscar Abby. Antes de sair de casa, tinha recebido um telefonema estranho. Não queria alarmar Toots ou causar uma ansiedade desnecessária, mas não havia como evitar a preocupação quando contasse a ela suas suspeitas. Desde o início, pressentia que algo estava errado na transação de compra da *Informer* e que nem de longe seria uma operação tranquila quanto imaginara. Quisera ter aplacado seus pressentimentos, mas não havia como evitá-los, embora, como advogado, devesse lidar com fatos apenas.

Um garçom se aproximou da mesa levando a carta de vinhos. Chris se antecipou pedindo uma garrafa de Pinot Grigio, proveniente de Napa Valley.

Depois de servidas as taças de vinho e feitos os devidos brindes, o garçom anotou os pedidos. Chris fez o possível para relaxar e curtir a companhia de Abby e das divertidas amigas de Toots. Tarefa quase impossível, tendo Abby tão próxima. Droga, aquele perfume era tão inebriante como uma brisa de verão. Sentia-se leve ao lado dela. Receou que uma das senhoras suspeitasse de seus sentimentos. Estava atento também aos sons do restaurante, às conversas, aos risos e ao ruído ocasional de um talher de prata caindo. Fez o possível para permanecer em uma zona neutra, onde pudesse se divertir. Não se lembrava de quando tinha sido a última vez que se sentira tão à vontade. Cada uma das mulheres se revezava, contando histórias de sua juventude. Disfarçou o riso ao ver que Abby cutucava a mãe por baixo da mesa quando Toots começou a falar sobre sua formatura.

— É melhor deixar que essa história continue entre nós duas, mamãe — repreendeu Abby, para logo em seguida amenizar o tom de voz: — Por favor.

— Ora, pare com isso, Abby. Somos todos adultos. Continue, Toots — pediu Chris, usando de todo seu charme. Abby sempre passara a impressão de ter tudo sob controle e a possibilidade de ela não ser tão perfeita o intrigava.

Toots balançou a cabeça.

— Acho melhor não. Se Abby quiser, ela conta depois.

— Obrigada, mamãe. E agora, vamos mudar de assunto? Vocês sabiam que Chris ouviu boatos de que a *Informer* estava à venda? É possível acreditar em uma coisa dessas?

— Nesse aspecto Los Angeles é uma vila. As notícias correm e as fofocas voam — comentou Chris, olhando ao redor. Receava olhar para Toots ou para uma de suas amigas e Abby identificar a apreensão em seu rosto.

— Verdade? — indagou Toots, continuando a falar rápido. — Claro, tenho certeza de que todo o mundo jornalístico sabe dessa venda iminente, mesmo que seja apenas um tabloide. Quando uma publicação está à venda, eles mesmos se anunciam. Incrível isso.

— É mesmo, mas geralmente o comprador é conhecido. Neste caso, o novo dono quer se manter no anonimato. Soube que esse coitado pagou o triplo do que a revista valia. Não consigo imaginar alguém jogando dinheiro fora, comprando a *Informer*, mas devo admitir que pensei em fazer uma oferta. Infelizmente todas as minhas economias estão investidas na minha casa. E, para falar a verdade, ainda bem que fiquei quieta, porque, com a minha sorte, era capaz de acabar perdendo tudo. Vai levar anos para que a *Informer* seja uma revista reconhecida, pelo menos entre os tabloides. — Abby parou de falar para tomar um gole de vinho. — Estamos em terceiro lugar desde que comecei a trabalhar lá. Suponho que haja uma possibilidade de que o novo proprietário a tire do buraco, mas tenho minhas dúvidas.

O triplo do preço?! Caramba, que droga!

Se Toots já não estivesse sentada, teria despencado sobre a cadeira. Forçou uma tossidela e relanceou o olhar em direção a Chris antes de falar. Desejou poder acender um cigarro.

— Você pretende sair da redação, Abby? — indagou, na esperança de que sua voz parecesse indiferente.

— Ainda não tenho certeza. — Abby respirou fundo. — Não recebi nenhuma oferta de emprego. Não que esteja procurando, mas não quero voltar à vida enfadonha de repórter de um grande jornal. Sendo assim, acho que continuarei lá para testemunhar as diretrizes do novo proprietário. Se por acaso tratar-se de um tipo desprezível como Rag, talvez eu procure alguma outra coisa. Ele já me passou a perna inúmeras vezes. Não consigo me ver na mesma situação, apenas com uma mudança de chefia. Quero assinar um contrato desta vez. Acho que Chris pode me ajudar a fazer algo que seja à prova de balas.

— Tenho certeza de que isso não vai acontecer — Toots disse, assumindo um ar displicente. — Você nunca foi despedida. Isso significa que é muito boa no que faz.

— Elogios sempre levam uma pessoa aonde ela quer chegar — disse Abby. — A não ser que você saiba de alguma coisa que desconheço.

Chris anotou mentalmente que Abby gostava de ser bajulada. Bem, quem não gostava?

— Por que a pergunta, querida? — Toots procurou disfarçar a ansiedade latente. — Sei tanto sobre o mundo jornalístico quanto você tem conhecimento da Liga das Senhoras de Charleston.

— Estou brincando, mamãe.

Antes que alguém mais pudesse opinar sobre o assunto, a favor ou contra, o garçom chegou com os pratos. Toots agradeceu pela interrupção, pensando que se tivesse planejando aquilo não teria sido tão perfeita. Pegando os talheres de prata, esperou que o garçom se afastasse para voltar a falar:

— Você sabia que Mavis está fazendo uma dieta diferente? — *Que assunto bobo*, pensou. Mas tinha de falar alguma coisa.

— Isso é fantástico, tia Mavis. Estou muito orgulhosa de você — Abby cumprimentou.

— Obrigada, querida. Foi sua mãe que me convenceu a tomar uma providência, e nós bem sabemos como ela consegue ser persuasiva quando quer. Estou feliz que ela tenha sido dura. Faz apenas dois dias que comecei, acho que dessa vez vou levar adiante. Vou me esforçar ao máximo, se bem que as sobremesas daqui são tentadoras. Quando penso em comer algo diferente, sua mãe costuma me perguntar: "Você não quer ser uma bomba-relógio ambulante, quer?"

— Um dia de cada vez — disse Abby com um sorriso.

— Não é isso que falam nas reuniões dos Alcoólicos Anônimos? — Sophie quis saber, entre uma garfada e outra.

— Acho que é isso mesmo — comentou Chris, rindo bastante.

— Meu marido era... digo, *é* um alcoólatra — contou Sophie. — Sei alguma coisa sobre os AA e o programa dos passos. Ele costumava me dizer que frequentava as reuniões, mas continuava chegando em casa embriagado. Ainda tinha a audácia de dizer que era o café que estava "batizado".

— Lamento — desculpou-se Chris, sem saber o que dizer.

— Não lamente, pois nem eu faço isso. Meu marido, no papel apenas, está morrendo. Você imagina do quê?

Sophie mordeu um rolinho de legumes e revirou os olhos. Discutia o assunto com a simplicidade de quem falava sobre o tempo, sendo que não se importava nem um pouco se choveria ou faria sol.

— Cirrose? — indagou Chris.

Sophie o encarou e percebeu que sua crueza o estava deixando sem graça, mas não se intimidou.

— Isso mesmo. Você faz parte da família, então posso contar que não vejo a hora de ele bater as botas para eu resgatar o seguro. Como já disse, nosso casamento nunca foi um mar de rosas. Se o estou assustando, desculpe, mas fui eu quem conviveu com ele durante esses anos todos. — Sophie olhou para Chris com um ar ingênuo.

— Sophie, você não acha melhor conversamos sobre algo mais ameno durante o jantar? Lembre-se de que estamos aqui para nos divertir — alertou Toots.

— E quem disse que não estou me divertindo? Só para seu governo, estou achando muita graça em tudo.

— Eu gostaria de saber mais novidades do mundo dos tabloides. Sabe o que estou pensando? — Toots estendeu o braço na direção de Sophie. — E não diga mais nenhuma palavra, ou eu a derrubo dessa cadeira agora mesmo. Sugiro irmos para a minha suíte e pedirmos que a sobremesa e o café sejam servidos lá.

— Infelizmente vou recusar o convite. Chester está sozinho e não gosto de deixá-lo preso sem necessidade. Além disso, quero tentar descobrir o nome do novo dono da *Informer*. Ainda tenho alguns contatos decentes e com a internet ninguém mais permanece no anonimato.

Toots sentiu um frio no estômago. Gostaria muito de arrumar alguma coisa que distraísse Abby, mas sabia que era impossível.

— O trabalho não deveria se intrometer em uma noite em família. Você deveria ter trazido Chester. A chihuahua de Mavis, Cacau, veio conosco. Contratei uma babá para ela. Aliás, tenho pensado em arrumar um cachorro para mim também, ou talvez um gato. Sei que Bernice vai ameaçar se demitir, mas não estou nem um pouco preocupada com isso. Dizem que pessoas que possuem um animal de estimação têm pressão mais baixa. Aliás, Mavis, Joe disse que sua pressão está ótima. É isso mesmo, vou providenciar um animalzinho de estimação assim que voltar para Charleston.

Toots continuou falando sem parar até quase perder o fôlego. Na verdade, o que mais precisava naquele momento era de um cigarro e uma dose de uísque puro.

— Mãe, sossegue! Chester está com 43 quilos. Não sei como ele se comportaria ao lado de uma cachorrinha minúscula. Acho que a veria como um inseto — disse Abby, mudando de ideia em seguida: — Mas antes de partirem gostaria que vocês levassem Cacau até minha casa para apresentarmos os dois. Quem sabe não promovemos um encontro amoroso?

— Gostei da ideia, e aposto que Cacau também aprovará — garantiu Mavis. — Ela está acostumada a conviver tanto com cachorros grandes quanto pequenos. Minha vizinha, Phyllis, tem dois golden retrievers e um dachshund. Eles todos se dão muito bem.

— Então está marcado. Vamos todas levar Cacau até a casa de Abby antes de partirmos.

Toots terminou sua já fria *quiche lorraine*, desejando que ninguém mais falasse sobre a *Informer*. De repente passou a duvidar se conseguiria permanecer no anonimato, pois não tinha a menor ideia de como faria para que Abby não descobrisse que sua mãe era a idiota que tinha pagado o triplo pela revista. O que faria se a filha usasse suas excelentes qualidades de investigadora e descobrisse tudo, apesar de Chris ter garantido que não deixara nenhuma ponta solta na negociação? Mesmo confiando em Chris, precisava de certeza absoluta de que, de fato, as pistas que levavam a ela tinham sido bem cobertas.

A conversa prosseguiu com todos concentrados na refeição. Mavis enfiou o garfo em um pedaço de filé de frango sem gordura enquanto Toots se forçava a terminar de comer. Por outro lado, Sophie devorava uma costeleta de carneiro como se aquela fosse a última refeição de sua vida. Abby deliciava-se com o famoso hambúrguer de picanha e Chris saboreava um *linguini* ao molho vermelho.

Quando terminaram, Abby prometeu que voltaria para passar mais tempo com a mãe e as madrinhas, desculpando-se por precisar ir embora. Chris a acompanhou para pegar um táxi, depois voltou para conduzir as senhoras para os bangalôs.

Sophie pegou a mão de Mavis, sugerindo uma caminhada pós-jantar. Além disso, era uma boa hora para fumar. Toots agradeceu por ter sido deixada sozinha, pois queria conversar a sós com Chris, embora também estivesse louca por um cigarro. Quando chegaram à suíte, serviu uma dose de uísque para cada um deles e sentou-se no sofá.

— Muito bem, sr. Clay, pode começar a falar. Sei que está acontecendo alguma coisa, e é melhor contar à sua querida madrasta o que houve. Você estava inquieto demais durante o jantar inteiro.

Chris inclinou-se na direção de Toots antes de começar a falar:

— Pouco antes de sair para buscar Abby, recebi um telefonema de Emmanuel Rodriguez. Ele é o vice-presidente do banco de Los Angeles, onde temos nossa conta conjunta.

— E?

— A transferência de seu banco em Charleston foi feita, toda a papelada está em ordem.

Chris fez uma pausa. Não que quisesse dramatizar, mas queria dar a notícia da maneira mais suave possível.

— Então qual é o problema? Não estou entendendo. Trabalho com Henry Whitmor no Banco de Charleston há vinte anos. Nunca tivemos problema e sempre faço transferências. — Toots abriu a bolsa à procura de um cigarro. Acendeu um, sem se importar que Chris estivesse tão próximo. Deu uma tragada profunda e soltou a fumaça em uma só baforada.

Chris fitou a madrasta, ainda pensando na melhor maneira de contar o que tinha acontecido.

— Será que você pode andar logo com isso? — Toots deu outra tragada, soltando a fumaça por cima dos ombros.

— Tudo indica que os seus dez milhões de dólares sumiram.

Toots demorou exatos dez segundos para reagir. Balançando a mão com força, esmagou o cigarro em um cinzeiro de cristal e acendeu outro logo em seguida, antes de virar o resto da dose de uísque.

— Repita, por favor. Acho que não entendi direito. Meu dinheiro *sumiu*? Cada centavo simplesmente desapareceu? Isso é impossível! Droga, não posso acreditar em uma coisa dessas. Espero que você saiba onde mora o presidente do banco. Quero ir até lá agora. Já, entendeu?

Chris respirou fundo.

— Você entendeu direito, Toots. Foi exatamente isso o que aconteceu. Rodriguez disse que assim que o dinheiro entrou em nossa conta conjunta, antes mesmo de me informar que eu poderia transferir o dinheiro para a conta da *Informer*, o dinheiro tinha sumido. Depois de investigarem, ele descobriu que o dinheiro tinha sido transferido para outro banco, o Bank of Bermuda, nas ilhas Caimã. Como nem eu nem você autorizamos a transferência, está claro que alguém usou um *hacker* para sacar o dinheiro.

Chris detestava ser o portador de más notícias na primeira noite que a madrasta passava na cidade, mas não havia alternativa. Aguardou mais alguns minutos para dar tempo para ela se recuperar do espanto causado pela notícia.

Toots teve a sensação de que iria desmaiar.

— O banco tem seguro. O dinheiro estava na minha conta, o que quer dizer que, se alguém o desviou, eles têm de arcar com o prejuízo. Se um *hacker* invadiu a conta, o problema não é meu. Quero meu dinheiro de volta! Não me diga que o banco está disposto a brigar comigo. — Suas mãos tremiam tanto que a fizeram lembrar de Katharine Hepburn em suas finais do mal de Parkinson. — Chris, essas coisas só acontecem no cinema. Alguma coisa deve estar errada.

— Foi o que eu disse a Emmanuel. Confio nele, pois já fizemos outras transações. Se ele disse que o dinheiro sumiu é porque é verdade.

Toots se recusou a aceitar as explicações de Chris. A ideia era ridícula demais até para ser levada em consideração. Dez milhões desaparecerem no ar?

— O banco tem de se responsabilizar por isso, não é?

Pela expressão do rosto de Chris, Toots percebeu que o banco *não* se responsabilizaria por nada. Respirou fundo.

— Bem, isso quer dizer que precisamos descobrir quem me roubou. Existe alguma maneira de rastrear o dinheiro? E quanto ao dono da *Informer*? Quem vai supervisionar as operações diárias? Deve haver alguém no controle. Sabemos que um tabloide não funciona sozinho.

Passaram-se apenas alguns segundos antes que Toots começasse a gritar com o enteado.

— Afinal, o que tenho de fazer? Fingir-me de morta? Quero o meu dinheiro de volta, e é melhor que o ladrão apareça logo! Você já chamou a polícia? O FBI? Que diabos, chame a CIA também!

Toots se calou e lágrimas brotaram de seus olhos enquanto ela torcia as mãos em desespero.

Chris desejou que o chão se abrisse e o sugasse. Odiava ver uma mulher chorando, ainda mais quando tinha sido ele o portador das más notícias. Passando o braço sobre o ombro da madrasta de um jeito meio atrapalhado, fez o possível para confortá-la.

— Vou fazer o que puder para resolver essa situação. Por enquanto vamos considerar que isso seja apenas um imprevisto. Para que você saiba, não há meios de rastrear a transferência. Existe um jeito. Você não precisa ser um cientista para hackear o sistema de dados de um banco. Qualquer *nerd* pode fazer isso, mas precisa ser uma pessoa mais especialista para conseguir transferir dinheiro. Tenho um amigo que conhece um sujeito que sabe tudo sobre sistemas. Ele poderia entrar no sistema da CIA se quisesse, embora não esteja nem um pouco interessado em ser preso. A única maneira de entrar em contato com ele é por e-mail. Ele é a pessoa mais indicada para nos ajudar no momento. Já mandei um e-mail pelo celular, a caminho da casa de Abby.

Sentada na beirada do sofá, Toots mal conseguia pronunciar as palavras pelos lábios trêmulos.

— Prometa recompensá-lo, Chris. Dentro do razoável, prometa qualquer coisa.

Chris puxou o celular e digitou algumas letras e números antes de dizer:

— Ele ainda não me respondeu.

— E como está Abby? Ela sabe ou suspeita de alguma coisa?

Toots soluçou. Aquela tragédia poderia obrigá-la a mudar de planos. Tinha perdido 10 milhões de dólares, mas estava mais preocupada que Abby descobrisse como a mãe tinha sido tonta. Suspirou antes de enxugar os olhos.

— Ela ainda não sabe nada, mas é apenas uma questão de tempo antes que junte as peças. Abby é sua filha, Toots. Quanto tempo acha que ela levará para descobrir tudo?

— Não podemos deixar que isso aconteça. — Toots encolheu os ombros. — Nem que para tanto eu precise gastar mais 10 milhões de dólares para comprar a revista. Abby jamais me perdoará por ter escondido dela, por isso não podemos deixar que isso aconteça. Nenhuma mãe merece que a filha descubra que ela foi tão desastrada, não importando quais tenham sido suas intenções e que alguém tenha lhe passado a perna tão facilmente.

— Não permitirei que isso aconteça, Toots. — Chris meneou a cabeça. — Além disso, não vou deixá-la gastar mais 10 milhões de dólares. Isso beira a chantagem.

— Então qual é a sua sugestão?

Toots levantou-se e começou a andar de um lado para o outro em frente à lareira. Acendeu outro cigarro. E pensar que sempre se achara esperta o suficiente para estar um passo adiante de qualquer um. Agora se sentia a pessoa mais isolada do mundo.

— Sei que não é isso que você gostaria de ouvir, mas por ora só nos resta esperar. Não vou fazer nada antes de saber notícias do meu amigo. Acho que podemos segurar a imprensa por pelo menos mais uma semana. Você bem sabe que histórias como esta são publicadas diariamente, às vezes até semanas antes da consumação do fato.

— E se Abby descobrir nesse meio-tempo?

— Boa pergunta, Toots. Infelizmente não tenho a resposta.

CAPÍTULO XVIII

Michael "Micky" Constantine abriu o armarinho pela centésima vez. Olhou de novo e nada. Não tinha cometido nenhum engano. O envelope contendo os documentos falsos de Rag tinha sumido, bem como aquele com seu pagamento. Enfiou a mão, batendo dos lados da caixa de metal e nada. Absolutamente nada!

Cinquenta mil dólares tinham sumido. Ele mataria o desgraçado assim que o encontrasse e recuperasse o dinheiro. Ninguém levava a melhor sobre Micky Constantine. Olhando para trás, certificando-se de que não era observado, ajeitou a arma enfiada no cinto. Se por acaso visse Rag, não pensaria duas vezes antes de estourar os miolos dele bem ali, no meio do saguão do aeroporto internacional de Los Angeles. Ao menos se certificaria de que o cretino acreditasse que ele tinha coragem para tanto. Micky não era tão estúpido assim. O chefão para quem trabalhava o depenaria se soubesse do que tinha ocorrido. Faria o possível e o impossível para que nada fosse descoberto. Além do falsário *corrupto*, ninguém mais sabia qual a nova identidade de Rag, e Micky estava certo de que não tinha sido ele a roubar o envelope. Só podia mesmo ter sido Rag.

Batendo a porta do armário, passou o cadeado e jogou a chave dentro do bolso da calça. Olhou para o Rolex em seu pulso, uma falsificação tão perfeita que ele pagara quase 10 mil dólares a fim de adquiri-lo, e correu para onde tinha estacionado a Corvette com um cartão de estacionamento de apenas meia hora.

Já dentro do carro, seguiu em ziguezague pelo estacionamento até a saída do aeroporto. Precisava pensar no que faria a seguir, tinha de planejar todos os mínimos detalhes. A alegria de Rag por lhe ter passado a perna duraria pouco. Com uma gargalhada debochada, Micky aumentou o volume da música, o último sucesso de Marilyn Manson. Chegando à via expressa, pisou fundo no acelerador, sentindo a força contrária empurrando-o contra o estofamento. Olhou pelo espelho retrovisor só para ter certeza de que não estava sendo seguido por nenhum policial e acelerou ainda mais. Amava ter o poder nas mãos, principalmente atrás de um volante. Costumava consertar carros em suas horas vagas, pois adorava o cheiro do óleo e da gasolina. Seu sonho era patrocinar um piloto de Stock Car. Já podia até ver seu nome estampado na lateral do carro em letras vermelhas e luminosas, *Micky Constantine*. Um dia realizaria seus planos. Mas no presente momento precisava encontrar Rag para garantir que ele se arrependesse de tê-lo passado para trás.

Rodwell Archibald Godfrey, agora Richard Allen Goodwin, não conseguia tirar o sorriso do rosto. Sorriu para todos na fila da imigração. Passou a mala de mão de couro com suas iniciais de um ombro para o outro. Ter mantido as iniciais tinha sido uma dificuldade, mas ele tinha feito questão, uma vez que possuía vários pertences com monograma e não tinha intenção de se desfazer de nada. Tinha investido bastante em coisas valiosas e não via razão plausível para não usá-las mais. Estava em outro país, onde ninguém sabia nada sobre seu passado.

Lograr o novo proprietário da *Informer* tinha sido fácil. Fácil até demais. Ele tinha conhecimentos de informática, o suficiente para invadir o sistema bancário e abrir uma conta em George Town, nas ilhas Caymã, em seu nome. A transferência, porém, mais complicada, fora executada por um *hacker* que lhe devia um favor por ter sido sua testemunha em um processo de divórcio litigioso. O dinheiro tinha sido desviado antes de chegar à conta da *Informer*. O *hacker* havia transferido o dinheiro para o Bank of Bermuda, nas ilhas Caymã, sem a menor dificuldade. A operação toda fora mais fácil do que roubar um pirulito de uma criança. Rag, *Richard*, tinha certeza de que o *hacker* tinha apagado todos os rastros.

Agora ali estava ele, nas ensolaradas ilhas Caymã, com 10 milhões de dólares, além dos 50 mil que tinha se "esquecido" de deixar no armário do aeroporto, no lugar onde apanhara os documentos falsos.

Ele ficara impressionado com a excelente qualidade dos documentos. Tinha em mãos uma nova carteira de motorista, certidão de nascimento, passaporte e cartão de crédito em seu novo nome. A idade também era falsa, pois achara melhor ter 48. E por que não? Era um homem livre, com direito a fazer tudo o que lhe viesse à cabeça. Podia pagar o que quer que fosse, não importando o preço. Sentiu-se tão poderoso que achou que desmaiaria a qualquer momento.

Richard tinha feito reserva no Westin Casuarina Resort. O hotel não era tão luxuoso quanto gostaria, mas serviria para passar os primeiros dias, até que estabelecesse uma estratégia para seguir sem ser descoberto. Pelo menos estava na suíte presidencial. No dia seguinte se apresentaria ao presidente do Bank of Bermuda. Quando vissem seu saldo, era certo que o tratariam como um rei, nada parecido com o falido dono de um tabloide.

Sim, a vida estava ótima para *Richard Allen Goodwin*, que acabara de passar pela alfândega. E estava apenas começando uma nova vida.

CAPÍTULO XIX

Pela primeira vez em anos, Toots não estava com vontade de comer sua costumeira tigela de Froot Loops no café da manhã. Sentar-se na varanda de sua suíte, admirando o jardim bem tratado, banhado pelo sol, era reconfortante. Amava ouvir e observar a folia dos passarinhos, voando sozinhos ou em bando, exatamente como era em sua casa. Entretanto, a magia matinal não a estava envolvendo naquela manhã. Aliás, imaginou se um dia voltaria a se encantar com a natureza como antes. Naquele momento tinha vontade de se enfiar sobre as cobertas e esquecer a conversa que tivera com Chris.

Mas não desistiria com facilidade, assim aprumou-se e acendeu o quinto cigarro. Ainda eram 6 horas da manhã, o que significava que eram 9 em sua cidade. Portanto, não estava quebrando o esquema que estabelecera para si. Tinha certeza de que os sinais por não ter dormido a noite inteira estavam bem visíveis em seu rosto. Tomara um banho e vestira uma saia amarela e uma blusa em tom mais escuro, na esperança de que as cores do sol iluminassem seu estado de espírito, mas até aquele momento não tinha adiantado nada. Ao contrário, estava ainda mais deprimida. Tinha esperança de que Sophie, Mavis e Ida fossem compartilhar o café da manhã às 7 horas, conforme o combinado.

Toots queria manter a alegria na frente das amigas, já que cada uma delas passava por uma crise pessoal. O importante era que ninguém soubesse que a tinham feito de boba. Imagine só, uma viúva de idade enganada por um *nerd*, perito em computador, que devia estar rindo de sua ingenuidade.

Verdade que ela já tinha uma certa idade, mas ainda não tinha virado um fóssil, continuava a mesma desde a primeira viuvez, e daí? Podia não ser uma *hacker*, mas sabia muito bem navegar em seu *notebook*, melhor do que muita gente de sua geração. O que mais a irritava, entretanto, era que algum Tod Otário, ou qualquer que fosse seu nome, estivesse rindo às suas costas. Isso era incompreensível e inaceitável. Talvez fosse orgulho ferido, ou apenas alguém possesso até o último fio de cabelo. De um jeito ou de outro, pretendia encontrar o trambiqueiro e pessoalmente tornar a vida dele um inferno. Havia a questão do dinheiro, óbvio, e a vontade de dirigir seu próprio tabloide. Mas a questão toda era Abby. Como mãe, faria de tudo para garantir a felicidade da filha. Como mãe e a idiota que tinha pagado três vezes mais o valor da revista, pretendia fazer alguma coisa também.

Uma leve batida na porta a tirou do devaneio de vingança contra seu mais recente inimigo desconhecido.

Sophie entrou na suíte de Toots de roupão, com uma caneca de café em uma mão, um cigarro apagado na outra, e abriu a porta de vidro que dava para o terraço.

— Você não trancou sua porta da frente. E se algum pervertido a atacasse?

Toots piscou seguidas vezes. Tinha ficado tão chateada depois que Chris saíra que, de fato, havia se esquecido de trancar a porta.

— Como se alguém estivesse interessado em atacar uma senhora — murmurou Toots. — Caia na real.

Sophie acendeu o cigarro e apertou os olhos para fitar Toots, antes mesmo de tomar mais um gole de café.

— Conheço você há tempo suficiente para saber quando há algo errado. Então, vai me contar ou terei de esprimê-la como de costume? Seria mais rápido se você me falasse por livre e espontânea vontade, pois Mavis chegará a qualquer momento. Ida também dará o ar da sua graça esta manhã. Se quisermos um momento de privacidade, tem de ser agora, ou então bem mais tarde. A escolha é sua. Vamos pelo caminho mais difícil ou pelo mais fácil? — indagou, apagando o cigarro para acender outro logo em seguida.

— Alguém já lhe disse o quanto você é intrometida e que fuma demais? — repreendeu Toots, esticando a mão para pegar outro cigarro também. O sexto do dia.

Naquele ritmo fumaria o maço inteiro antes do final da tarde. Tinha idade suficiente para saber o que lhe fazia mal ou não. Fumava desde o colegial, quando era moda. Muito antes da lei que estabelecera que os maços deviam exibir aquelas fotos horrorosas. Não estava nem um pouco preocupada, mesmo porque não pretendia largar o vício em um futuro próximo. Poderiam enterrá-la com um pacote de cigarros debaixo de um braço e outro pendurado no canto da boca. Visualizou a cena e não conseguiu reprimir o riso. Tentaria não se esquecer de colocar o adendo em seu testamento. Seria algo como um último desejo, tal qual a orquestra de cordas no enterro de Leland e a garrafa de uísque de 50 mil dólares.

— Não adianta mudar de assunto. Resolva se quer despejar logo o que a está corroendo ou não.

Toots encarou a amiga até deixá-la desconfortável, tanto que olhou de um lado para outro antes de resolver falar:

— Se eu disser, você tem de jurar pela vida de Abby que não contará a uma alma sequer. Nem para Mavis ou Ida. Ninguém. Isso tem de ficar entre nós.

— Eu sei guardar segredo, Toots. Você acima de todos deveria saber disso. Eu já estava casada há quantos anos quando você soube que Walter me traía?

— É verdade — concordou Toots, balançando a cabeça. — O que aconteceu é... vergonhoso. Pior ainda é admitir como fui... *sou*... uma tonta.

— Já sei, você passou a noite com alguém! — Sophie exclamou, abrindo um enorme sorriso.

— Pelo amor de Deus, isso é a última coisa que pretendo fazer. Imagine ser ninfomaníaca na minha idade. Por que você só pensa nisso?

— Humm, você está parecendo Ida. Para ser sincera, não tenho uma boa noite de sexo desde os meus 40 anos. Faça as contas. E não ouse repetir para ninguém o resultado.

Toots caiu na risada. Sophie era sua querida amiga maluca, a melhor de todas, tirando Mavis em algumas ocasiões e Ida em outras. Era a única capaz de fazê-la rir em qualquer circunstância.

— Você está sorrindo! Então a situação não é tão ruim. Vamos, conte logo antes que as meninas cheguem.

— Eu achava que a transação com a revista estivesse garantida. Assinei todos os papéis, mandei um fax para Chris, fiz a transação bancária com a ajuda de Henry no banco em que tenho conta em Charleston. Henry mandou os fundos para um banco daqui para que Chris finalizasse a compra. — Toots suspirou, sentindo na pele cada um de seus 65 anos. — Ontem Chris me contou que o dinheiro para a compra da *Informer* tinha sido transferido para uma conta nas ilhas Caimã. Alguém me roubou dez milhões de dólares e eu não sou dona da revista!

— Que merda! O que pretende fazer, Toots? As ilhas Caimã não constituem o paraíso fiscal para aqueles que querem esconder dinheiro? Se não me engano, o nome é conta *offshore*. — Sophie acendeu mais um cigarro.

— Sei lá, mas é algo do gênero. Quem quer que seja o filho da mãe que desviou o dinheiro da nossa conta, sabia que o dinheiro para a compra da *Informer* estaria disponível ontem. O dinheiro nem bem chegou e já sumiu. Acredito que quem quer que tenha roubado o dinheiro sabia da venda da revista, porque o dinheiro simplesmente desapareceu. Chris está tentando descobrir quem é o ladrão, mas minha maior preocupação é Abby. E se ela descobrir tudo? Qual a imagem que terá de mim?

— Toots, você se preocupa demais. Qual o problema de Abby descobrir alguma coisa? E daí se a mãe dela é a nova proprietária da revista para a qual ela trabalha? O que de tão ruim ela poderia pensar de você? Acha que o mundo vai acabar? Acho que não e ponto final. — Sophie deu uma longa tragada no cigarro. — Vamos presumir que ela descubra. Se não quiser trabalhar para você, encontrará emprego em algum outro lugar. Mais uma vez, ponto final. Eu estaria muito mais preocupada em encontrar esse bandido e descobrir as razões. Abby ama você mais do que qualquer coisa, Toots. Você deveria saber que não criou uma mulher idiota.

— Sei disso. Eu a criei para ser alguém confiante e independente, e é aí que está o problema. Se ela soubesse que eu estava cogitando comprar a *Informer* para que mantivesse o emprego, faria o possível para provar que sabia se virar sozinha sem a minha ajuda ou de quem quer que fosse.

— Ela é tão teimosa quanto a mãe — disse Sophie, sorrindo.

— É verdade.

— O que pretende fazer além de esperar que Chris descubra o culpado? — Sophie esfregou as mãos. — Isso vai ser divertido. Estou me sentindo como Angela Lansbury na série *Assassinato por Escrito*. Tudo indica que temos um verdadeiro mistério para resolver. Isso me lembra de um e-mail que recebi de alguém querendo um pouco de emoção. Se isso não for excitante, não sei o que seria. Só perderia para uma noite de sexo sobre um monte de feno, claro. Considerando as minhas possibilidades atuais, não vejo nem sombra de algo assim ocorrer na minha vida.

Toots engoliu em seco, lembrando-se de como estava aflita para agitar sua vida ou se meter em alguma encrenca. Na certa, sofrer um desfalque daquela monta era muito mais do que isso. Não lhe restava muito a fazer. Agora se sentia mais leve por ter compartilhado o segredo com Sophie. Toots tinha adorado quando a amiga dissera que *elas* teriam muita emoção pela frente. Talvez conseguisse mesmo resolver tudo sem que Abby descobrisse como sua mãe era boba. Talvez aquela fosse mesmo o tipo de distração que precisava. No entanto, de um jeito ou de outro, teria de enfrentar um grande problema e resolvê-lo.

— Se Abby não for envolvida, eu dou boas-vindas ao desafio.

Toots se levantou, levando as duas canecas para a cozinha, com Sophie logo atrás. Decidindo que talvez fosse mesmo uma boa ideia transformar aquilo em uma aventura, uma ideia começou a se formar em sua mente.

— O que acha de prepararmos uma armadilha para esse salafrário? Só que isso tem de ficar entre nós. Não quero envolver Mavis nem Ida.

Sabemos que nenhuma das duas é feita da mesma fibra que nós duas. Elas são muito... muito frágeis. Judiação, se algum dia elas tiveram alguma aventura, ficou perdida no tempo.

Toots sorriu, apesar de saber que Ida podia ser tudo, menos frágil. Era, sim, uma germófoba reclamona, além de muito ciumenta. Sem dizer que era uma chata de todo tamanho. E Mavis era doce demais para entrar em um escândalo.

— Eu topo. Quando começamos? — Sophie quis saber, enquanto enchia as canecas de café de novo.

— Logo, logo, talvez amanhã. Hoje temos de concentrar esforços para levar Ida ao psiquiatra e Mavis à aula de ginástica, conforme tínhamos planejado. Chris disse que, se soubesse de alguma novidade, ligaria em meu celular. Preciso de um tempo para pensar também.

— Pense o quanto quiser, mas o ponto principal é que alguém a lesou em 10 milhões de dólares. Se você não estivesse tão obstinada em manter segredo de Abby, eu diria que deveríamos procurar a Polícia Federal. Aposto que o FBI se interessaria bastante em saber que alguém desviou seu dinheiro para um paraíso fiscal. Isso é crime — afirmou Sophie.

— Se chegarmos a esse ponto, creio que não terei muita escolha. Ainda bem que tenho muito dinheiro, mais do que posso gastar. Sendo assim, recuperar essa quantia não é uma questão de vida ou morte, quero dizer, é algo dessa importância para o filho da mãe que me passou a perna. Já disse a você o quanto odeio ladrões? Um ladrão é sempre um mentiroso também.

Toots deu as costas para Sophie, que se acomodara em um dos banquinhos da bancada da cozinha.

— Quando Ida e Mavis chegarem aqui, vamos tentar agir normalmente, como se nada de anormal tivesse acontecido. Preciso arrumar algo para elas comerem que não seja flocos de milho adocicados.

Toots abria e fechava diversos armários, tirando três caixas de cereal. Da geladeira tirou um pacote de leite desnatado, *donuts*, geleia de morango e suco de laranja, colocando tudo sobre o balcão perto do fogão.

— Espero que Mavis não surte quando vir esta geleia e a manteiga. Pedi que suprissem minha geladeira com bastante leite desnatado. Quero que ela emagreça antes de voltar para o Maine. Imagine a surpresa dos vizinhos dela quando depararem com a nova Mavis?

Feliz por terem mudado de assunto, sentindo-se mais leve do que uma hora antes, Toots tirou do armário três cumbucas cor-de-rosa, talheres da gaveta e dispôs tudo ao lado da caixa de Froot Loops. Com uma faca serrilhada, cortou os *donuts* ao meio, colocando-os perto de uma torradeira.

— Acho que nosso café da manhã está pronto. Espero que ninguém queira ovos mexidos. Talvez não. Todas vocês sabem que não sou de passar muito tempo na cozinha.

Uma forte batida na porta se ouviu e Sophie se levantou.

— Já estou indo!

Toots preparou mais um bule de café fresco. Seria preciso uma megadose de cafeína para conseguir sobreviver ao dia que se anunciava para ela e para as amigas. De súbito ouviu Ida gritando e Cacau pulando nos braços de Mavis ao entrarem na suíte.

Toots soltou um longo suspiro. Desejou estar de novo em Charleston, mas só por um minuto. Sabia que teria um dia *muito* longo e *muito* cansativo.

CAPÍTULO XX

Abby juntou os papéis com as informações mais importantes que tinha achado na internet na noite anterior. Enfiou tudo dentro do bolso da pasta de couro surrada, presente de formatura de Chris. Na época não tinha visto utilidade nenhuma para o presente sem graça, mas agora, como uma repórter de tabloide, não saía de casa sem pendurar a pasta no ombro.

Passando pela cozinha, pegou uma caixa de petiscos onde se lia na etiqueta "Guloseimas de Chester" e colocou algumas em um saquinho de plástico. Como nunca sabia quando precisaria manter o cachorro quieto e calmo, prevenia-se levando algo para distraí-lo. Em casos de emergência, costumava tirar um *dachshund* de pelúcia do porta-malas, onde armazenava alguns. O recorde de Chester para desmantelar e destruir o bichinho fofo era de 38 minutos e dois segundos.

Abby pegou a guia do cachorro do gancho na parede, olhou-se no espelho para avaliar a aparência uma última vez e assobiou, avisando a Chester que estava prestes a sair. Era costume levar o cachorro para o trabalho desde filhotinho. Esse era um dos benefícios de trabalhar para Rag, que também era um aficionado de animais; se bem que, na opinião dela, ele apenas tirava proveito da situação. Segundo ele, estar com um animal facilitava o acesso aos ativistas da Sociedade Protetora dos Animais. Sempre havia uma razão subentendida nos atos de Rag.

O maior desafio que Chester vinha enfrentando no trabalho era em relação a uma *poodle* ridícula da artista do mês de Hollywood, Lori Locks. Abby a tinha entrevistado depois de a atriz ganhar um prêmio por representar uma loira numa paródia da comédia *Legalmente Loira*. O papel havia sido perfeito para uma atriz cheia de colágeno e silicone de 23 anos de idade. Abby podia apostar que a personagem tinha sido criada para Lori, apesar de não ter gostado nem um pouco da atuação. Na verdade, costumava dizer para quem quisesse ouvir que Lori havia representado a si mesma no filme.

Chester cutucou a mão de Abby com o nariz, assustando-a.

—Tudo bem, garoto. Não vamos nos apressar muito. Ninguém sabe o paradeiro de Rag nesta manhã. Podemos levar todo o tempo que quisermos.

Abby acariciou o cachorro na cabeça e abriu a porta da frente. O pastor-alemão saiu em disparada como um foguete porta afora, parando ao lado da porta do passageiro do carro. Assim que Chester entrou no carro, prendeu-o com o cinto de segurança e travou a porta, antes de se sentar no banco do motorista.

O motor pegou logo na primeira tentativa, para alívio de Abby. Na semana anterior ela soubera de uma fonte confiável que George Mellow, um velho grosseirão de Hollywood, estava caindo de bêbado no Cine Grauman, onde seu filme de ficção científica havia estreado. Abby tinha intenção de violar todos os limites de velocidade para conseguir uma notícia de primeira página. Não foi possível, pois seu Mini Cooper, estacionado no lugar de costume perto do escritório, continuou imóvel como um porte quando ela deu partida. Não deu outra, o rosto do sr. Nem-tão-bêbado-assim foi estampado na primeira página do *The Enquirer* no dia seguinte. Abby desconfiou que o fato de a bateria do carro ter pifado podia ter sido obra de sua rival na publicação concorrente, Jane Kane.

Será que ninguém mais usava o nome verdadeiro? O nome de Jane Kane era Gertrude Marquett. Se bem que, se também tivesse um nome desses, a própria Abby optaria por usar um pseudônimo.

E, por falar em nomes, Abby não tinha encontrado o nome do tipo insignificante que agora era o novo proprietário da *Informer* em suas pesquisas. Tinha ficado até altas horas da noite vasculhando na internet à procura de documentos relacionados à transação. Era estranho os dois outros grandes tabloides não terem publicado nada sobre a venda. Mais esquisito ainda era o fato de Rag não lhe ter enviado centenas de e-mails ou ainda não ter ligado outras tantas vezes. Em um dia normal, ele já a teria mandado correr por toda Los Angeles à procura de um furo jornalístico. Quem sabe não estava doente naquele dia. Essa era uma prática costumeira de seu chefe, principalmente às segundas-feiras de manhã, depois de um final de semana embriagando-se e jogando em Las Vegas. Talvez um de seus agentes de apostas tivesse pedido uma dispensa e o velho Rag estivesse em reclusão naquele momento. Se fosse isso, ótimo, pois Abby detestava aquele sujeito desagradável. A *Informer* passava muito bem sem os comentários dele. Aliás, ele só fazia diferença mesmo duas vezes por mês, nos dias de pagamento, quando precisava assinar os cheques.

Isso também estava prestes a virar história. Abby rezava para que o novo proprietário tivesse mais escrúpulos e ética empresarial. Talvez com um profissional no comando, a *Informer* tivesse chance para deixar de ser mais do que um alvo de riso no mundo das publicações.

Abby chegou ao escritório, localizado em Hollywood, em Santa Monica Boulevard. Dirigindo por entre as habituais hordas de turistas, macacos sacudindo chocalhos, observadores de estrelas e todas as esquisitices que os californianos consideravam normais, Abby manobrou cuidadosamente o carro atrás do prédio da redação. Estacionou no local de costume e pegou a pasta antes de deixar Chester descer. Assim que foi solto, ele correu e parou à porta de entrada do prédio, esperando a dona.

Grande Chester. Não havia cachorro mais leal e protetor no mundo do que ele. Bem, ao menos dentre aqueles que ela havia tido. De vez em quando Abby enfrentava um turno de 24 horas e Chester permanecia imperturbável a seu lado. Sentia-se culpada por mantê-lo preso por tanto tempo, mas não deixava de recompensá-lo com uma viagem até a praia, onde ele gostava de correr até desmaiar de cansaço. A bem da verdade, ambos precisavam de um intervalo. Abby pensou em consultar a mãe e as madrinhas para saber se elas gostariam de passar um dia na praia. Chester e Cacau teriam chance de brincar e se conhecer.

Já dentro do edifício, Abby seguiu por um corredor estreito que levava até sua sala, situada em frente ao escritório do Rag. Antes de se envolver na próxima história, ela parou à porta da sala do patrão, fechada como de costume. Encostou o ouvido na porta para tentar ouvir alguma conversa ou saber se ele estava ruminando ao telefone, mas não distinguiu nenhum som. Bateu na porta e aguardou pelo costumeiro murmúrio mal-humorado. Bateu mais duas vezes, com mais força, mas não obteve nenhuma resposta.

Arriscando-se mais, girou a maçaneta. A porta estava destrancada. Isso, sim, fugia do padrão, pois Rag costumava manter a sala trancada quando estava fora do prédio. Ao entrar, Abby olhou ao redor e não viu sinal do chefe, tampouco de que ele tivesse passado por ali mais cedo. Ao inspirar, não sentiu cheiro de café queimado exalado pela antiga máquina. Além disso, todas as seis televisões estavam desligadas. O computador também.

Aquilo não estava cheirando bem. Rag *nunca* desligava o computador. Todos no escritório sabiam que ele estava sempre ligado no canal de fofocas das celebridades, o E!. Algo estava realmente muito errado.

Abby virou-se quando ouviu Chester rosnando à porta. Nem ele gostava de Rag.

— Shh, garoto, está tudo bem. Venha, vamos sair daqui. Este lugar me dá calafrios.

Abby fechou a porta, perguntando-se se era a única repórter no prédio. Depois de atravessar o corredor, Abby entrou em sua sala e ligou o computador. Em seguida ligou a televisão, sintonizou no canal de notícias da Fox, largou a pasta em cima da mesa e abriu a persiana para permitir a entrada de um pouco de luz no edifício antigo e úmido. Apesar de sua sala estar localizada no lado mais feio do prédio, ela se preocupara em transformar o ambiente no mais agradável possível. Tinha substituído a cor cinza-espingarda das paredes por um bege--claro, trocara as cortinas fora de moda por persianas verdes e espalhara uma variedade de plantas. Em substituição a um móvel do qual não entendera direito a utilidade, trouxera a mesa de cerejeira que pertencera a seu pai, pagando todas as despesas de transporte e colocando-a no centro da sala. Tapetes verdes e fofos foram jogados para esconder o maltratado carpete de madeira. Emoldurou algumas de suas melhores matérias e pendurou na parede, combinando com as molduras da parede de frente para a janela. Os raios de sol que incidiam diretamente sobre os quadros conferiam uma cor pálida aos atores e atrizes.

Abby era sempre a primeira a chegar ao escritório. Apesar de o trabalho exigir que permanecesse até altas horas, principalmente quando tinha de ir às boates, ela ainda conseguia chegar por volta das nove horas no dia seguinte.

Encheu a vasilha de água de Chester e pendurou a guia em uma cadeira antes de se sentar.

— Tudo bem, garoto, pode relaxar agora.

Abby seguia religiosamente a mesma rotina de sempre. Assim que disse a Chester que estava tudo bem, ele saiu de seu posto à porta e se aconchegou em uma cadeira reclinável que ela havia levado para o escritório quando ele ainda era filhotinho. Cães gostavam de rotina, e Chester não era uma exceção.

Lembrando-se dos papéis que tinha colocado na pasta, pegou-os e passou os olhos pelo conteúdo mais uma vez. Além da informação de que a *Informer* tinha sido vendida por uma quantia exorbitante, não havia conseguido mais informações em sua busca na internet. Ainda estranhava o fato de os jornais não terem publicado nada. Ou talvez nem fosse tão estranho, já que todos detestavam Rag.

Onde diabos está meu chefe? Talvez ele tenha resolvido sumir depois da venda da revista. Abby imaginou se não seria esse o caso. Depois seria apenas uma questão de tempo antes de ele gastar cada centavo da quantia recebida na negociação. Abby duvidava que ele tivesse lucrado alguma coisa. Rag não hesitava em dizer ao seu pessoal que a revista estava afundada em dívidas. Se bem que ela tinha sérias dúvidas se ele não fazia terrorismo com os funcionários para que eles se esmerassem para não perder o emprego.

Deixando os infortúnios do chefe de lado, Abby checou os e-mails, respondeu a alguns e iniciou a busca pelos lugares mais frequentados pelas celebridades. Costumava obter boas pistas nos sites da internet, mas como sempre, quando conseguia um furo, aparecia alguém de outra publicação e lhe passava a perna.

Depois de uma hora procurando novidades sobre a rotina das atuais dez mais entre as estrelas de Hollywood e não encontrando nada, Abby se recostou na cadeira e pôs-se a divagar sobre o jantar da noite anterior com a mãe e duas de suas três madrinhas. Claro que não podia se esquecer de Chris. Apesar de ter fingido o contrário, ela ficara bastante irritada quando ele avisara que chamaria um táxi para levá-la de volta para casa. Desmanchando-se em desculpas, explicara que tinha se esquecido de outro compromisso e por isso não poderia levá-la.

Papo-furado, ela pensou. Na certa ele tinha recebido uma mensagem de texto de alguma mulher naquele celular de alta tecnologia, que não parava de checar quando achava que ninguém estava olhando. Mas por que se importar com isso? Estava mais do que claro que Chris queria aproveitar a vida. Não era à toa que ele tinha sido eleito um dos dez solteiros mais cobiçados de Los Angeles. Mesmo tendo uma regra pessoal sobre receber dicas de reportagem, incluindo não procurar saber de Chris, como as coisas estavam lentas demais naquele dia Abby decidiu violar a regra. Isto é, mais ou menos. Antes que mudasse de ideia, procurou pelo número do celular de Chris.

Esperou tocar uma, duas, três vezes, antes de ouvir a caixa postal:

— *Olá, aqui é o Chris e você sabe o que deve fazer.*

— Sim, eu sei exatamente o que devo fazer. Esse seu recado é o pior que pode haver em Hollywood. Eu poderia enfiar este celular por sua garganta abaixo e esperar que você se engasgasse!

Antes de dizer tudo aquilo, Abby pressionou a tecla para desligar. Chester levantou as orelhas diante do tom de voz da dona.

— Não se preocupe — disse ela para o cachorro. — Ligar para ele não foi uma de minhas melhores ideias. Vou encontrar uma matéria sozinha. Sempre consigo.

— Woof! — Depois de expressar sua opinião, Chester voltou à posição de descanso.

— É isso mesmo, Christopher Clay é um imbecil. Não preciso dele, apesar do que eu cortaria meu pé esquerdo para conquistá-lo.

Chester abriu apenas um olho e decidiu que aquele comentário não merecia resposta.

É isso mesmo, pensou Abby. O que queria mesmo de Chris não tinha nada a ver com alguma matéria para a *Informer.*

Nada disso. Suas necessidades em relação ao sr. Chris Clay não tinham nada a ver com trabalho. *Se ao menos o sentimento fosse recíproco...* Abby sabia que jamais seria mais do que uma meia-irmã chata para ele.

CAPÍTULO
XXI

Embora soubesse que os 10 milhões de dólares sumidos estavam em uma conta em um banco nas ilhas Caymã, Chris estava apavorado. Nem ele nem seu detetive particular tinham imaginado que um ciclone fosse impedir a investigação.

De acordo com as últimas previsões do canal do tempo, a tempestade tropical "Deborah" tinha recebido *status* de furacão. Quais eram as chances de aquilo acontecer? Os ventos sopravam a 120 quilômetros por hora e as ondas subiam a mais de 3 metros, quebrando na costa das ilhas. Os meteorologistas previam que choveria muito. Todos os pousos e decolagens do aeroporto internacional de Owen Roberts tinham sido cancelados. As áreas da Grande Caymã já estavam sem luz.

Qualquer plano de voar até as ilhas para investigar melhor tinham se afogado... maneira de dizer... pelo menos por enquanto. Chris ligou para o amigo de um amigo que conhecia um *hacker* para saber se ele descobrira algo de novo pela internet. Nada. Tudo tinha voltado para a estaca zero. Ele lamentou ter se envolvido na transação, mas sempre lhe fora difícil dizer "não" a qualquer coisa que tivesse a ver com Toots. Ela era a única mãe que conhecera. Toots sempre o tratara bem, fora gentil e, o mais importante de tudo, demonstrava um amor incondicional. Isso já era razão suficiente para ajudá-la sempre que necessário. Chris mal podia esperar para pôr as mãos no vigarista que a tinha roubado. Roubar de senhoras de idade era tão baixo quanto as fezes de baleia, mais baixo até. E não fazia diferença nenhuma que essa senhora fosse multimilionária. Como sempre, a magnata Toots estava tentando fazer algo para salvar o dia, algo que ela repetia normalmente, só que daquela vez tinha sofrido um revés, sendo mordida no traseiro.

Chris terminou de tomar um café, colocando a delicada xícara de porcelana na lava-louças ao lado de outras três de um conjunto de dezesseis. Na prateleira de cima da máquina estavam duas cumbucas com a borda manchada de sorvete de chocolate com menta. Havia também duas colheres solitárias e uma faca de passar manteiga completando a louça da semana. Chirs ficou em dúvida se já ligava a máquina ou se devia esperar mais uma semana.

Afinal, quem ele estava tentando enganar? Se quisesse, podia aguardar um mês antes de ligar a tal lavadora. Mesmo porque não costumava dar jantares nem receber amigos para usar muita louça. Era esse seu triste testamento como um dos dez mais cobiçados solteiros de Los Angeles. Ultimamente sua vida tinha perdido muito mais brilho do que ele gostaria de admitir. Não tinha desejo nenhum de passar outra noite com uma aspirante a estrela de cinema.

Chris ansiava por um relacionamento com uma mulher de verdade, não aquelas peruas bronzeadas de cabelos tingidos com quem costumava sair para ver e ser visto. Quando sua linha de raciocínio seguia esse caminho, Chris sabia que seus pensamentos o levariam diretamente para a querida Abby. Ele sabia que a tinha enfurecido na noite anterior, no final do jantar, mas não lhe restavam muitas alternativas. Abby não sabia que ele tinha recebido uma mensagem de texto de Toots pedindo que fosse procurá-la para discutir sobre a venda da revista.

Chris tinha percebido que Abby o observava com o canto dos olhos, com aquele jeito de espertinha, crente que ele não tinha reparado enquanto olhava para outro lado. Era assim que tinha de ser, pensou ele ao encher o compartimento da máquina com detergente e virar o botão para iniciar o ciclo de lavagem. Enfim! Sentiu-se como se tivesse completado uma grande façanha.

Com nenhum plano para o futuro imediato, Chris estava disposto a tomar uma longa e quente chuveirada quando ouviu o celular tocar. Estava sem vontade nenhuma de atender, mas dada a situação atual de Toots achou melhor não deixar que entrasse a mensagem da caixa postal.

— Chris Clay — ele atendeu, usando um tom profissional para a possibilidade de ser do banco.

— Aposto que você nunca usou a palavra "alô" na sua vida.

Abby.

— Nós dois sabemos que isso não é verdade. — Chris encostou-se no balcão da cozinha, sorrindo de orelha a orelha, o coração aos pulos. Droga, sentia-se um tolo.

— De minha parte, posso afirmar que nunca ouvi algo semelhante.

— Você poderia me dar umas aulas de etiqueta ao telefone durante suas horas vagas. Em troca, eu ensinaria como usar essa sua boca.

Será que ele tinha mesmo falado aquilo?! *Sim, seu idiota, você falou!*

— O que disse?

Chris percebeu o tom de surpresa de Abby.

— Nada. De vez em quando eu falo sozinho. E então, você se encontrou com sua mãe hoje? E gostei muito de conhecer suas madrinhas ontem. Entendi por que você gosta tanto delas. — Realmente, aquela conversa deveria ser posicionada como o diálogo mais excitante do dia.

— Espere até conhecer Ida. Seu coração não resistirá a ela. Eu a amo de paixão, apesar de ela ser... diferente das outras.

— Dizem que a variedade é o tempero da vida — comentou Chris.

Droga! Droga! Droga!

— Nem todos pensam assim — Abby retrucou.

— O que quer dizer com isso? — Chris perguntou.

Ele gostava muito de provocar Abby nas raras ocasiões em que falavam pelo telefone. Adorava suas respostas rápidas e sua esperteza.

— Pare com isso! Você sempre faz isso quando eu telefono. E, como se não bastasse, me pergunta por que nunca fui visitá-lo. Você sabe exatamente do que estou falando — Abby retorquiu.

— Você não tem espírito esportivo, Abigail Simpson.

— Estamos empatados, pois eu também não permiti que me chamasse de Abigail. Só para você saber, meu pai era o único homem que possuía esse privilégio — ela objetou de novo.

— É verdade, você já me avisou, *Abby*. Eu estava apenas tentando dar um tom mais leve à nossa conversa.

— Olhe aqui, chega de besteira, está bem? — *Deus meu, será que estou sendo muito... muito... arrogante?* — Estou ligando por motivos... profissionais.

— Ora, ora. Será que estou ouvindo Abby Simpson me pedindo um favor? Se não me engano, você disse que nunca, em nenhuma hipótese, utilizaria meus serviços profissionais. Lembro-me de ouvi-la comentar sobre advogados sanguessugas que deturpam a Primeira Emenda Constitucional. Lamento decepcioná-la, querida, mas sou um membro, e ainda em posição privilegiada, dessa sociedade de sanguessugas. Mas, então, em que lhe posso ser útil?

Chris não se lembrava de quando havia se divertido tanto desde... a noite anterior, quando se sentara ao lado dela. Se é que sentar-se sobre alfinetes e agulhas era engraçado. Só de pensar em Abby, sorria.

— Esqueça, sr. Clay. Eu prefiro...

— Vamos, Abby, fale logo.

Chris a ouviu suspirar do outro lado da linha. Sabia que ela já tinha se arrependido de ter ligado.

— Preciso de uma história agora! — Abby falou tão rápido que Chris chegou a duvidar que tivesse entendido direito.

Eu preciso de uma história agora. Humm.

Ele teve vontade de perguntar o que seria relevante, mas sabia que ela tinha aberto mão de seu orgulho profissional para fazer aquela ligação. Era melhor ouvir o que ela queria.

— Sou todo seu, Abby, para tudo que precisar — disse Chris, sabendo que nunca fora tão sincero.

O fato era que o velho... *bem, não tão velho assim...* Christopher Lee Clay estava completa e loucamente apaixonado por Abigail Simpson.

— Qualquer coisa mesmo?

Chris percebeu o tom de malícia que ela usara.

— Qualquer coisa, Abby. Sabe que eu iria até o fim do mundo se você pedisse.

Bem, se ela ainda não desconfiasse dos sentimentos dele, certamente descobriria pelo que tinha acabado de ouvir. Mas Chris achou que não devia acreditar muito nisso. Talvez devesse repetir mais alto o que acabara de dizer para que Abby reagisse. Ainda assim, era provável que ela o pisoteasse até a morte.

— Obrigada, mas você não precisa ir tão longe. Quero que me acompanhe ao Buzz Club hoje à noite. Como eu disse, preciso de uma história.

Chris tinha um encontro com um cliente em potencial, outro cabeça-de-vento. Não via a hora de ligar para desmarcar.

— A que horas quer que eu vá buscá-la? — Em um piscar de olhos, já tinha voltado a assumir o tom profissional.

— Prefiro encontrá-lo lá. Dez horas é muito tarde?

— Não, é perfeito, Abby. Simplesmente perfeito. — *Tão perfeito quanto você*, Chris gostaria de dizer, mas sabia que já tinha forçado bastante.

— Então nos encontramos lá.

Mal posso esperar, pensou ele enquanto praticamente dançava em direção ao banheiro. Debaixo da ducha que batia sobre suas costas musculosas, começou a cantar a plenos pulmões. No final das contas, o dia tinha se tornado o melhor de muitos outros.

CAPÍTULO XXII

— Prometo que você não vai morrer, Ida. Se eu tivesse pensado assim um minuto que fosse, acha que teria me submetido a um ambiente destes? Lembre-se de que tenho uma filha e tomara que venham netos algum dia. Você e as outras se tornariam bisavós, se Abby tiver um filho. Esta é a última vez que peço que abra a porta e venha até aqui fora. Se não... Senão vier, não me responsabilizo pelas consequências. Está me ouvindo, Ida? — indagou Toots, em uma voz suave ao se postar à porta da suíte de Ida. Um tom tranquilo, que por um fio de cabelo não se tornou ríspido.

— Por Deus, já chega! Deixe-me entrar e eu a empurrarei até o carro — disse. Sophie, afastando Toots para o lado antes de escancarar a porta e visualizar a amiga escondida assim que entrou na sala.

Ver a amiga tão apavorada daquele jeito deixou-a com lágrimas nos olhos. Ida estava paramentada dos pés à cabeça, inclusive com luvas de látex e uma máscara cirúrgica. Mesmo de onde estava, Sophie percebeu o quanto ela tremia.

— Ida, sei como isto é difícil para você. Terá de confiar em nós. Não encontrará nenhum germe que possa tirar sua vida. Agora vamos, apresse-se. Se você não vier, vou trazer um doce operário de construção para carregá-la nos ombros e jogá-la dentro do carro. É isso que você quer? — indagou Sophie, com o semblante sério.

Ida piscou repetidas vezes, balançando a cabeça de um lado para o outro.

— Thomas morreu por causa de um germe — sussurrou ela.

— Deus do céu, o mundo todo sabe que Thomas morreu desse jeito. Mesmo assim, as chances de você pegar *algum* tipo de germe ameaçador são tão pequenas que não vale a pena se preocupar. Tem certeza de que quer que Toots pense que você é uma fracote? Ela gastou uma fortuna para nos trazer até aqui e é assim que você retribui? Você *disse que topava* essa empreitada. Isso a responsabiliza por sua parte. Agora chega dessa bobagem toda e mexa-se. Estou dizendo para você tomar uma atitude já! — Sophie berrou.

— Chega, Sophie! — Toots advertiu ainda do lado de fora da porta.

— Ora, Toots, vá ver se estou na esquina. Escute aqui, Ida, é agora ou nunca. Quer mesmo passar o restante de sua vida desinfetando o próprio corpo e tudo que precisar tocar? Acho que não. O que estou prestes a fazer é para o seu próprio bem.

Sem mais nenhum aviso, Sophie pegou a mão enluvada de Ida e puxou-a para fora da sala. Em seguida fechou rapidamente a porta da suíte, pois sabia que a amiga tentaria voltar correndo para dentro do quarto. Puxando e empurrando Ida como se lidasse com uma criança teimosa, Sophie passou o braço pelos ombros da amiga e fez um sinal com a cabeça para que Toots fizesse o mesmo. As três correram o mais rápido possível até a suíte de Mavis, que as esperava do lado de fora com Cacau presa na guia.

— O que aconteceu com ela? Foi encantada ou o quê? — Mavis pegou a cachorrinha no colo e com passos trôpegos seguiu até encontrá-las.

— Ela está com cara de quem está bem? — Sophie disparou. — Claro que não. Acabou de sair da zona do crepúsculo.

— Sei...

— Puxa vida, Sophie, você precisa mesmo ser tão estúpida? — Toots perguntou ao empurrarem Ida em direção à saída, onde uma limusine as aguardava.

— Au! Au!

— Escute a bendita cachorra. Até ela sabe que Ida está exagerando. E, sim, eu poderia dizer isso de outra forma, mas não seria o meu jeito. Todas vocês, vamos dar um jeito nisso ou estou fora. Estou falando a sério. Nós concordamos em vir até aqui por sua insistência em fazer alguma coisa boa para Abby, e essa *tonta* — acusou Sophia, apontando para Ida — está estragando tudo. Como todas vocês, estou velha demais para isso, então vamos nos mexer e fazer acontecer.

— Talvez você deva pensar em adotar um novo estilo — comentou Toots, mas seu tom de voz não foi muito convincente. Secretamente, ela aplaudia Sophie por não ter papas na língua.

— Vou mudar quando fizer frio no inferno, está bem? Agora vamos levar a sra. Limpeza para o carro. Deixe para se preocupar com meu jeito mais tarde.

Mavis e Cacau andavam devagar atrás de Sophie e Toots, que arrastavam Ida, que ainda protestava, até a saída do hotel.

Toots procurou alguma coisa para dizer.

— Sei que está nos odiando, Ida, mas em algum momento vai nos agradecer por termos apoiado você. Tente se lembrar de como era a vida antes de ficar louca. Falando exclusivamente por mim, não ligo a mínima se você nunca mais falar comigo. Vou fazê-la voltar a ser como era antes, nem que isso me custe a vida. Está me ouvindo? Consinta com um sinal de cabeça se quiser recuperar sua vida.

— Sim. Eu quero muito. Mas é tão... *difícil.* — Um nesga de luz brilhou nos olhos de Ida.

— Existem muitas coisas difíceis — interveio Mavis, ofegante. — Você tem ideia de como é difícil para mim não ligar para o serviço de quarto e pedir um *sundae* de três andares? Mas eu quero viver. Então paro e penso o que é mais importante, minha vida ou um sorvete com calda. Por isso fui à aula de ginástica esta manhã. Encontrei um jovem encantador que prometeu me ajudar a perder peso. Fiz sete minutos inteiros de esteira. Sete minutos! Minha meta é fazer nove minutos amanhã — ela contou, orgulhosa. — Você precisa ir também, Ida. Isso vai ajudá-la a tirar essa besteirada da cabeça e fazer a merda que estamos dizendo!

Toots e Sophie surpreenderam-se com a escolha de palavras de Mavis. Ela jamais, *nunca mesmo*, dissera um palavrão na vida; culpa de sua alma de professora.

— Ao contrário de você, não tenho nenhum estímulo de vida — retrucou Ida, sem nenhum traço de emoção. — Morri junto com Thomas.

Era a chance de Sophie entrar na conversa.

— Essa foi a maior besteira que já ouvi na vida. Quantas vezes você já se casou? Ouvi tantas vezes essa sua ladainha que já perdi a conta. Algum dia você considerou que é melhor ficar sozinha? Não... não precisa responder.

E, com mais veneno do que o necessário, Sophie continuou:

— Conheço-a há cinquenta anos e nunca a vi sem um homem a seu lado. Acho que já é hora de se recompor e parar de depender das pessoas, especialmente dos homens, e deixar de se fazer de coitada. Quer saber de uma coisa, Ida? É capaz de você descobrir que o mundo não gira ao seu redor! Sustente-se sobre seus próprios pés para variar. Não acredito que tenha se tornado uma velha tão patética! — Já sem fôlego, Sophie cerrou os dentes, mas não por muito tempo. Ainda não tinha terminado de falar o que queria: — De onde você tirou que o mundo todo é sua ostra? Até onde sei, acho que falo por Toots e Mavis também. Você, Ida, é um fracasso de mulher, como madrinha e como amiga. Eu me recuso a entrar de novo nesse seu jogo de "coitadinha de mim"!

— Acredito que todas sabemos como você se sente agora — Toots opinou, depois de respirar fundo.

— Essa é a versão não censurada da maneira como vejo as coisas. Você sabe que é assim que eu chamo. Qual a razão de tanta delicadeza se está mentindo? Eu não minto, Toots. Não mais — terminou Sophie.

A limusine branca as aguardava na porta do hotel quando Ida resolveu protestar:

— Não quero fazer isso. Mudei de ideia.

— Teimosa. Você vai conosco, quer queira, quer não. Certo, Toots? — Sophie lançou um olhar dardejante para a amiga, desafiando-a a discordar.

— Ida, Sophie está certa. E quer saber do que mais? Sophie falou por mim e, pelo jeito como Mavis está balançando a cabeça, acho que por ela também. Conforme-se com o fato de que você vai ao médico hoje. Mais uma palavra sua e eu pessoalmente a espancarei.

O motorista da limusine deu a volta e abriu a porta do passageiro.

— Posso ajudá-la? — ele se ofereceu, olhando para Ida, que tentava se livrar das amigas.

— Não, está tudo ótimo. Prepare-se para cantar os pneus assim que entrarmos no carro — instruiu Sophie. — Nossa amiga provavelmente irá tentar pular para fora, portanto é melhor que não diminua a velocidade nunca.

Mesmo com Ida batendo os braços e esperneando, Toots e Sophie conseguiram forçá-la a entrar no banco de trás do carro.

— Entre logo, Mavis! — gritou Sophie. — Sente-se em cima dela se for preciso.

Mavis apressou seu passo de pata-choca, forçando as pernas que mais pareciam dois salsichões. Com uma velocidade inédita, ela e Cacau entraram no carro sem precisar de ajuda. Toots entrou em seguida e depois Sophie.

— Pé na tábua — Sophie ordenou ao motorista.

— Oh, isso é igual aos filmes. — Mavis bateu as mãos rechonchudas.

— Eu, pelo menos, não pagaria nem um centavo para ver esse filme — comentou Toots, seca.

Ida encolheu-se em um canto, olhando sem interesse pela janela conforme o carro corria por Beverly Hills Boulevard para o centro da cidade, em direção ao Instituto Corpo e Mente, onde ela faria uma consulta ao renomado psiquiatra dr. Benjamin Sameer, cortesia do dr. Joe Pauley. Este tinha se certificado de que Toots estava consciente de que ele tinha feito todo o possível para conseguir uma consulta para Ida. O que também significava que Toots estava comprometida com a próxima festa beneficente da esposa dele.

— Nem eu — completou Sophie, nunca deixando passar uma oportunidade de fazer valer seus centavos. — Será que se pode fumar aqui? Preciso de um cigarro.

— Eu também, mas não podemos fumar. Olhe ali o aviso. — Toots apontou para uma plaquinha retangular exibindo o desenho de um cigarro dentro de um círculo vermelho e um risco na diagonal.

Quinze minutos mais tarde a limusine passou pelos portões que levavam ao Instituto Corpo e Mente.

— Olhe isso, Ida. Este lugar é todo branco e com aparência de ser muito limpo — observou Sophie, olhando preocupada pela janela.

Ida ousou olhar de relance.

— Esse lugar parece o Taj Mahal — disse Toots. — Acho que o dr. Sameer veio da Índia.

— Para mim não faz a menor diferença se ele veio do Timbuktu, contanto que faça alguma coisa por Ida. Caso contrário, eu fico louca e você terá de enterrar Walter — disse Sophie, enquanto admirava o jardim bem cuidado e o contraste do prédio branco com a grama verdejante.
— As pessoas da Índia não são muito limpas? Ou será que são sujas? Não me lembro qual das opções é válida.

— Eu não sei, Sophie. Soube que eles tomam banho antes das refeições. É uma espécie de purificação para os hindus — Toots informou.

— Isso é maravilhoso, não é, Ida? O médico vai entender direitinho de onde você vem — Mavis opinou.

Sophie revirou os olhos e Toots riu.

— Eu preciso mesmo fazer isso? — Ida perguntou quando a limusine parou.

Toots lançou a Sophie um olhar do tipo "agora não" antes de responder:

— Sim, precisa, Ida. Todas suas outras opções se esgotaram. Pense na liberdade que terá antes mesmo de se dar conta.

— Pense na economia de não precisar comprar essas luvas, desinfetantes, sabão e toda essa parafernália que usa para fazer o *seu* mundo parecer melhor — dardejou Sophie.

— Apresse-se, Ida. Temos de entrar. Claro que não é nossa intenção deixar o dr. Sameer esperando, principalmente por ele estar atendendo você como um favor — lembrou Toots.

O motorista, sempre muito gentil, abriu a porta para que elas saíssem da limusine. Toots remexeu na bolsa, tirou uma nota de 100 dólares e deu de caixinha.

— Você se importa de nos esperar aqui? — Embora tivesse alugado o carro sem limite de horário, ela não tinha certeza de que o serviço incluía espera.

O motorista olhou para a nota na mão antes de responder:

— Não tem problema.

— Então, vamos começar, meninas. É hora do show — Toots disse em tom dramático.

Todas ajudaram Ida a subir a escadaria. Ela estava com a cabeça inclinada para o lado, como se fosse uma boneca de pano.

— Coopere, Ida, ou eu arranco sua roupa e deixo você nua bem aqui na porta da frente. Isso significa mover a droga dos seus pés e pelo menos fingir que está viva.

No saguão de entrada elas foram atendidas por uma mulher jovem e simpática vestida com um sári vermelho e dourado. Possuía grandes olhos castanhos, pele cor de mel e um sorriso de boas-vindas que iluminou o ambiente e as deixou à vontade.

— Suponho que seja a sra. McGullicutty. Sou Amala. O doutor irá chamá-las em breve. — Ela juntou as mãos como em uma prece. — As senhoras aceitariam uma bebida gelada, um chá, talvez?

Toots olhou para Sophie, desafiando-a a abrir a boca.

— Estou louca por um cigarro. Existe alguma área de fumantes por aqui?

Amala sorriu.

— Na verdade temos uma área bem ventilada porque o dr. Sameer fuma charutos. Segundo ele, isso o ajuda a pensar. Sigam-me. Vou mostrar o caminho.

Sophie levantou o dedo para Toots antes de ela e Mavis, com Cacau logo atrás, seguirem Amala até uma porta na parte de trás do vestíbulo.

— Meu pai, o dr. Sameer, gosta de fumar charutos aqui.

A jovem estendeu o braço, mostrando um lindo pátio. Havia bancos sob uma cobertura de mármore em formato de abóbada. Flores exuberantes e coloridas pendiam de vasos gigantes; palmeiras que pareciam tocar o céu e arbustos verdejantes ajudavam a criar uma atmosfera calma e relaxante.

— Estou com receio de acender um cigarro aqui — disse Sophie.

— Venha até aqui — chamou Amala. — A senhora pode pôr a cinza e jogar seu charuto ou cigarro fora nesta urna.

Sophie olhou para a urna um pouco alarmada. A peça parecia conter cinzas, de fato, mas não do tipo gerada por cigarros. Aquilo a remeteu à cremação de seres humanos. Aliás, em sua opinião, aquela era a pior palavra que alguém podia ter inventado. Por uma fração de segundo, duvidou das intenções do dr. Sameer. Talvez ele pusesse fogo nos pacientes e depois colocasse suas cinzas ali, enquanto fazia um intervalo para fumar.

Amala se afastou, dizendo que tinha que voltar para dar atenção a um paciente.

— Ah... sim, claro, é por isso que estamos aqui. — Sophie esperou até que a moça saísse para acender o cigarro.

Mavis apareceu, segurando Cacau, aproximando-se com aquele andar de pata choca tão peculiar, mantendo a devida distância.

— Sophie, eu gostaria tanto que você parasse de fumar... Odeio testemunhar o mal que isso lhe faz. Você é muito dependente desses cigarros. Poderia ter esperado um pouco para fumar. — As últimas palavras da amiga foram feitas em um tom de voz acusador, tanto que deixaram Sophie envergonhada. Ela *deveria* ter esperado um pouco mais, de fato.

— Vejam só, o roto falando do esfarrapado — revidou Sophie, arrependendo-se no segundo seguinte. Mavis estava se esforçando para manter a dieta. Assim, resolveu que iria parar de fumar no primeiro dia do ano seguinte. Grande resolução para o Réveillon!

Mavis colocou Cacau no chão e a pequena Chihuahua começou a cheirar e fazer xixi por toda parte.

— Você tem razão, mas eu, pelo menos, estou tentando tomar uma atitude. Isso é o máximo que posso dizer a você e a Toots. Não quero ser uma velha antiquada, mas fumar é um péssimo hábito, e você sabe disso. Seus dedos e dentes estão ficando amarelados de tanta nicotina.

— Sei que é péssimo. Talvez eu pare algum dia, mas não agora. Gosto demais de fumar para largar o vício. Mesmo assim, estou pensando que parar de fumar fará parte da minha lista de final de ano. — Pronto, verbalizar era prova de que ela estava considerando seriamente abandonar o cigarro.

Toots apareceu em seguida revirando a bolsa atrás de um cigarro assim que atravessou a porta. Depois de acendê-lo, sentou-se ao lado de Sophie.

— O médico acabou de levar Ida para o consultório. Se ele não puder ajudá-la, ou se ela recusar o tratamento, acho melhor nos prepararmos para passar o caso para outra pessoa. Talvez seja *mesmo* o caso de renunciar. A cena do hotel me deixou exausta.

— Isso mesmo. Eu também não vou mais mimá-la — resolveu Sophie.

— Tente ser legal com ela — Mavis pediu.

Toots olhou para Sophie para avaliar a reação.

As três caíram na risada ao mesmo tempo.

CAPÍTULO XXIII

Uma hora mais tarde o dr. Sameer e Toots acompanharam Ida até a limusine; Sophie e Mavis vinham logo atrás.

— O médico disse que isso será muito mais fácil de curar do que você imaginava. Ele quer que você tome o remédio porque vai apressar o processo de recuperação, algo do gênero milagroso. Sei como você se sente em relação a comprimidos, mas precisa tentar, Ida. Estou sendo repetitiva, mas isso não é jeito de se viver.

— Eu sei, Teresa. Mas estou com tanto medo... — respondeu Ida. — Vou tomar o remédio, se você acha que é preciso.

— Não importa o que eu penso e sim que o médico acredita ser o certo. Eu já disse que o dr. Sameer é o melhor nessa especialidade. Se fosse comigo, eu moveria céus e terras para recuperar minha vida antiga. Tudo depende de você, Ida. Eu fiz minha parte. Você está sozinha agora. Em outras palavras, minha amiga, é aqui que começa sua jornada consigo mesma. — Toots afastou-se enquanto o motorista abria a porta.

Tomando cuidado para não tocar em nada e com lágrimas escorrendo pelo rosto, Ida entrou no carro, seguida por Toots, depois por Sophie e Mavis. Cacau aninhou-se no colo da dona.

Mal tinham saído do estacionamento da clínica, Sophie anunciou:

— Ouça, Ida, preciso me desculpar pela maneira como falei com você. Não faço ideia do que você esteja passando, mas já passei por maus bocados também. Tudo o que quero é sua recuperação. Tenho muita fé em você. Uma fase ruim não dura para sempre, não é, Toots?

Toots sabia que Sophie se referia aos vários anos de abuso que ela tinha sofrido e deu de ombros.

— Obrigada pelas palavras. — Toots abriu um sorriso sincero.

— Não sou a monstrenga que muitas vezes pareço. — Sophie sorriu também. — Mas você consegue me tirar do sério. Toots tem razão, você precisa seguir a orientação do dr. Sameer.

— Você é muito pior do que uma monstrenga — disparou Toots.

— Bem, meninas, vamos parar por aqui — interferiu Mavis com voz alta e firme. — Puxa vida, pareço a madre superiora Maria Elizabeth, não é?

A irmã Maria Elizabeth tinha sido a freira mais brava e temível do mundo, ou pelo menos era assim que todas a viam durante a época de escola.

— Ninguém se parece com ela. Eu a detestava. Como será que ela está? — Toots indagou.

— Eu costumava dizer que ela conseguia expulsar o diabo do inferno. Tenho certeza de que a esta altura já morreu. Vocês se lembram de como ela nos dizia que os homens, e não o dinheiro, eram a raiz de tudo que havia de mau? Acho que ela era viciada em alguma coisa naquela época. Além de pesar mais de 100 quilos quando estávamos no colegial — zombou Sophie.

Todas, inclusive Ida, riram.

— Temos boas lembranças daquele tempo — divagou Mavis.

— Isso não vale para algumas de nós. Lembra-se da formatura, Ida? Quando você foi escolhida como rainha?

Ida riu a valer.

— Claro que sim. Não preciso que ninguém me ajude a lembrar. Acho que foi o pior dia da minha vida.

— Não pode ser. Você disse a mesma coisa quando Toots empurrou Jerry para longe de você.

— Zíper nessa boca, Sophie! Juro, você é a maior encrenqueira que já conheci. Por acaso tem algum prazer mórbido em nos atormentar? Agora fique quieta e nos deixe admirar a paisagem. Estou cansada de brigar com você — declarou Toots com firmeza na voz, encerrando a conversa sobre Ida e a formatura do colégio.

— Ora, mil perdões, Majestade Real, mas não corte o meu barato — Sophie reclamou.

O celular de Toots tocou, salvando-a de mais uma discussão. Ela puxou o aparelho quadrado e preto da bolsa.

— Olá, Abby. Claro que nós a amamos. Espere um instante — pediu Toots, afastando o celular: — Ida, você está pronta para fazer um *tour* na *Informer*?

Toots percebeu que o medo transfigurou as linhas perfeitas do rosto da amiga.

— Não, ainda não dá, mas diga a Abby que um dia eu irei.

— Toots, você acha que Cacau pode ir conosco? Eu detestaria deixá-la na suíte. Ela se sentiria muito sozinha.

— Abby, Ida não está se sentindo bem para esse programa. Mavis quer saber se pode levar Cacau.

— Claro que sim. Chester está aqui comigo enquanto falamos. Essa será uma boa oportunidade de os dois se conhecerem.

— Então estaremos aí assim que deixarmos Ida no hotel. Ah, Abby, estou tão animada! Você sabe o quanto gosto do seu tabloide.

— Sim, eu sei. Então, vejo vocês em uma hora — Abby disse. — Pergunte ao seu motorista se ele sabe chegar até aqui.

— Claro que sim, espere um pouco. — Depois de alguns sons abafados, Toots falou: — Sim, ele disse que todo mundo em Los Angeles sabe onde fica a *Informer*. Então, nos vemos daqui a pouco.

— Está certo, mamãe. Tchau.

Toots recolocou o celular na bolsa.

Abby pressionou a tecla para finalizar a ligação.

Já que tinha de matar o tempo até que as visitas chegassem, resolveu voltar à pesquisar na internet. Continuou buscando algo novo sobre a venda da revista. Depois de não ter encontrado nada, decidiu ligar no celular de Rag pela centésima vez. Aquilo definitivamente não era normal. Ele podia ser um imbecil, mas não era do seu feitio deixar transparecer que faltaria a um dia de trabalho. Mesmo quando estava de ressaca ou depois de uma noitada em Las Vegas, sempre ligava dando algum tipo de desculpa esfarrapada. Mais uma vez a ligação caiu na caixa postal, mas dessa vez ela deixou uma mensagem diferente das outras:

— Escute aqui. Se está pensando em não vir trabalhar, ao menos dê notícias para um de nós. Tomara que você não tenha gastado o dinheiro da folha de pagamento, pois precisa acertar conosco esta semana. Ligue assim que ouvir esta mensagem.

Abby jogou o celular em cima da mesa. Talvez fosse prudente ir até o apartamento de Rag para se certificar de que ele estava vivo. Não era de todo impossível que ele tivesse levado um tombo, dada a quantidade de álcool que costumava ingerir.

Abby olhou para o relógio na parede. Tinha tempo suficiente para ir até o apartamento dele e voltar antes que sua mãe e as amigas chegassem. Um pensamento mórbido passou-lhe pela cabeça. Assim, achou melhor ligar para a mãe e contar o que pretendia fazer.

— Mãe, sinto incomodá-la. Acabei de me lembrar de que preciso fazer uma coisa que não pode ser adiada. Será que você pode esperar umas duas horas antes de vir aqui?

— Sem problema, Abby. Na verdade, será ótimo. Assim teremos tempo para nos refrescarmos. Então nos vemos daqui a pouco.

Abby apanhou a pasta, pensando no que teria feito para merecer uma mãe tão maravilhosa. Apesar de ter crescido com mais padrastos do que o normal, sua mãe nunca a negligenciara. Quando algo acontecia que precisasse de sua presença, Toots dizia a quem quer que fosse o marido da vez que a filha era muito mais importante do que ele. E estava sendo sincera. Toots jurava que tinha amaldiçoado todos os homens com quem se casara, chegando a ponto de dizer ao terceiro ou quarto com quem se casaria que todos os anteriores estavam mortos. E se ele quisesse bater em retirada, que o fizesse antes do casamento, pois Teresa Amelia Loudnberry se recusava a ser deixada sozinha no altar.

— Vamos passear — anunciou Abby, pegando a guia de Chester.

Ao ouvir as palavras mágicas, o cachorro correu para a porta e se sentou para esperar. Depois que a porta foi aberta, seguiu pelo corredor, parando perto da escada de saída. Abby poderia jurar que ele era mais inteligente do que qualquer homem com quem tinha saído. Na verdade, tinha certeza. Os idiotas nunca a tinham esperado diante de uma porta.

— Bom garoto, Chester. Talvez você conheça a cachorrinha dos seus sonhos hoje. Algo me diz que estou certa. Tamanho não importa.

O cachorro virou a cabeça de um lado para o outro, olhando para a dona. Abby sabia que ele entendia tudo o que ela falava. Já no térreo ela parou para comprar uma garrafa de água de uma máquina.

Seu Mini Cooper amarelo parecia um raio de sol depois que ela passou pelos corredores escuros do prédio. Na verdade, tinha comprado o carro daquela cor justamente por remetê-la ao sol.

Os pensamentos de Abby voltaram para o escritório. Tinha dúvidas se o novo dono da revista, caso ela conseguisse descobrir sua identidade, iriam reformar o prédio. Algumas janelas a mais e uma pintura fariam toda a diferença do mundo em relação ao interior sujo.

— Para dentro, Chester. — Abby abriu a porta do passageiro, prendeu o cão no cinto de segurança e seguiu para o lado do motorista.

O trânsito estava terrível no Santa Monica Boulevard. Até aí nenhuma novidade. Ela olhou para os turistas passeando enquanto aguardava a luz verde do semáforo. Havia jovens, velhos, gordos de todas as nacionalidades do mundo. Alguns carregavam sacolas cheias até a abertura, outros portavam câmeras fotográficas enormes penduradas no pescoço e, como não poderia deixar de ser, alguns senhores mais velhos usavam a indefectível camisa florida. Abby sorriu. Era a vida imitando a arte. Algumas vezes.

Uma buzina inoportuna a assustou, levando-a a acelerar mais. Chester encostou-se ao banco.

— Desculpe-me, garoto. O mundo parece estar com muita pressa ultimamente.

Abby olhou pelo retrovisor e concluiu que quem buzinara era um típico idiota de Hollywood. O sujeito estava em uma BMW preta conversível, de óculos escuros de grife, falando pelo celular. Teve vontade de mostrar o dedo do meio, coisa que já tinha visto a mãe fazer algumas vezes, mas optou por deixar a mão na direção. Na certa gesticular daquele jeito devia ser contra a lei. Abby anotou mentalmente que procuraria informações a respeito. Se estivesse certa, precisaria avisar à mãe que ficasse com as mãos abaixadas enquanto estivesse em Los Angeles.

Rag morava em um bairro antigo da cidade. Abby tinha a impressão de entrar no túnel do tempo sempre que seguia naquela direção. As construções eram baixas, do tipo casas de fazenda, parecendo com a dela, sem as modernidades todas. As ruas eram ladeadas por árvores altas. Por ali se viam modelos antigos de bicicleta, rodas-gigantes que tinham passado muito tempo no sol e balanços enferrujados, presos a árvores dos jardins amarronzados. Para sua surpresa, viu uma antiga caminhonete pintada com grandes flores laranja desbotadas. Depois viu um cachorro vira-lata esperando uma brecha no trânsito. Encontrar animais na rua sempre partia o coração de Abby. Ela diminuiu a velocidade e olhou para checar se o cachorro tinha coleira. Se não tivesse, bem, o levaria dali. Ficou aliviada ao vislumbrar uma brilhante coleira vermelha no pescoço do animal. Quem sabe os donos não estivessem ocupados demais para levá-lo, dar uma volta, e ele então decidiu ir sozinho. A ideia a fez sorrir.

Abby virou à esquerda em Sable Street, seguindo para Greenlawn Drive, que terminava no complexo de apartamentos onde Rag morava. Os prédios eram baixos, em estilo dos anos 70, pintados de um feio verde esmaecido e janelas pretas. A construção terminava com uma cornija de madeira, que ela julgou ser moda na época, mas que lembrava uma caixa. Para ser bem franca, diria que aqueles eram os prédios mais feios da cidade.

Ao estacionar diante do bloco B-2, Abby percebeu que o carro novo de Rag não estava no lugar de costume, o que não a surpreendeu muito, mesmo porque não esperava que ele estivesse em casa, esperando por companhia. Chester resmungou que queria sair.

— Vamos, garoto. Vamos passear. — Abby abriu a porta do passageiro. — Não fique muito longe, Chester.

Com o cachorro acompanhando-a de perto, ela atravessou o pátio do estacionamento em direção ao apartamento de Rag. Bateu na porta com força, esperando ouvir algum sinal. Bateu de novo.

— Droga! — Circundando o apartamento no andar térreo do prédio, Abby rezou para que ninguém a visse. Tudo o que não precisava naquele momento era a polícia autuando-a como uma ladra. Pensando melhor, chegou à conclusão que quem morava fazia o tipo "nem ligo para ninguém".

Abby bateu na vidraça. Se Rag estivesse lá dentro e vivo, àquela altura já teria dado algum sinal de vida. Preocupada e furiosa consigo mesma por estar preocupada e mais brava ainda com o chefe, voltou para a frente do apartamento, onde tornou a bater na porta.

— Se você estiver aí dentro e não quiser abrir a porta por estar de ressaca, espere para ver o estado em que vou deixá-lo assim que arrombar essa porta! — Abby gritou sem se importar se os vizinhos podiam ouvi-la ou não. Riu da cena que estava representando.

Convencida de que Rag não estava em casa, girou a maçaneta e ficou perplexa por encontrar a porta destrancada. Sinalizando para Chester acompanhá-la, observou:

— Isso não está me cheirando bem, Chester.

O interior do apartamento de Rag era tão feio quanto o restante do prédio. Cadeiras de vinil alaranjadas estavam desarrumadas em volta de uma mesa de vidro. Sobre a mesa havia uma garrafa de vinho com suporte para seis taças de vinho estampadas com folhas amareladas. Havia outra mesa de canto mais moderna ao lado de um sofá de estampa de zebra.

Ali não havia nenhum padrão de decoração.

Abby seguiu até o quarto de Rag, localizado no final de um curto corredor. Ela ponderou quais as chances de ser surpreendida dentro do quarto do chefe e não gostou do resultado.

A visão não era das melhores e deixou-a atônita. Um armário de uma porta estava aberto, revelando apenas alguns cabides de arame vazios. Por que ela não estava surpresa ao ver que o chefe ainda usava cabides iguais àqueles? Ao olhar para o pé do armário, viu um par de tênis surrados. Em frente ao armário havia uma cômoda com todas as gavetas abertas. Ela checou uma a uma e as descobriu tão vazias quanto o armário.

Apressou-se e entrou no banheiro de azulejos verdes. Ali havia uma banheira com um rastro de ferrugem até o ralo. O chuveiro ainda pingava no reboco, escorrendo pela cortina de plástico suja na extremidade. A pia e o vaso sanitário eram tão próximos que Abby não conseguiu evitar a imagem de Rag sentado ali, fazendo as necessidades ao mesmo tempo que lavava os pés e escovava os dentes.

Ao abrir o armarinho do banheiro, viu que estava tão vazio quanto o armário e a cômoda.

Abby teve a estranha sensação de que o querido Rag tinha se metido em uma encrenca maior do que as anteriores e, sem opções, escolhera ir embora.

CAPÍTULO
XXIV

Richard Allen Goodwin seria sempre um apostador, mesmo que no passado não tivesse lucrado muita coisa. Com sua chegada às ilhas Caymã, parecia que a sra. Sorte queria recuperar o tempo perdido. Sua sorte não tinha sido das melhores nos seus 52 anos — 48, segundo sua nova documentação. Fazia muito tempo que ele não ganhava tanto.

A mudança de sorte chegou a assustá-lo. Ali estava ele, nas ilhas Caymã, recomeçando a vida, aproveitando uma segunda chance, uma chance que tinha roubado de alguém. O que nenhum daqueles idiotas da revista entendia era que, se queriam aparecer nas notícias centrais, precisavam dar a cara para bater e não ficar choramingando que outros sempre lhes passavam a perna. Na idade em que estava e naqueles tempos, as pessoas tinham de ficar na ponta dos pés. E ele tinha rodado muito naquela posição. Estava multimilionário. Se quisesse, poderia jogar a noite inteira, beber até desmaiar, fazer tudo o que bem entendesse.

— Ah, se eles soubessem... — disse ele em voz alta.

Aproximando-se da parede de vidro que dava para a água azul-clara do Caribe, ainda não conseguia acreditar como sua sorte tinha mudado em questão de horas. Ficou ali parado, olhando para a praia e admirando as ondas que batiam contra a enseada. As palmeiras se inclinavam e balançavam como bailarinas dançando. A chuva batia na janela como pedrinhas sendo jogadas na vidraça.

Preso no meio da droga de um furacão. Ele já sabia que metade da ilha estava sem luz. Já tinha ligado para o aeroporto na tentativa de marcar uma viagem, mas fora avisado por voz feminina com sotaque melodioso que todos os voos estavam cancelados. Que pena! Bem, ao menos tinha sido informado pela *concierge* de que o cassino do hotel permaneceria aberto para os hóspedes, apesar da tempestade.

Depois de um banho e de barba feita, Rag vestiu uma calça cáqui e uma camisa azul. Olhou-se no espelho de corpo inteiro. Concluiu que precisava perder uns 10 quilos, mas com a quantidade de dinheiro que tinha podia fazer uma lipo. Passou o pente pelos cabelos ralos e lisos e decidiu que faria um implante assim que a tempestade passasse. Em seguida beliscou a papada embaixo do queixo. Aquilo também precisaria ser corrigido. Em dois meses seria um novo homem. Literalmente.

Pretendia divertir-se no cassino durante o restante da noite. Sim, a vida era muito boa.

Na Califórnia, Micky observou a jovem repórter ao chegar em um carro amarelo-brilhante com um cachorro que se parecia com o Rin Tin Tin. Com todo cuidado, ele se esgueirou até a entrada dos fundos da *Informer*. Empurrando a porta, entrou sem fazer nenhum ruído, já que não sabia se havia mais gente no escritório.

— Olá? Tem alguém aqui? — chamou, logo vendo que não podia haver nenhum funcionário trabalhando naquele horário. Como podia ser tão estúpido às vezes?

Tomando cuidado, seguiu pelo longo e escuro corredor que sabia terminar nos escritórios e empurrou uma porta. Nada. Havia apenas uma mesa de metal, uma cadeira de escritório barata e um computador ultrapassado. Não era de admirar que aquele lugar estivesse no buraco. *Vejam só que porcaria antiquada que eles usam. Na certa ainda se conectavam à internet por linha discada*, ele pensou.

Mick voltou para o corredor e abriu a próxima porta para encontrar a mesma situação. Ora, aquilo supostamente era a redação de uma revista. Deveria no mínimo contar com um carpete.

Que coisa, meu escritório em casa dá de dez a zero nisto aqui, pensou enquanto enfiava a cabeça pelo vão da terceira porta aberta. Sempre a mesma coisa. Uma mesa, cadeira, mas sem computador. Na certa, se alguém precisasse escrever teria de usar um lápis e papel. Ele riu da própria maldade.

Ao fechar a porta, ouviu vozes.

Filho da mãe! Talvez Rag tivesse decidido ir trabalhar depois de tudo. Se fosse o caso, ele que se preparasse para ser açoitado.

Micky entrou na porta bem à frente.

Bingo! Tinha acabado de encontrar a sala do chefe. Acendeu a luz e se sentou na cadeira ao lado da mesa. Era um homem paciente. Ou seja, fazia o gênero. Não tinha nada melhor para fazer naquele dia.

Isso mesmo, ficaria ali sentado até que o sr. Editor aparecesse em pessoa. Claro, por 50 mil dólares ele tinha todo o tempo do mundo.

CAPÍTULO XXV

Insegura sobre o que fazer quanto ao desaparecimento repentino de Rag, Abby decidiu deixar o assunto de lado por enquanto. Era bem provável que ele estivesse de ressaca, dormindo em algum hotel barato, esperando passar a bebedeira. Ela tinha coisas mais importantes a fazer, como se encontrar com a mãe e as madrinhas para o prometido *tour* na *Informer*. Assim, voltou ao escritório em tempo recorde.

Ao estacionar no seu lugar marcado, perscrutou o estacionamento à procura do carro de Rag, na ínfima chance de ele ter chegado miraculosamente enquanto ela saíra em sua busca.

Sem chance, pensou, antes de se corrigir. Qualquer dia de trabalho sem o chefe na sua cola era um dia de sorte. Passou o braço por cima do banco à procura da pasta, ao mesmo tempo que pegava a guia de Chester. Sabia que estava ali em algum lugar, não parou de inspecionar os bancos enquanto não encontrou.

— Venha, garoto, deixe-me colocar isto no seu pescoço. Não quero que ninguém diga que estou desrespeitando a lei da coleira.

Certa vez Rag a tinha visto no estacionamento com Chester sem a guia. Tinha partido para cima dela como se fosse um tanque de guerra, gritando que dali em diante, toda vez que o cão estivesse nas dependências da *Informer*, era melhor que estivesse preso. O "ou" que tinha ficado subentendido fez com que Abby o odiasse ainda mais.

— Chester! Por que está rosnando? — Abby prendeu a coleira na guia antes de sair do carro e dirigir-se para o lado do passageiro. — Sei que você não gosta de Rag, eu também não. A triste verdade é que acho que ninguém gosta dele.

Com a pasta presa debaixo do braço direito, Abby abriu a porta, pegou a guia e soltou o cinto de segurança de Chester. Os cachorros são como crianças, precisam de toda a proteção possível. Depois de prender o animal na guia, Abby pensou em ligar para a clínica e marcar um dia de *spa* para Chester. Talvez convidasse Cacau também. Chester não era muito fã de dias em *spa*, mas quem sabe com companhia ele não abrisse uma exceção. Especialmente se fosse a doce e pequena chihuahua.

Atravessando o estacionamento com Chester na frente, puxando a guia com força, Abby se assustou quando ouviu alguém chamar seu nome. Virou-se a tempo de ver uma limusine branca estacionando. Sophie acenava com um cigarro na mão. Rindo, Abby balançou a cabeça.

— Quieto, Chester!

O imenso cachorro obedeceu, sentando-se nas patas de trás e levantando-se em seguida quando a dona seguiu em direção ao carro.

Ansiosa por levar a mãe e as madrinhas para um *tour* em seu lugar de trabalho, Abby olhou para o relógio. Ainda restavam duas ou três horas até que os outros jornalistas chegassem para o próximo turno.

Uma a uma, as senhoras desceram da limusine. Primeiro Sophie, depois Toots e por último, Mavis, carregando um cachorrinho que não devia pesar mais do que 3 ou 4 quilos. Mavis se aproximou de onde Abby estava com Chester.

— Essa deve ser a Cacau. — Abby estendeu a mão para a cachorrinha cheirar. Cacau rosnou, mostrando seus pequenos dentes afiados.

— Ela está com medo. — Mavis olhou para o imenso cachorro, sentado como uma estátua.

— Não se preocupe, Chester é inofensivo.

— É verdade. Quando necessário, ele é um cão agressivo, ao mesmo tempo que é um adorável gatinho — disse Toots, ao se curvar para abraçar a filha, depois fazer um cafuné na cabeça de seu neto cachorro.

— Chester é o melhor dos melhores. Não sei o que eu faria sem ele. Agora, vamos entrar. Quero mostrar meu escritório antes que chegue alguém — informou Abby, puxando a guia de Chester em direção à porta de trás do edifício. — Sigam-me — chamou.

— Mal posso acreditar que estamos aqui. É tão emocionante! Você tem alguma edição que eu não tenha visto? — Toots quis saber ao entrarem no prédio malcuidado.

— Devo ter uns dois. Imprimimos sete edições a cada quinze dias. Isso nos dá um dia sim, outro não para juntar nossas histórias, e mais um dia para entregar a matéria.

O primeiro lugar em que elas pararam foi a sala de Abby.

— Não é grande coisa, mas é a sala mais bonita de todo este prédio velho. Tenho esperança de poder pedir ao novo dono, se isso for possível, que faça uma reforma. Aqui já foi a sede do *Los Angeles Examiner*. Estas instalações têm mais de cem anos. Infelizmente nada mudou desde então. Já não sei mais se isso é bom ou não.

Abby notou que o rosto pálido de Mavis estava corado enquanto se dirigia para uma cadeira.

— Descanse um pouco, Mavis — sugeriu.

— Obrigada, querida. Estou com um pouco de calor.

Toots e Sophie olharam paras as páginas da *Informer* emolduradas em madeira e penduradas nas paredes.

— Acho que perdi alguns desses exemplares — comentou Toots, procurando pelas páginas em que a filha tivera participação.

— Talvez você tenha se esquecido. Bem, se todas estiverem prontas, podemos começar nosso *tour*.

— Estamos prontas, Abby. Espero que não estejamos atrapalhando seu trabalho. Se quiser deixar a visita para mais tarde, acho que Mavis e Sophie também não se incomodarão. — Toots relanceou as amigas, avaliando as reações. As duas menearam a cabeça.

— Agora é uma boa hora, uma vez que Rag não está. Na verdade, não sei por onde ele anda. Estou começando a me preocupar.

Toots inalou profundamente antes de perguntar:

— E isso não é comum?

Abby pensou um pouco antes de responder. Rag estar longe do escritório *não era* um fato inédito. O que não era comum era o excesso de preocupação com ele. Mas ela tinha um sexto sentido bem apurado.

— É... Ele deve estar trancado em algum hotelzinho de beira de estrada fora de Las Vegas com uma de suas garotas.

— Parece que você admira e respeita seu chefe — murmurou Sophie. Ela esperara um pouco mais de brilho e glamour na visita.

— Só se for nos sonhos dele — respondeu Abby, rindo. — Rag não era tão ruim até começar a jogar. Acho que foi isso que o levou a beber e o restante... Nem preciso falar, mas não gosto nem da sombra dele. Aliás, ninguém gosta. Os outros membros da equipe ficam fora do escritório o maior tempo possível. Além de Rag, sou a única repórter que chega cedo. Isto é, quando ele decide aparecer. Vamos começar nosso *tour*.

Abby chamou Chester. Cacau ficou esperando para ser conduzida pelo pastor-alemão. Assim que ele começou a andar, ela o seguiu.

— Por que você não pede demissão? — indagou Mavis, prestando atenção em Cacau, que estava muito mais interessada em Chester do que na própria dona.

Abby sorriu diante da cena.

— Não posso fazer isso. Amo meu trabalho, apesar do meu chefe. — Abby as conduziu pelo corredor. — Lá embaixo está um breu, portanto não façam nada antes de eu afirmar que está tudo bem. Temos um problema de eletricidade aqui. Nem sempre as luzes funcionam.— Ao abrir a porta para o subsolo, Abby olhou para trás, certificando-se de que a mãe e as madrinhas vinham logo em seguida. — Os degraus são altos. Usem o corrimão e tomem cuidado.

Ela apalpou a parede até encontrar o interruptor. Segundos depois a luz se acendeu.

A gráfica alemã se assemelhava a um imenso fantasma no meio do salão. Engrenagens de diferentes tamanhos com centenas de dentes de metal se encaixavam com precisão, algo de fazer inveja a um relojoeiro. Abby conhecia bem o terrível barulho daquela máquina. Afora a caixa de fios elétricos, o equipamento parecia ser todo original.

Rolos de papel estavam empilhados até o teto ao lado de vários galões de 200 litros de tinta que aguardavam o início da impressão. Em um canto à esquerda havia um pequeno escritório onde os tipógrafos executavam o trabalho enfadonho de justapor os tipos no componedor da direita para a esquerda. Diversas ferramentas estavam dispostas em uma bancada em uma ordem militar, como se reinassem absolutas em seu domínio.

As mulheres se reuniram ao lado da impressora, onde Abby explicou resumidamente como a gigantesca máquina trabalhava.

— O que essa velharia ainda está fazendo aqui? — Sophie perguntou. — Como vocês esperam ser competitivos se não se atualizam?

— Isto não é sucata. Quando William Randolph Hearst comprou esse maquinário em 1900, este era tido como *top* de linha e até hoje consegue imprimir uma revista ou jornal inteiro, se for preciso — explicou Abby.

Do outro lado da sala, Chester e Cacau esperavam pacientemente no pé da escada. Mavis ficou perto dos dois.

— Os cachorros estão ficando impacientes. Vamos voltar lá para cima e depois eu mostro o restante do prédio — disse Abby.

Ao chegarem ao topo da escada, tiveram de esperar Mavis, que ofegava ainda no meio do caminho.

— Desculpem-me. Essa é mais uma das razões por que eu preciso perder peso.

— Por que você não leva os cachorros até minha sala e se senta por lá, enquanto mostro os outros três andares a mamãe e Sophie? Vamos passar pela sala do correio, distribuição, vendas e marketing. Você não perderá grande coisa.

— Obrigada, querida. Acho que vou aceitar o conselho.

Meia hora mais tarde, as três voltaram para o escritório de Abby. A cena que surgiu diante delas fez com que tivessem um ataque de riso. Em frente à mesa, Chester e Cacau estavam aconchegados um ao outro com o brinquedo de pelúcia de Chester entre os dois. Mavis mostrava um sorriso de orelha a orelha por causa do feito de sua cachorrinha.

— Como você conseguiu que eles ficassem nessa posição? — Toots perguntou, surpresa.

— Ora, o que posso dizer? Os cachorros me amam.

— E não é sem razão. Todas amamos você — completou Abby, com um sorriso nos lábios.

— Acho melhor irmos andando. Já tomamos muito do seu tempo. Tenho certeza de que você tem dezenas de histórias para escrever. — Toots abraçou a filha por um breve momento. — Eu ligo mais tarde.

— Para mim está ótimo — respondeu Abby, correspondendo ao carinho. — Aliás, mamãe, se não me engano ouvi você dizer em algum momento que gostaria de possuir uma redação de revista.

Toots parou e virou-se para trás em um repente ao ser pega de surpresa pela pergunta inesperada. Pensou antes de responder:

— Eu posso ter dito isso mesmo, mas não me lembro quando. Acho que foi no século passado. Por que a pergunta, querida? — Toots perguntou com toda calma.

— Não sei por que me lembrei. Não é importante — disse Abby.

Toots sentiu um calafrio na espinha, sabendo que não tinha dado à luz uma filha burra. Abby estava *sentindo o cheiro* de alguma coisa.

— Que seja. Uma aquisição desse porte está acima de minhas posses — completou Toots. — Mavis, se estiver pronta, acho melhor voltarmos para o hotel. Quero ver como Ida está e me certificar de que ela tomou o remédio.

Relutante, Mavis pegou Cacau, odiando ter de separá-la de Chester.

Conforme seguiram de volta para a limusine, Toots prometeu que voltariam a se encontrar em breve. Abby acenou até perder o carro de vista.

Micky ouviu as vozes no corredor. Respirou fundo, soltando o ar quando ouviu o grupo sair do prédio. Com o caminho livre, saiu do prédio com cuidado, correndo até onde tinha deixado a Corvette azul, atrás de um restaurante japonês. Circundou o veículo, checando se não havia nenhum risco ou amassado. Satisfeito, sentou-se no lado do motorista e tirou o celular para checar os recados. Havia um correio de voz do sujeito que tinha arrumado os documentos para Rag. A única coisa que ouviu foi um rosário de palavrões.

Tomara que Rodwell Godfrey tenha nove vidas, pois pretendo tirar ao menos oito quando encontrar aquele nojento nefasto. Rag mexeu com a pessoa errada.

Micky passava por uma rua estreita em alta velocidade e quase perdeu a direção ao entrar no bulevar Santa Monica. Pisando no freio, conseguiu manobrar e entrar no meio do tráfego lento e começou a pensar no cretino que o tinha enganado. A visão que imaginou não era nada bonita, pois se viu escalpando a cabeça de Rag, arrancando cada um daqueles poucos fios de cabelo com uma pinça. Sim, a ideia era muito boa.

Ninguém, de fato, *ninguém* mesmo levava a melhor sobre Micky Constantine. O imbecil do Rag agora estava no topo de sua lista negra.

Quando tudo estivesse dito e feito, Rodwell Godfrey estaria rezando para lhe dar os 50 mil dólares de que tinha se apropriado indevidamente.

CAPÍTULO XXVI

Chris olhou para o relógio pela centésima vez. Vinte e oito segundos depois da última vez que checara. Aquele dia parecia ser o mais longo de sua vida. Lembrou-se da ansiedade com que esperava o Natal quando era criança, sempre com a impressão de que acontecia apenas uma vez a cada dois anos, tamanha a demora para acontecer de novo. Sorrindo, lembrou-se do pai dizendo para esperar até ficar mais velho, para então achar que as Festas iam e vinham tão rapidamente que pareciam nem ter acontecido. Seu pai tinha toda a razão.

Aguardar para sair cor Abby era como esperar pela manhã de Natal durante todos aqueles anos, quando pulava da cama e descia correndo a escada para mergulhar no meio do monte de presentes dispostos sob a árvore. Sempre ansioso demais e com frio na espinha ao antecipar o grande evento.

Chris imaginou Abby no meio de uma pilha de presentes, com um gigantesco laço de fita azul na cabeça. Seria um presente e tanto! E nem estavam na época do Natal. Lembrou-se das diversas vezes em que passara as Festas com Toots, quando era menor. Ela sempre cuidara para que ele se sentisse tão especial quanto Abby. Engraçado, como sabia daquilo? Bem, talvez fosse uma daquelas coisas de que a gente tem certeza sem saber a razão.

De repente, lembrar da magnata Toots foi um balde de água fria em qualquer fantasia que pudesse ter com a filha dela. Toots o enforcaria se soubesse que ele estava com outras intenções com Abby que não fossem de natureza fraternal. Se bem que não precisaria se preocupar, pois ela nunca saberia de nada, simplesmente porque não havia nada para descobrir.

Mais uma espiada no relógio. Um minuto e dezesseis segundos depois da última vez. Se continuasse assim, ele seria um velho até se encontrar com Abby no Buzz Club. A razão pela qual ela o tinha convidado não tinha nada a ver com uma provável mudança em seu *status* de solteiro cobiçado. A sensação era de que era *ela* quem estava fazendo um favor.

Entretanto, Chris bem sabia que Abby precisava dele para lhe dar uma matéria, um furo de reportagem sobre qualquer uma das estrelas de cinema com quem ele costumava sair. Como não tinha nenhum contrato com elas, não estava nem um pouco preocupado. Faria tudo por Abby. Não que tivesse a intenção de contar detalhes sórdidos, mas a salvaria dessa vez por saber como era difícil para ela pedir ajuda. A independência ferrenha dela era algo que ele sempre admirara, ao mesmo tempo que por vezes não fazia a menor diferença.

Chris queria que Abby *precisasse* e o *desejasse* da mesma forma como ele a queria. Resolveu esquecer o assunto porque nada aconteceria em um futuro próximo, ou talvez nunca.

Com duas horas para gastar antes de sair, Chris abriu o *notebook*. Acessou seu e-mail para verificar se havia alguma novidade sobre a *Informer*. Passou os olhos pela caixa de entrada e, das 64 novas mensagens, respondeu a três sobre negócios e passou uma para seu novo amigo *hacker* a fim de saber em que pé estava a investigação. Chris não estava com bons pressentimentos a respeito de toda aquela transação. Talvez Toots tivesse de arcar com a perda, seria uma lição aprendida e eles seguiriam vivendo.

Sentiu o estômago se contrair ao pensar em um negócio de 10 milhões de dólares desfeito. Se a revista falisse, o que era provável, até apostaria nisso, sabia que Abby arranjaria emprego com repórter em outro lugar. Ela era uma profissional muito boa. Qualquer um dos jornais metropolitanos a contratariam, mas ele sabia que não era essa a paixão dela. Abby adorava fazer reportagens para tablóides, e Chris não a via trocando de estilo tão cedo. Não podia culpá-la. Outra coisa que admirava nela era sua determinação em não ter a péssima reputação dos *paparazzi*. Admitia que ela era uma profissional reconhecida. Não costumava seguir nenhuma das celebridades sobre quem escrevia, não forçava a barra nem se desse um "encontrão" com a pessoa sem querer. Não, Abby levava tudo muito a sério.

Menos ele.

Abby apagou as luzes do escritório, colocou na pasta alguns artigos da internet sobre uma celebridade que planejava entrevistar e chamou seu cachorro.

— É hora de ir, Chester. Tenho um encontro e tanto esta noite.

Ao seguir pelo corredor, podia jurar que tinha sentido o perfume Brut barato que Rag costumava usar. Conhecia o cheiro da colônia, pois se lembrava de ter percebido Chris com um cheiro parecido havia muito tempo. Talvez Rag tivesse passado por ali enquanto ela estivera entretida com alguma notícia. Ao parar diante da porta fechada do escritório do chefe, pensou que, se ele estivesse ali, estaria com todas as televisões ligadas. Nada. Conforme tinha feito anteriormente, girou a maçaneta e a porta se abriu no mesmo instante. Ao entrar na sala horrível de Rag, percebeu quase de imediato que alguma coisa estava diferente. Chester rosnou da porta. Não foi um rosnado de alegria e sim de alerta.

— O que foi, garoto?

Com o rabo enfiado entre as pernas, as orelhas baixas, grudadas na cabeça, Chester rosnou de novo, um som alto dentro da sala silenciosa.

— Shhh! — Abby o repreendeu. Alguma coisa estava errada.

Com cuidado ela perscrutou a sala à procura de alguma coisa diferente desde a última vez em que entrara ali horas antes. Respirou fundo quando descobriu o que era. Lembrava-se de ter visto a cadeira longe da mesa, nada de incomum uma vez que Rag se levantava sem se importar em arrumar o lugar. Mas alguém havia empurrado a cadeira para tão perto da mesa que as rodinhas estavam bem na ponta do tapete de plástico. Talvez Mavis tivesse andado por ali enquanto Abby acompanhava a mãe e Sophie pelas outras salas. Mas Mavie jamais usaria Brut.

O restante dos funcionários tinha entrado e saído enquanto ela estivera trancada em sua sala. Se qualquer um passasse pelo corredor, Chester a teria alertado. Essa era uma das razões por que gostava de ter o cachorro sempre por perto. Alguém havia definitivamente entrado na sala de Rag, embora Abby tivesse certeza absoluta de que não tinha sido ele próprio. Chester parecia ter a mesma convicção.

Abby optou por sair correndo dali, com medo de um dos amigos de jogo de Rag o tivesse visitado para cobrar alguma dívida.

— Vamos, Chester! Não estou com a menor vontade de testemunhar Rag apanhando.

Abby soltou o cão assim que abriu a porta de saída, deixando-o correr até o Mini Cooper. Depois de entrar, passou o cinto de segurança em si e no cachorro antes de dar partida no carro.

Por sorte o trânsito não estava um caos, algo bem improvável para aquela hora do dia. Ela conseguiu chegar em Brentwood em tempo recorde. Estacionou o carro sobre uma cobertura ao lado da garagem. Planejava um dia tirar os pertences do dono do apartamento dali para poder colocar o carro para dentro, mas por enquanto ia quebrando o galho. Tirou a chave da ignição, pegou a pasta e soltou Chester do cinto de segurança. Relanceou o olhar pelo relógio de pulso. Tinha exatamente uma hora e meia para tomar banho e se arrumar para se encontrar com Chris.

Já dentro de casa, Abby jogou as chaves e a pasta sobre uma mesa do vestíbulo e pendurou a guia no gancho da parede. Tirando os sapatos, jogando um para cada lado, foi até a cozinha buscar um copo de água gelada.

— Woof! — Aquele era o sinal de Chester para avisar que estava na hora do jantar.

— Já sei, você está com fome. — Abby encheu a cumbuca de água fresca e colocou três copos de ração em outra. Pôs também algumas colheres de molho feito em casa, mexeu e colocou no chão. — Pronto, pode jantar sossegado.

Enquanto Chester jantava, Abby correu para o quarto, onde passou quinze minutos procurando uma roupa para vestir. Não queria nada muito chique. Se quisesse, poderia até arrasar porque, afinal, estava saindo a trabalho. Como não queria que Chris achasse que tinha se arrumado para ele, acabou optando por um jeans preto justo com uma blusa prateada vaporosa. Calçaria sapatos prateados de salto bem alto. Chris costumava chamá-la de "baixinha". Iria mostrar para ele quem tinha baixa estatura ali.

Em seguida tomou um longo banho quente, curtindo a sensação da água caindo sobre seu pescoço e suas costas. Lavou a cabeça duas vezes com um xampu de maçã verde cheiroso. Ao terminar, enrolou uma toalha no corpo, penteou o cabelo, resolvendo que o deixaria com os cachos naturais. Pintou os olhos com uma sombra escura e finalizou com uma linha de lápis preto. Um pouco de *blush* nas bochechas e um *gloss* nos lábios e estava pronta. Não queria se produzir demais. Talvez mais tarde retocasse a maquiagem para nocautear Chris. Ahá!

Abby revirou uma gaveta e tirou um sutiã de laços cor-de-rosa, combinando com a calcinha. Antes de mudar de ideia, apressou-se em vestir a lingerie, convencendo-se de que queria apenas se sentir feminina naquela noite. Quem sabe o que poderia acontecer? Talvez encontrasse o homem de seus sonhos.

Está certo.

O homem dos sonhos *dela* estava fora de alcance.

CAPÍTULO
XXVII

O Buzz era o endereço certo para encontrar as celebridades de Hollywood, pelo menos era isso o que dizia o canal de moda da televisão. Tendo chegado vinte minutos adiantado, Chris perscrutou a multidão, com esperança de não encontrar nenhum cliente ou nenhuma mulher que pudesse pôr em perigo seu status de solteirão. Os casais, tanto hétero quanto gays, se espremiam como sardinhas em lata. Abrindo caminho entre a multidão, ele saiu procurando alguma mesa vazia.

A música soava alto nos alto-falantes. Chris teve vontade de colocar os dedos nos ouvidos, mas aquilo não era uma coisa adequada de se fazer em Los Angeles. Não que ele seguisse as famosas regras sociais da cidade, mas sempre se encaixava em algum grupo que agia do seu jeito. Bem, mais ou menos.

Vislumbrando uma mesa alta com dois bancos do mesmo tamanho, Chris correu para tomar posse. Tinha acabado de se sentar quando uma garçonete de pernas de fora e lábios de travesseiro o cumprimentou.

— Está sozinho? — ela questionou com uma voz que mais parecia o ronronar de uma gata.

Chris já tinha detestado o lugar, que o lembrava a razão de estar tão cansado daquele cenário festivo.

— Na verdade, estou esperando minha mulher. Contratei uma babá para dar uma folga a ela. Imagine você o trabalho que é tomar conta de quatro crianças.

A garçonete transformou-se de gatinha em leoa em dois segundos. Casais não costumavam dar boas gorjetas.

— O que vai querer? — ela perguntou, impaciente, sabendo que não receberia mais do que os costumeiros 20% da conta. Quatro filhos? Ficaria contente se recebesse 10%, se tivesse sorte.

— Quero uma Coca, e para minha esposa... água com uma fatia de limão.

A garçonete anotou o pedido, colocou duas comandas de cartolina sobre a mesa e disparou em direção a um grupo de três homens mais velhos com cara de que lhe dariam uma boa gorjeta.

Chris olhou para o relógio de pulso. Dez horas. Abby chegaria a qualquer minuto. Sabia que ela era pontual e detestava quando alguém se atrasava, sempre deixara claro que era melhor chegar adiantado ou ser pontual. Talvez seu relógio estivesse correndo demais. Assim ele continuou observando a multidão à procura de uma mulher miúda com cabelos cacheados e longos.

— Quem você está procurando?

Com o susto, Chris virou a cabeça rapidamente.

— Sua diabinha dissimulada, me pegou de surpresa. — Chris abriu um sorriso tão amplo quanto o oceano Pacífico. — Sente-se, baixinha. — Ele se levantou para puxar o banco para ela. — Você não me convidou porque queria minha ajuda? Vamos, fale logo, srta. Repórter.

— Não é nada disso. Quero dizer, eu precisava de ajuda, mas não é o caso mais. Aliás, sou baixa, sim, mas não inválida — Abby alfinetou. Por que será que levava as coisas tão ao pé da letra quando estava com ele? De súbito, sentiu-se como uma adolescente de 16 anos.

— Pelo visto você cresceu... — comentou ele, inclinando a cabeça para olhar para o sapatos de salto alto dela. — Como vocês mulheres conseguem andar em cima de uma coisa assim?

Abby sorriu. Dentre todos seus conhecidos, Chris era sempre o primeiro a notar que ela estava de salto alto.

— Este é um salto sete e eu ando com *muito* cuidado. Pratiquei em casa antes de entrar aqui e caminhar com toda esta segurança. Só para você saber, estes sapatos me dão dor nas costas. Bem, mas isso é muito mais do que você precisava ou queria saber, certo? — Abby emitiu um som inesperado e estranho que para Chris soou como um risinho. Um *risinho?*

A garçonete atrevida chegou com as bebidas e colocou o copo de Coca-Cola com tanta força sobre a mesa que o líquido chegou a se derramar.

— O que você fez para deixá-la com tanta raiva? — indagou Abby, sem se preocupar se a moça a ouvia.

— Eu disse que estava aguardando minha esposa que tinha tirado uma folga de nossos quatro filhos. — Chris deu uma piscadela.

— Na certa ela o reconheceu daquela revista, você sabe do que estou falando, onde há fotos dos dez solteiros mais cobiçados de Los Angeles, e sabe que está mentindo.

— Eu não pedi para ganhar esse título. Fique sabendo que acho isso constrangedor.

No início Chris até tinha gostado do título, as mulheres o pressionavam, mas depois virara algo enfadonho.

Abby olhou para Chris com o canto dos olhos, enquanto procurava reconhecer quem estava por ali.

— Sei que não pediu, mas não conheço um único homem que dispensaria uma honra dessas. Imagino que deve ter seus... benefícios adicionais.

Sempre acontecia, mas ele não começaria a discutir seus relacionamentos passados com Abby. Nem naquele momento nem nunca. A única coisa em que estava interessado em discutir era a relação que teriam no futuro. Mas isso não iria acontecer. De jeito nenhum, sem chance.

De repente Chris sentiu a boca tão seca quanto o deserto de Mojave. Tomou um gole da Coca antes de responder.

— Tem, sim... Tinha.

— Escolha. Tinha ou tem.

— Abby, fique sabendo que... Ah, deixe para lá. — *Que diabos está acontecendo comigo? Quase dou um fora enorme.* — Já estou cansado desse título. Não me surpreende você pegar no meu pé por causa disso, desisti de reclamar há muito tempo. Já me diverti e não demorei muito para descobrir que esse estilo de vida não é o que me faz feliz. Todos cometemos erros de vez em quando. Até você, srta. Perfeita.

— Devo entender que o brilho e o glamour estão se esvaindo? — Abby perguntou em um tom irônico. *Por favor, confirme minhas suspeitas.*

— Eu já disse, Abby, esse título não é o que parece. Espero mais da vida do que uma noite com uma mulher que está interessada apenas em me usar de apoio para deslanchar em sua carreira. — Uma vez ditas, Chris não pôde mais recolher as palavras. Mas estava conversando com Abby e não com uma mulher qualquer.

— Se eu não o conhecesse tão bem, ficaria ofendida, mas o fato é que concordo com você. Mas que fique registrado que não vim aqui para fazê-lo de trampolim. Quando liguei, precisava de sua ajuda para arrumar uma matéria, uma dica, uma fofoca, qualquer coisa, mas mudei de ideia. Não preciso de nada de você. — *Mentirosa, mentirosa de uma figa. Quero tudo o que você puder me oferecer.*

Chris sentiu aquelas palavras como um tapa no rosto. Gostaria de jogar limpo com Abby, mas não podia. Tudo o que lhe restava era provocar, atuar no papel de amigo arrogante.

— Ainda bem. Se eu contasse a você todos os meus segredos, teria de matá-la em seguida — ele a desafiou. Por que Abby não percebia que ele estava morrendo por se sentar ali e fingir que ela não significava nada além de uma boa amiga? Mas, se amizade fosse tudo o que teria, então haveria de se contentar com pouco.

O olhar de Abby encontrou o dele, mostrando-a resoluta e inabalável. Chris sentiu aquela mesma sensação de garoto em véspera do Natal, de novo. Sentiu uma pressão no estômago e o sangue subir até as orelhas. Droga, estava pegando fogo por todo o corpo. Quem pretendia enganar? Sua vontade era se desviar do olhar dela, mas suas pupilas se recusavam a se mover. Foi ela quem quebrou o contato primeiro, ao prestar atenção em seu dedo, que percorria a pequena poça de Coca-Cola sobre a mesa. Mencionou alguma coisa e depois parou, olhando em volta como se estivesse ali pela primeira vez e não gostando do lugar.

— Você quer ir para outro lugar? Algo mais... real? — questionou Abby do nada.

Chris ficou sem saber o que dizer, então balançou a cabeça para cima e para baixo, indicando que estava de acordo.

— Você já jantou?

— Será que uma bola de sorvete de menta com pedaços de chocolate conta como uma refeição?

— Depende de para quem você perguntar. Eu acho que conta, sim. Se bem que estou morrendo de vontade de comer um cachorro-quente com *chili* do Pink's. Está certo que mais se parece como um bolo de azia, mas são tão bons.

Chris riu, relembrando do quanto Abby gostava daquele tipo de sanduíche. Ele também apreciava.

— Feito, eu topo se você quiser — anunciou, tirando uma nota de 20 dólares do bolso e deixando sobre a mesa.

— Vamos. Essa música está me matando. — Abby pulou do banquinho rápido demais e acabou por virar o pé no salto alto.

Chris a segurou pelo braço, aproximando-a de seu tórax. Ela rescendia a flores de primavera em um dia de sol. Por um breve e louco momento, ele achou que iria desmaiar.

— Bem que eu disse que esses sapatos são perigosos — comentou, olhando em volta à procura de um jeito de sair logo dali. — Venha comigo.

Sem lhe dar chance para responder, ele a enlaçou pela cintura, guiando-a pela multidão de festeiros. Por duas vezes alguém esbarrou neles, quase derrubando Abby. Ao se aproximarem da porta de saída, Chris abriu caminho por um grupo de jovens estrelas risonhas. Reconheceu uma delas de um filme que tinha visto recentemente, *Legalmente Loira*.

Do lado de fora da boate, a noite estava fresca e agradável, uma mudança para melhor.

— Estacionei logo ali — disse Abby. — Vamos juntos ou em carros separados?

— Eu dirijo.

Abby hesitou por um momento antes de concordar.

— Não posso voltar muito tarde. Chester está sozinho em casa. Além disso, pretendo passar algumas horas com minha mãe e minhas madrinhas amanhã.

— Prometo que não a prenderei pela noite inteira. Palavra de escoteiro. — Chris sorriu e levantou os três dedos em saudação.

— Ora, você nunca foi escoteiro, Christopher Clay. Lembre-se, conheço sua reputação. — Abby bateu na mão dele, enquanto o acompanhava até o carro, levando os sapatos de salto na mão.

Naquele exato momento, Chris teve vontade de se ajoelhar e dizer a ela que tinha decidido renunciar à vida de boêmio e que era um homem perfeito, aguardando apenas que ela notasse a mudança. Mas não podia fazer aquilo. Mesmo se por um milagre realmente caísse aos pés dela e fizesse milhões de promessas, algo lhe dizia que Abby teria um ataque de riso e não acreditaria em uma palavra sequer.

CAPÍTULO XXVIII

Abby suspirou ao encostar a cabeça no banco do carro.

— Não acredito que comi três cachorros-quentes. Sei que vou me arrepender mais tarde. Você devia ter me reprimido depois do segundo.

Chris estendeu o braço e brincou com o cabelo de Abby do jeito que sempre fizera.

— Eu não conseguiria ter impedido mesmo que quisesse. Puxa vida, como eu estava com saudade desses sanduíches. Fazia anos que não comia um. — Chris pensou que há muito tempo não se divertia tanto, mas se lembrou do jantar no Polo Lounge e reconheceu que aquela noite também tinha sido boa. Nas duas vezes ele tivera, ou quase, Abby inteira para si.

— Fique comigo e mostrarei a você o que é uma boa refeição. — Ele riu. — Você já jantou pipocas? Não me parece que tenha algum problema em engordar.

Jesus, tinha mesmo dito aquilo? Todos os homens sabiam que idade e peso eram assuntos proibidos para se falar com uma mulher. *Você já jantou pipocas?* Droga, fazer uma pergunta daquelas era o mesmo que dar um tiro no pé.

— Sempre — Abby respondeu de imediato. — Ei, quer saber de uma coisa?

— Vindo de você, quero saber de tudo — declarou Chris em tom sério, não mais de brincadeira. Percebeu que Abby o encarava, mas não podia desviar os olhos da manobra com o carro.

— Eu ia dizer que... quero dizer... Gosto de você, é isso — disse Abby, displicente, enquanto olhava pelo vidro do passageiro o grupo de pessoas que se amontoavam na frente do Buzz.

Chris abriu o braço e tomou a mão de Abby na sua.

— Eu também gosto de você, Abby. Mais do que você possa imaginar.

Pronto, agora já tinha dito. Esperou que ela batesse em seu braço, bagunçasse seu cabelo, qualquer coisa, mas ela ficou quieta, os olhos ainda presos na multidão na calçada. Não devia ter dito nada. Droga. Era melhor ter ficado quieto. Talvez tivesse arruinado uma amizade de longa data.

— Eu também... — Abby respondeu, tão baixinho que o deixou em dúvida que tivesse ouvido alguma coisa de fato.

Chris conseguiu parar em uma vaga apertada sem bater nos outros dois carros. Mais uma vez, sentiu aquele friozinho no estômago como um garoto na véspera do Natal. Tinha conseguido parar logo atrás do Mini Cooper de Abby. Depois desligou o motor e virou-se para ela.

Ah, acalme-se, coração.

— Será que ouvi direito o que você disse? Isso significa que podemos ir jantar um dia desses? Talvez... amanhã? — Um dos dez mais de Los Angeles não podia compor uma frase mais original? Agora era tarde e já tinha sido sincero demais, embora mais verdadeiro do que tinha sido em todos os seus 33 anos.

— Depende... — Abby o encarou com um brilho maroto nos olhos.

Ao perceber que ela estava brincando, ele entrou no jogo, exatamente como costumava fazer no passado. Só que dessa vez era bem diferente. Especial até. Que diabos, era intoxicante, isso sim.

— Depende do quê?

— De um monte de coisas. Claro que, em primeiro lugar, preciso saber aonde pretende me levar. Não quero comer caviar e tomar champanhe de 100 dólares com gosto de água estragada. Prefiro um filé, mal-passado, acompanhado por uma batata recheada. Não sou muito fã de saladas, mas gosto de verduras. Elas precisam ser cozidas de um jeito especial; crocantes, mas nunca moles demais.

Chris a encarou na tentativa de descobrir se Abby ainda estava brincando ou apenas sendo ela mesma. E pensar que também gostava de carne e legumes daquele jeito, sem se esquecer da batata recheada.

Depois de respirar fundo, tomou a mão de Abby e levou até a boca. Beijou uma a uma a ponta dos dedos delicados. Um de cada vez. Bem devagar e gentilmente, como se já tivesse feito a mesma coisa outras vezes. Um gesto simples como aquele era melhor do que suas fantasias ou o mais selvagem de seus sonhos. Ao tomar a outra mão, repetiu os beijos bem devagar, um a um. Sentiu-se no céu quando a ouviu reagir, suspirando.

— Vamos aonde você quiser — prometeu ele, continuando com a trilha de beijos rápidos pelo pulso fino, subindo pelo braço.

Abby puxou a mão, tocando a área delicada que ele tinha beijado. A sensação tinha sido surreal. Como será que um convite para comer cachorro-quente tinha se transformado em algo tão sensual? E ainda por cima com Chris? E não por se tratar apenas dele, mas sim por ser o homem de seus sonhos.

— Imaginei esse momento desde o dia em que o vi pela primeira vez. Parece que faz anos-luz que isso aconteceu — murmurou Abby. Sem saber se ele a tinha ouvido, deu uma tossidela, decidindo que ao menos um dos dois tinha que parar com aquela sedução lenta e sensual. Não queria se responsabilizar pelo que aconteceria em seguida.

Odiando ter de tomar uma atitude, Abby soltou o cinto de segurança e passou o braço sobre o banco para pegar a bolsa.

— Preciso ir. Chester... Preciso levá-lo para dar uma volta. Então, acho que...

— Está certo, eu entendo. Prometo que a primeira coisa que farei amanhã de manhã será ligar para você. Tudo bem se eu ligar cedo? Isso quer dizer daqui a algumas poucas horas. Acho que não vou conseguir dormir, por isso estarei de pé bem cedo. Sei que esse também é o seu horário. Quer que eu a acompanhe até sua casa? — *Jesus e Maria, estou parecendo um garoto de 14 anos excitado.*

Sim, Abby queria que ele a acompanhasse, entrasse em sua casa e que ambos realizassem o sonho de sua vida, mas não podia dizer isso. Ainda não.

— Não precisa, obrigada. Estou acostumada a dirigir tarde da noite. Não deixe de me ligar amanhã. Tem razão, nossos hábitos de sono são bem parecidos, portanto estarei acordada. — *Preciso sair daqui imediatamente.*

— Você precisa mesmo ir?

— Ah, pare com isso. Você sabe do que estou falando sério, preciso ir.

— Está certo, Abby. Falamos amanhã bem cedo.

Abby balançou a cabeça, saiu do carro e seguiu, olhando para trás. Depois de um breve aceno, tirou as chaves da bolsa, apertou o botão do controle remoto e abriu a porta do carro. Ainda entorpecida, deixou-se cair no banco, jogando a bolsa no banco do passageiro. Nunca, em zilhões de anos, poderia ter sonhado com o que acabara de acontecer. Imaginou o que já tinha perdido nesse tempo todo.

Chris nunca dera a entender seu interesse, tampouco tinha flertado com ela. Sempre fora um amigo brincalhão, que a chamava de "baixinha" e... agora tinha beijado seus dedos, um a um. Se fosse possível nunca mais lavaria as mãos. Quem sabe não adotava as mesmas luvas de látex de Ida. Balançando a cabeça para afastar os pensamentos, Abby enfiou a chave na ignição e deu partida para logo em seguida começar a manobrar. Estava tão compenetrada que quase bateu no Corvette azul que entrou imprudentemente na vaga bem atrás da sua.

Cretino, pensou enquanto terminava de manobrar. Parecia que o sujeito tinha entrado ali com a intenção de bater em seu carro. Para começo de conversa, só podia ser alguém que tinha bebido além da conta e não devia estar atrás de uma direção. Abby olhou pelo retrovisor antes de acelerar na esperança de o motorista sair para se desculpar. Como nada aconteceu, engatou a marcha e saiu apressada. Teve vontade de levantar o dedo do meio, como a mãe costumava fazer. Já Sophie teria saído do carro e chutado a Corvette brilhante, enquanto Toots a aplaudiria.

Recusando-se a permitir que um incidente estragasse a noite perfeita, Abby entrou na rua principal e olhou pelo retrovisor à procura da caminhonete de Chris. Quando não a viu, sentiu uma pontinha de decepção. Esperava mesmo que ele a seguisse até Brentwood depois de tê-lo dissuadido a tanto? Tinha de admitir que era culpada nesse caso.

Abby nunca tinha vivenciado amor verdadeiro e preocupação em seus dois relacionamentos passados. Como podia esperar aquilo de Chris? Admitiu que gostaria que acontecesse. Contudo era tudo muito recente, muito novo ainda para já ficar com conjecturas. Chris era seu amigo desde sempre. Levaria algum tempo a fim de considerá-lo algo mais do que isso. Sorrindo, ela concluiu que logo se acostumaria com a ideia.

Vinte minutos mais tarde ela embicou o carro sob a cobertura ao lado da garagem de sua casa. Relanceando o relógio no painel de veículo, viu que era pouco depois da 1 hora da manhã. Tinha tempo suficiente para cumprir a rotina. Para evitar outro acidente, continuou descalça. Colocou as tiras do sapato no dedo indicador, pegou a bolsa e saiu do carro. Ao enfiar a chave na fechadura da porta, ouviu Chester arranhando a porta.

— Já vai, garoto.

Assim que abriu a porta, ela se abaixou para ganhar alguns beijos caninos. Chester saiu correndo logo em seguida em direção ao jardim. Abby esperou que ele cheirasse todos os arbustos antes de chamá-lo para dentro de casa.

Depois de vestir a camisola da Mulher Maravilha, ela levou o *notebook* para o quarto, colocando-o sobre a almofada própria. Arrumou vários travesseiros para se recostar e começou a trabalhar. Chester se ajeitou sobre seu cobertor, arrumado ao pé da cama.

— Você é um folgado, Chester. Sabe disso, não é?

— Woof! Woof!

Abby riu e voltou a atenção para o trabalho. Durante todo o dia se preocupara com o desaparecimento misterioso de Rag. Checou sua caixa de entrada de e-mails na esperança de encontrar uma resposta para a mensagem que tinha mandado para ele naquela manhã. Não encontrou nada.

Lembrou-se da cadeira no escritório dele e voltou a considerar se não teria sido algum dos *book-makers*. Mas qual teria sido a necessidade de uma fuga tão sorrateira? Por que não perguntar aos outros funcionários se tinham alguma notícia dele? Será que ele iria abdicar do prazer mórbido de dizer a todos seus funcionários que os novos donos iriam trazer uma equipe própria? Claro que não. Ela podia imaginar a situação. Não havia quem não soubesse quando seu emprego estava por um fio. Abby bem se lembrava da mãe chorando em seu ombro. Naquele caso, dois mais dois definitivamente não somavam quatro.

Abby chegou a considerar ligar para alguns amigos de Rag a fim de saber se alguém sabia de seu paradeiro, mas logo desistiu da ideia. Podia se considerar morta se fizesse algo semelhante e ele descobrisse. Era arriscado demais para o momento.

Será que ele tinha namorada? Abby esforçou-se para relembrar os últimos tempos, mas havia mulheres demais para considerar. Rag nunca chamava ninguém pelo nome. Se o fizesse, usava apelidos como "boneca", "docinho" ou qualquer outro nome chauvinista que lhe ocorresse.

Talvez devesse pedir a Chris que averiguasse o desaparecimento de Rag. Afinal, ele era um advogado e, na certa, conhecia algum investigador que poderia checar a vida de alguém sem que os fatos viessem a público. Claro, Chris saberia como agir. Ela olhou para o relógio e considerou se não era muito tarde para ligar. Mas ele tinha dito que não dormiria e ligaria bem cedo. Abby sentiu um calor lhe subir às faces ao relembrar o que tinha acontecido naquela noite. O que ele diria se ela tomasse a dianteira e ligasse antes do telefonema dele. *Ora, é Chris*, pensou. Ele não se importaria com o horário em que ela o procurasse. Decidida, Abby correu até a cozinha, onde tinha deixado o celular carregando. Ligou caminhando de volta para o quarto.

— Chris Clay.

— Você se esqueceu de dizer "alô" de novo.

Abby ouviu o farfalhar de cobertores e o clique do abajur.

— Eu deveria ter previsto que era você. O que foi? Não aguentou esperar pelo meu telefonema? Ninguém me liga a essa hora, fora sua mãe. Eu sempre digo isso, não é?

Mais uma vez, Chris sentiu-se como um adolescente de 14 anos. Aliás, essa fase devia ter sido muito boa em sua vida.

— Você já estava deitado? — Abby imaginou aqueles ombros largos sobre os lençóis, os traços marcantes do rosto, o cabelo negro desalinhado por seus dedos. De repente viu-se aconchegada a ele.

— Sim, mas não estava dormindo. Acho que nunca mais vou pregar os olhos. Estava esperando a hora... Bem, você sabe, esperando o amanhecer para telefonar para você. Abby?

Uma eternidade de passou antes que Chris voltasse a ouvir a voz dela.

— Ah, desculpe. O que disse?

— Você perguntou se eu já estava deitado e respondi que sim — Chris repetiu.

— Quer que eu volte a ligar amanhã? — perguntou ela, logo se lembrou de que já era "amanhã".

— Não, estou bem acordado. Estava pensando em você. O que houve?

— Você vai achar que estou louca, apesar de já ter essa certeza. — Abby respirou fundo antes de entrar no assunto. — Imagino que tenha prestado atenção na minha conversa com minha mãe sobre a *Informer* ontem à noite. — Ela fez uma pausa para que ele pudesse acompanhar seu raciocínio. Como não houve uma resposta de pronto, continuou: — Rag, meu chefe, não foi trabalhar hoje... Quero dizer, ontem. Isso não é de todo fora do normal. Sabe-se que ele costuma passar os finais de semana jogando e bebendo em Las Vegas. Ele quase nunca trabalha nas segundas-feiras, mas não deixa de ligar com uma desculpa qualquer. Geralmente leva um dia para se curar da ressaca. Mas estamos no meio da semana, a revista acaba de ser vendida e não o encontro em lugar nenhum. Pensei em ligar para os cassinos que ele frequenta, mas ele me mataria se soubesse. Daí a razão de eu ligar para você. Imagino que como advogado você deva conhecer algum investigador que eu possa contratar para encontrar Rag. Posso imaginar qual seria sua resposta, mas poupe seu fôlego. Claro que, como repórter, tenho meus contatos, mas estou um pouco hesitante em procurar alguém do ramo. Quando Rag decidir aparecer e souber que estou perguntando por ele, é capaz de me esfolar viva. Então, acha que pode me ajudar?

O telefonema da manhã está de pé. Estou ligando só para... para... —
Humm, que desculpa mais furada.

Chris demorou a responder, mas quando falou foi um choque.

— Lamento não poder ajudar, Abby.

— Não pode ou não vai? — questionou ela com raiva.

— Nem um nem outro. É uma questão de conflito de interesses. Sua mãe me pediu para fazer um trabalho para ela. Sinto muito. Isso é tudo que posso dizer.

E pensar, que depois de ter beijado seus dedos, Chris estaria na palma de sua mão. Ledo engano. Então, o encontro daquela noite tinha sido um "conflito de interesses". Bem, era preciso responder alguma coisa.

— Entendo. Desculpe por tê-lo incomodado. Boa noite — Abby fechou o celular. Prometeu a si mesma que nunca mais pediria um favor a Christopher Clay enquanto estivesse viva.

E talvez durante a eternidade também.

CAPÍTULO
XXIX

Toots, Sohie, Mavis e Ida se reuniram ao redor da mesa de jantar da suíte de Toots. Por alguma razão desconhecida ali era o local não oficial de reuniões. Toots admitia que gostava porque era preguiçosa. Se decidisse fumar, podia. Sua suíte era para fumantes. Se as outras não gostavam, azar delas. Já que estava custeando aquelas pequenas férias, suas vontades deviam prevalecer. O que a lembrou da perda de 10 milhões de dólares. Estava tão brava a ponto de cuspir fogo. Mas, naquele momento, tinha de lidar com as amigas. Tinha o resto da vida para planejar a morte de quem a tinha roubado. Naquele momento estava se divertindo, tomando drinques de gelatina, deixaria para se preocupar no dia seguinte com o dinheiro perdido.

— Mavis, você só precisa engolir. Não precisa de colher para beber — comentou Toots. Ela havia pedido os drinques de gelatina depois de ter visto duas mulheres tomando à beira da piscina. Mais uma experiência nova para adicionar à sua crescente lista.

— Estou saboreando.

— Deixe-a em paz, Toots. Se ela quiser usar garfo e faca, problema dela — Sophie repreendeu.

— Está certo. Mas apenas um, porque Mavis está de regime. Pelo que andei lendo, álcool engorda.

— Será que vocês duas podiam parar de fazer tempestade em copo de água? — pediu Mavis.

— Se Sophie guardasse para si suas opiniões, não haveria tempestade nenhuma — Toots revidou.

— Que seja. Você é tão ruim quanto eu, Toots, admita. Agora me dê mais uma dessas coisas. Esta noite quero me embriagar e virar boazinha.

— Alguma razão especial para isso? — Toots levantou-se para buscar mais uma bandeja de gelatinas do frigobar.

— Liguei para casa hoje e conversei com a enfermeira de Walter. Ele não anda muito bem. Soube que os órgãos vitais dele estão cada vez mais fracos. Mas com o fígado sem funcionar... O que essa enfermeira esperava? Ela agiu como se fosse minha obrigação ficar surpresa ou triste, sei lá. Tudo indica que é uma questão de horas antes de ele morrer. Tive de ouvir uma insinuação de que todas as esposas deveriam ficar à cabeceira do marido doente. Tive vontade de perguntar por quantos maridos ela já tinha chorado, mas me controlei. Pedi que me ligasse se ele piorasse. Isso responde à sua pergunta? — Sophie engoliu mais uma gelatina e estendeu o braço para pegar outra. — Por que não fazemos um brinde, Toots? Mavis? Ida?

— Eu estou pronta — Toots respondeu logo.

— Vou usar a embalagem vazia. — Mavis levantou o copinho.

— Eu passo — avisou Ida.

— Ao Walter. Que sua morte seja dolorida e que seu seguro seja liberado rapidamente.

As outras levantaram os copinhos e brindaram:

— Ao Walter!

Toots observou Sophie com o canto dos olhos. Sophie era durona, mas ela bem sabia que a amiga estava sofrendo de verdade. Não apenas porque a morte de Walter era iminente, mas por causa da tristeza inevitável que chegava depois de todos os finais de relacionamento.

— Posso alugar um jatinho particular quando você quiser, está bem?

— Será muito útil, obrigada.

O pequeno grupo continuou conversando, bebendo e fumando.

Sophie segurava o copinho vazio. Toots abriu o frigobar e tirou os dois últimos drinques, que passou para a amiga.

— Pode ficar com os dois. Acho que não aguento mais nada. Você tem toda razão para querer se embebedar, Sophie. Depois do enterro de

Leland, bebi uma garrafa inteira de vinho. Acho que todas as viúvas têm o direito de tomar um porre. O pior é ter de vestir preto. Mas isso só se aplica quando você não está ligando. Eu não estava nem um pouco preocupada e me parece que nem você.

— Já disse que não vou vestir preto, e sim vermelho. Não vou entrar nessa de luto, Tots, Tits... Ah, você entendeu. Só quero enterrar bem Walter e terminar logo com isso. Ainda nem resolvi se vou estar na cidade. Não posso nem me lembrar daquele lixo todo na rua. Fede demais. Por que devo voltar? Alguma de vocês pode me dar alguma boa razão? — Sophie estava embriagada, tropeçando nas palavras. — Ida?

— Você pode ir morar no Maine comigo. Tenho uma casinha linda. Você não precisaria pagar nada — Mavis ofereceu.

— Ah, Mavis, você é muito gentil, mas se cansaria de mim no máximo em dois dias. Eu poderia ir morar com Ida. Você iria gostar, não?

O semblante apavorado que Ida assumiu fez com que Sophie tivesse um ataque de riso.

— Estou brincando. Aliás, Ida, o que você faz com o seu lixo? Faz tempo que quero perguntar isso — disse Sophie, quando recuperou o fôlego.

— Sophie, você é cruel.

— Pelo menos sou honesta. Mas, então... — Sophie voltou a atenção para Ida. — O que você faz com seu lixo se tem medo de tocá-lo?

Toots desistiu de segurar o riso e soltou uma sonora gargalhada.

— Sophie, você é uma filha da mãe, não é? — Reagiu Ida. — Vou voltar para o meu bangalô. Boa noite, Mavis e Teresa.

— Parece que vou ficar sem resposta. Boa noite, Ida, durma bem, não se deixe picar pelos pernilongos. — Sophie não parou de rir e não podia deixar de provocar Ida. A amiga saiu e ela continuou como se não tivesse sido interrompida: — Talvez eu encontre uma casa para morar por aqui. O clima é perfeito e não senti cheiro do lixo de ninguém.

Sophie pegou um cigarro, colocou no canto da boca e acendeu. Deu uma longa tragada, segurando a fumaça o quanto pôde. Soltou uma baforada, que formou um halo que foi direto para cima da cabeça de Toots.

— Você não devia pegar tão pesado com Ida. Todas sabemos que ela é doida, mas é nossa amiga — relembrou Toots.

— Ah, dane-se Ida e suas manias — Sophie dardejou. — Já estou cansada das fobias dela, ou sei lá o que ela tem. Em minha opinião, toda a loucura de Ida passaria num estalar de dedos se ela arrumasse um homem. Por falar nisso, decidi não ficar com o dinheiro do seguro de Walter. Vou doar tudo para a caridade. O que vocês acham?

— Essa poderia ser a solução para o problema de Ida, mas ela nunca admitirá. Ela não tinha esse pânico de germes antes de Thomas morrer. Fico pensando se aquela mulher não precisa de uma noite de sexo, digo, uma noite inteira de carinho — comentou Toots, preocupada.

— Parem, vocês duas. Vou para o meu bangalô antes que eu morra de rir. Marquei com um *personal trainer* às 7 horas da manhã — anunciou Mavis, movimentando o corpanzil para se levantar da cadeira, pegar Cacau e seguir para a porta. — Vejo vocês amanhã de manhã. E não façam nada que eu não faria. Boa noite.

— Boa noite, Mavis. Ligue para meu quarto assim que terminar a aula de ginástica — pediu Toots, pensando na luta que era para Mavis caminhar de um bangalô para outro, mas a amiga jurava que já estava mais ágil do que no dia anterior.

— Pode deixar. Boa noite, Sophie.

— Boa noite, Mavis — Sophie respondeu, acenando.

Assim que a porta se fechou, Toots pegou o pote de café.

— Quer passar a noite aqui? Você está bêbada demais para sair procurando seu bangalô e eu estou cansada demais para bancar a cicerone.

— Não estou *tão* alta assim. Gosto de provocar Ida e Mavis, chocá-las um pouco.

— Eu imaginei. Você está falando sério sobre doar seu dinheiro para a caridade?

— Era o que eu pretendia mesmo, mas agora, pensando bem, eu poderia doar a você para compensar a perda. E... Já tem alguma novidade do ladrão? Eu queria ter perguntado mais cedo, mas não tive a oportunidade.

Toots ficou perplexa com a oferta. A recompensa de 5 milhões de dólares que Sophie tinha recebido era o que a sustentava por todos aqueles anos. Toots sabia que a oferta nada tinha a ver com dinheiro. Enquanto esperava pela máquina de café terminar o processo, tirou duas xícaras do armário. O açucareiro já estava em cima da mesa.

— Você não está bêbada, não é? Caso contrário seria a maior atriz do mundo. Respondendo à sua pergunta, não, não sei nada sobre o ladrão. Pensei que Chris fosse ligar com alguma novidade, mas até agora nada. Fiquei pensando se não deveria entrar em contato com meu banco em Charleston. Talvez eles possam rastrear o dinheiro mais rápido do que Chris. Mas dentro de uma hora a notícia correrá por toda a cidade.

— Não estou nem um pouco tonta. Você é muito observadora, Toots. E, quanto à sua pergunta, não acho que faria mal nenhum ligar para seu gerente do banco. Na certa ele tem mais contatos do que Chris. Não se esqueça de que me casei com um banqueiro. Walter foi um marido terrível, mas era muito bom profissionalmente, até começar a beber. A menos que você dê importâncias às fofocas, eu ligaria logo.

— É o que vou fazer assim que o banco abrir. Abby disse uma coisa essa tarde que está me perturbando. Lembra-se de que ela mencionou estar preocupada com o chefe, aquele que costuma jogar e beber? — Toots serviu duas xícaras de café e levou até a mesa.

— Lembro-me, sim. — Sophie serviu-se de creme. — O que está pensando?

— Parece que ele é o maior suspeito de ter roubado meu dinheiro e fugido. Abby disse que ele está atolado em dívidas, a revista já foi hipotecada e de repente o dinheiro desaparece da conta conjunta de Chris. O chefe dela tinha consciência da transação. Quem mais saberia? De repente o dinheiro desaparece como que por encanto, antes mesmo que Chris pudesse transferir para a conta da *Informer* para finalizar a compra. Então, para piorar tudo, o desgraçado desaparece. Não sei como não pensei nisso antes.

— E Chris assegurou que o dinheiro tinha sido transferido para as ilhas Caymã. Acho que está na pista certa, Toots. Talvez seja uma boa ideia irmos até lá.

— Era exatamente o que eu pretendia fazer, mas você não ouviu os noticiários? As ilhas foram devastadas por um furacão. Eu soube pela internet esta manhã, quando fui olhar meus e-mails. O aeroporto está fechado e a maior parte da ilha está sem luz. Pelo que li, levará dias até que todos os serviços sejam reativados.

— O que pretende fazer?

— Isso é o que é pior. Não há nada que eu *possa* fazer, pelo menos enquanto as ilhas Caymã não se recuperarem do caos. Vou continuar acompanhando as notícias pela internet. Incrível, mas depois de rever todos os fatos não acredito como o desfecho era tão óbvio. Perdi 10 milhões de dólares, que foram tirados da conta conjunta de Chris antes de ele transferir o dinheiro para a *Informer*, e justamente agora o dono da revista desaparece. Está tudo muito óbvio. O único problema é que não posso acusá-lo sem que Abby saiba que eu estava comprando a revista. Ela seria humilhada se a mídia soubesse que a mãe dela estava à frente das negociações de uma revista *falida*, justamente onde ela trabalhava. Boom... a bomba estouraria antes de eu ter a chance de finalizar a compra. Isso seria um furo jornalístico para os outros jornais e, pior, a matéria não seria de Abby.

— Já posso ver as manchetes. Se não me engano o nome dele é Rag, não é?

— Sim, ela me disse que o apelido é composto pelas primeiras letras do nome dele. Claro, a matéria seria uma desgraça. Quando eu encontrar esse sujeito vou estrangulá-lo.

— Isso, e quem irá presa para o resto da vida será você — informou Sophie.

— Não vou fazer isso, claro. Foi apenas modo de dizer. Acredito que a polícia federal irá assumir isso, uma vez que envolve fraude bancária. Eles o mandarão para a prisão por tanto tempo que ele acabará se esquecendo do motivo pelo qual foi preso.

— Acho que ainda é pouco pelo que fez.

— É verdade. — Toots buscou a jarra de café e serviu mais uma dose para as duas.

— Então, você irá até as ilhas Caymã quando o furacão passar, certo?

— Talvez. Vou consultar Henry. Tenho certeza de que ele tem contatos por lá. É como você mesma disse, os banqueiros conhecem-se uns aos outros. Se ele disser que é melhor eu viajar para as ilhas Caymã, eu irei. Terei de tomar todas as providências sem a ajuda de Chris. Confio nele, é um rapaz inteligente, mas não acho que ele queira se envolver nessa transação. Chris estava apenas me fazendo um favor; chegou até a me desaconselhar a fazer essa compra, mas eu não lhe dei ouvidos.

— Isso faz bem o seu estilo, mas eu teria feito o mesmo. Estamos no mesmo barco. Você fez tudo isso por Abby. Nós queremos o mesmo que você, já que todas amamos Abby.

— Eu sei disso e Abby também. Sei que ela não gostaria que eu me metesse em seus assuntos profissionais. Ela impôs algumas regras há muito tempo. Sendo ou não mãe dela, procuro respeitá-la, apesar de não gostar, mas me esforço para tanto.

— Quando estávamos saindo do prédio da revista hoje, ouvi Abby perguntar sobre possuir o jornal. Do que ela estava falando?

— É verdade, meu sangue congelou nas veias. Acho que ela suspeita de alguma coisa. Em um primeiro momento pensei ingenuamente que ela me pedisse para comprar a revista como um investimento, mas isso nunca aconteceu. Meu sexto sentido me diz que ela está com a pulga atrás da orelha. Pressentimento de mãe não falha.

— Bem, você é a mãe, por isso provavelmente está certa. Não vou mais tocar no assunto. Eu a aconselho a esperar que ela tome a iniciativa.

— Não direi uma só palavra. Para Abby estamos aqui em férias, para passar um tempo com ela. Nada além disso. Não sei quanto a você, mas eu estou um trapo. Vou dormir depois deste café.

— Você sempre tem boas ideias, Toots. Vou me deitar no sofá e encerrar o dia. Se você não se importar, claro.

Toots assentiu com um sinal de cabeça. Lavou as xícaras e desligou a máquina de café antes de seguir para o quarto.

— Boa noite, Sophie.

— Boa noite, Tits.

Enquanto fechava a porta Toots ouviu Sophie rir.

CAPÍTULO
XXX

Chris se arrastou para fora da cama e foi até a cozinha. Depois da conversa com Abby, não conseguira dormir de jeito nenhum. Antes de seguir para o terraço, preparou uma jarra de café.

Uma onda estourou na praia ao mesmo tempo que uma brisa marítima varreu o terraço. Chris deixou-se cair em uma poltrona.

Relembrou a conversa com Abby. Não conseguia pensar em outra coisa, pelo menos não imediatamente. Não havia como bisbilhotar de maneira profissional o sumiço do chefe dela sem comprometer o trabalho que vinha fazendo para Toots. Estava entre duas mulheres que possuíam parte de seu coração. Diabos! Estava totalmente apaixonado por Abby, precisava ser honesto consigo mesmo.

Ouviu a água borbulhar na cafeteira e entrou. Serviu-se de uma caneca e voltou para o terraço.

Ficou imaginando se não demonstrara ansiedade demais ao dizer que se interessava por ela, mas não de um jeito fraternal. Será que tinha se precipitado? Não, claro que não, esse amor já datava de anos. Uma oportunidade tinha se apresentado naquela noite e ele não podia ter deixado passar. Abby confessou gostar bastante dele e era isso que bastava para o momento. Será que tinha entendido tudo errado? Será que ela tinha dito que *gostava* e nada mais? Ah, não. Se fosse esse o caso, ela não teria permitido que ele lhe beijasse os dedos sem puxar a mão e fazer alguma brincadeira. Era melhor achar que ela tinha gostado do carinho. Bem, ele, pelo menos, tinha.

Chris olhou para o relógio e viu que eram 2 da manhã. Tarde demais para tentar dormir, mas não para sonhar com Abby.

Voltando para o quarto ele se enfiou debaixo das cobertas, mas estava inquieto demais para ficar imóvel ali. Ligou a televisão e zapeou pelos canais de notícias. Nada que valesse a penas assistir. Sintonizou canal do tempo só pelo barulho. Quando ouviu a previsão para as ilhas Caymã, aumentou o volume.

Todos os voos foram cancelados. Quase toda a região está às escuras...

Que diabos? Falta de sorte, uma vez que o dinheiro de Toots tinha sido transferido para um banco da ilha. Será que alguém tinha previsto o furacão e transferido o dinheiro para lá? Não, seria um erro elementar demais. Contudo, não importava quem fosse o ladrão, tinha tido a ajuda da mãe natureza.

A ilha estava sem luz, o que significava que os bancos, como todo o resto, estavam fora do ar. Por outro lado, a pessoa que roubara o dinheiro também não teria como sacar que tinha roubado de Toots. Chris pensou que talvez tivesse um jeito de entrar em contato com o Banco das Bermudas. Se isso fosse possível, talvez ele conseguisse capturar o larápio e recuperar o dinheiro.

Micky virou a última cerveja da embalagem de doze que tinha levado para casa, depois de ter passado a noite toda seguindo a jornalista. Com certeza ela sabia onde o filho da mãe do chefe dela estava escondido. Ele até apostaria uma boa grana nisso.

Tinha voltado à redação, pensando em se esgueirar pelo prédio e pegar um dos *notebooks* que tinha visto sobre a mesa de Rag. Sem se preocupar em esconder o carro em algum beco, acabou por estacionar no pátio atrás da redação. Estava prestes a sair quando vislumbrou a loira saindo com seu Rin Tin Tin. Tomando uma resolução de última hora, resolveu segui-la, na esperança de ela o levar até Rag. Seguiu-a até uma zona chique de Brentwood, estacionou e ficou observando-a. Quando a viu sair daquele carro cor de gema de ovo com aqueles saltos enormes e sensuais, decidiu continuar a segui-la.

O que ela estaria fazendo no Buzz Club? Aquilo só podia ser uma piada. Mesmo assim, ele entrou atrás dela. O lugar estava abarrotado de tipos hollywoodianos. Micky passou mais de dez minutos circulando entre a multidão, mas não a viu. Sabendo que ela teria de sair em algum momento, voltou para o carro e ficou aguardando. Como podia saber que estava parado em lugar proibido? Um idiota lhe pediu que tirasse o carro dali para que o caminhão de lixo pudesse passar. Pensou em xingar o sujeito, mas mudou de ideia. Afinal, estava tentando recuperar 50 mil dólares, não podia chamar a atenção sobre si.

Ao se dirigir para o estacionamento, viu que o carro parado atrás do Mini Cooper amarelo tinha saído da vaga. Correu a fim de pegar o lugar e quase bateu no carro da jornalista. Ela tinha saído do Buzz com um sujeito que já havia desaparecido. Assim, Mickey decidiu voltar para casa.

Mas tinha um plano alternativo. Não ia ficar esperando que a loirinha o levasse até seu chefe. Já passava da hora de tomar uma atitude. Voltou a vestir a camisa, que tinha deixado sobre uma cadeira do apartamento, pôs meias, sapatos e guardou a carteira no bolso.

Pegou uma lata de gasolina que mantinha na garagem e colocou-a no porta-malas do carro. O que poderia chamar mais a atenção do que um incêndio? Micky riu de sua genialidade.

A *Informer* estava prestes a arder em chamas. Ele imaginou que não seria difícil, dada a quantidade de papel que devia estar estocado ali.

Grande Mick, você é genial, pensou ao manobrar o Corvette.

CAPÍTULO
XXXI

Toots ligou para Henry Whitmore assim que se levantou. Eram 6 horas da manhã na Costa Leste, três horas na Costa Oeste.

— Espero que seja um caso de vida ou morte, Teresa. São 6 horas da manhã!

— Que droga, eu tinha me esquecido. Ouça, Henry, acorde direito e preste muita atenção no que vou dizer. Está me ouvindo?

— Estou, sim. Continue.

Toots explicou tudo o que tinha acontecido e contou ao banqueiro suas suspeitas.

— Sei que estou certa. E, antes de você me dizer que tinha me avisado, já me condeno por não lhe ter dado ouvidos. Mas trata-se de Abby. Você sabe que uma mãe toma atitudes irracionais quando se trata da felicidade de um filho. — Sim, a justificativa era péssima, contudo era a pura verdade.

— Vou dar um jeito nisso. Nem ouse tomar outra decisão financeira sem me consultar antes. Você entendeu, Teresa?

— Sim, fique tranquilo. Ligue assim que tiver novidades.

Toots desligou e acionou o celular de Chris em seguida. Ele atendeu ao primeiro toque.

— Eu acordei você?

— São só 3 da madrugada, Toots. Por que acha que eu não estaria acordado? — indagou Chris, com ironia na voz. — Você e Abby estão bem?

— Estamos ótimas, ou pelo menos eu estou. Imagino que Abby esteja em casa. Ela estava pesquisando na internet quando deixei o escritório dela nessa tarde. Escute. Acho que sei quem me roubou.

E, pela segunda vez em poucos minutos, Toots relatou sua teoria.

— Faz sentido. Abby está prestes a descobrir tudo, especialmente se o FBI se envolver no assunto. Eu não direi nada, mas acho melhor você tomar cuidado, pois, se ela continuar a fazer a ligação dos acontecimentos, acabará descobrindo a verdade. Abby é muito esperta.

— Eu sei que ela é, por isso tenho que fazer tudo às escondidas e me certificar de que ela não descubra nada.

— Farei tudo o que puder, Toots, mas lembre-se: se ela souber de alguma coisa irá para cima de você e não de mim.

— Sei disso, Chris. Ligue para mim se souber de alguma coisa.

Toots desligou e ligou para Abby na esperança de ela estar acordada.

— Bom dia, mamãe. Nem vou perguntar a razão de estar me ligando tão cedo. E, sim, estou acordada. A bexiga de Chester não tem horário certo para funcionar.

— Gostaria de convidá-la para almoçar. Será que você tem uma brecha no seu horário? — Toots cruzou os dedos.

— Tenho que comer em algum momento, não é? Aonde quer ir?

— Vamos nos encontrar no Polo Lounge ao meio-dia. O horário está bom para você?

— Está ótimo. Você vai levar minhas madrinhas? Ainda não vi Ida. Diga a ela que estou com saudade e gostaria muito de vê-la. E que não tenho germe nenhum. Sei que ela acha que todo mundo está infectado. A propósito, como ela explica que todas nós andamos por aí desprotegidas e não sucumbimos a nada do que ela tanto teme? Você faz ideia?

— Nem imagino. Tenho certeza de que Sophie e Mavis vão adorar encontrá-la, já não posso garantir a presença de Ida. Ela não está bem. O dr. Sameer acha que pode ajudá-la. Ele prescreveu alguns remédios, mas não tenho certeza se ela está tomando. Acho que um belo tapa no traseiro dela faria maravilhas, mas não sou médica.

— Para ser franca, mamãe, não sei como Sophie ainda não fez isso.

— Ela disse a Ida o que acha dessa situação toda e não mediu palavras para se expressar. Acho que já esgotou tudo o que poderia dizer e partirá para o ataque físico a qualquer hora.

— Posso imaginar. Essa é uma das razões pelas quais eu a amo tanto. Mamãe, preciso deixar o Chester entrar. Nós nos encontraremos ao meio-dia.

— Está bem, Abby.

Ao desligar, Toots preparou a segunda jarra de café da manhã enquanto planejava o que faria com o desgraçado que a tinha roubado. Dez milhões de dólares não eram pouco dinheiro. Está certo que ela possuía mais dinheiro do que seria capaz de gastar em uma vida inteira, mas lhe pertencia e não a um falido dono de tabloide. Quanto mais pensava, mais brava ficava. Encheu mais uma xícara de café e procurou pelo controle remoto da televisão. Deixou no canal do tempo e esperou impaciente por notícias sobre o furacão Deborah.

Milhares de pessoas ainda estão sem energia. Todos os voos, com exceção dos aviões de emergências médicas e aqueles que trazem ajuda humanitária, estão cancelados. Fique ligado...

Em um *banner* no pé da tela da televisão passava o nome das instituições que estavam ajudando e o número de suas contas bancárias para donativos. Toots anotou os dados em um caderninho cor-de-rosa. Enviaria um cheque, na esperança de apressar os trabalhos de recuperação da ilha. O cheque dela sozinho não faria diferença, mas era seu costume ajudar causas que valiam a pena.

O relógio da televisão marcava 5 horas da manhã. Já estava atrasada para começar a fumar. Se estivesse em casa, já teria expulsado Bernice e fumado no mínimo três cigarros. Ao vislumbrar o maço sobre a mesa, pegou um, acendeu e deu uma longa tragada, como se aquilo fosse oxigênio puro. Adorava fumar. Imaginou o que seu clínico geral acharia disso. Mas, também, não estava interessada. Sabia que fazia mal, mas nem considerava largar o vício.

Toots quase pulou de susto ao ouvir alguém bater na porta de vidro da suíte. Ao olhar bem, viu que era Sophie e sinalizou para que a amiga entrasse.

— Você quase me causa um infarto. A que horas se levantou? A última vez em que vim olhar, você ainda dormia no sofá. Depois da noite de ontem, achei que você dormiria até mais tarde. Alguma notícia de Walter?

— Eu precisava de um banho. Voltei para minha suíte não muito depois que você foi se deitar. O que mais preciso no momento é de um café — disse Sophie.

Toots encheu a xícara que tinha acabado de lavar.

— Pronto, aqui está.

Sophie tomou o café em um gole só antes de dizer mais alguma coisa. Toots imaginou que a amiga estivesse exausta, pois aquela era uma das raras vezes em que a ouvia falar devagar.

— Desliguei meu celular depois de falar com aquela enfermeira infeliz e não voltei a ligá-lo. Ainda é cedo demais para lidar com as prováveis más notícias. Acho que, se ele morreu, foi nestas últimas horas, por isso não fará diferença se eu souber agora ou daqui a pouco. — Ela se serviu de mais café e acendeu um cigarro. — Você ligou para o banco e para o Chris?

— Liguei. Chris acredita que há uma possibilidade de minha teoria estar certa. A notícia ruim é que Abby pediu que ele investigasse o sumiço de Rag e recebeu uma negativa como resposta, com a justificativa de que se tratava de conflito de interesses.

— Ai, que droga! E o que ela disse?

— Ele não contou e eu também não perguntei. Convidei Abby para almoçar. Tenho certeza de que o assunto surgirá e não sei o que direi. Você tem alguma sugestão?

Sophie espreguiçou-se, inclinou a cabeça para um lado e para o outro antes de responder:

— Humm, deixe-me pensar um pouco. O tal conflito pode ser porque você contratou Chris para alguma ação legal, como um testamento ou algo do gênero? Ou talvez tenha pedido que ele investigue uma propriedade que pretende comprar. Essa é uma boa justificativa, não acha?

— Acho que posso dizer isso a ela, apesar de não soar muito plausível. Não podemos nos esquecer de que *sou* uma senhora excêntrica. Vou dizer a Abby apenas que contratei Chris para resolver um assunto legal para mim e não revelar a natureza. E é verdade. Vou dizer isso mesmo se o assunto vier à tona. Pobre Abby. O que ela fez para merecer uma mãe tão desprezível?

— Ora, você só está tentando ajudá-la, Toots. Todas nós queremos o que for melhor para ela. Eu já disse que faria a mesma coisa se estivesse em seu lugar. — Sophie terminou o café, levantou-se e foi buscar mais. — Está servida? — perguntou, antes de devolver o recipiente à cafeteira.

— Obrigada, mas essa já é a segunda jarra que faço. Acho que vou me afogar em tanta cafeína.

— Vou precisar disso. Eu disse a Mavis que tomaria conta da Cacau durante a aula de ginástica dela. Ainda não a vi hoje.

— Ela deve estar atrasada. Disse que tinha marcado a aula para as 7 horas.

— Então é melhor ir verificar. Mavis é muito pontual. Volto assim que encontrá-la.

— Se eu não responder de imediato é porque estou no banho.

Sophie balançou a cabeça com outro cigarro preso nos lábios e saiu em seguida.

Toots aproveitou que estava sozinha e verificou seu e-mail, esperando encontrar notícias de Henry ou de Chris. Não havia nada ainda. E, antes que o dia começasse de verdade, tomou uma ducha e vestiu uma saia azul com uma blusa florida. Em dois minutos prendeu os cabelos em um coque, passou um pouco de base no rosto e batom nos lábios. Ao se olhar no espelho, viu que estava com olheiras. Passou um pouco de corretivo, sabendo que uma boa noite de sono acabaria com aquelas meias-luas arroxeadas e tão indesejadas.

Às vezes era muito difícil ser mulher, pensou enquanto voltava para a sala. Tinha abaixado o volume da televisão quando Sophie entrara e voltou a aumentar, mudando para um canal de notícias locais. Talvez descobrisse alguma coisa interessante para dividir com Abby durante o almoço.

As notícias eram sobre as queimadas em Santa Ana. Várias pessoas haviam sido removidas dos arredores. Mais de 75 casas estavam em chamas. Toots anotou mentalmente que não investiria em nada perto daquela área nem onde aconteciam deslizamentos de terra. A Califórnia possuía clima perfeito, mas também tinha suas armadilhas.

Sophie bateu no vidro de novo. Dessa vez trazendo Cacau no colo.

— Mavis já estava me esperando. Ela está tão entusiasmada por ter perdido alguns quilos! Já estou ficando enjoada com tanta euforia — Sophie disse, antes de colocar a cachorrinha sobre uma almofada no chão.

— Você devia se envergonhar. Mavis é a melhor de todas nós. Se não fosse por ela, nós nem teríamos terminado a escola, sem falar no segundo grau. Ela é ótima e não vou permitir que fale mal de nossa amiga, entendeu? — Toots repreendeu Sophie em um tom de voz nunca usado antes.

— O que aconteceu com você nos últimos quinze minutos? Eu estava apenas constatando um fato. Mavis está de fato exultante por perder peso. Não conheço ninguém que goste tanto quanto ela de ficar andando em uma esteira. Não se melindre tanto, caso contrário ficará como Ida. Uma doida na turma já é o suficiente.

— Não aconteceu nada. Você reclama muito, só isso. Se quiser mesmo saber, estou orgulhosa de Mavis. E de Ida também. Está certo que Ida não está na sua melhor fase, mas sabemos que não era assim. Dê um tempo e aposto que ela vai voltar a ser tão arrogante quanto antes.

— Você provavelmente tem razão. Eu apenas não consigo entender alguém com pavor de germes. Passei anos trabalhando em um consultório médico cheio de bactérias e não morri. Por acaso já lhe disse que nunca faltei ao trabalho? Até quando Walter me bancava, eu ainda trabalhava. O consultório era o único lugar onde eu podia relaxar de verdade.

— Bem, você não deveria tê-lo deixado sozinho na época, mas não vamos recordar coisas ruins. Eu também teria contratado alguém para... sei lá... tomar conta dele.

— Acredite, já pensei sobre isso. As repercussões foram arriscadas demais. Se ele descobrisse algo do gênero eu não estaria aqui para contar a história. Walter foi um homem muito poderoso.

— O que importa é que você *está* aqui. Que tal um prato de flocos de milho? Preciso de uma dose de açúcar com urgência.

— Para mim está ótimo. Será que deveríamos dar um pouco para Cacau? Ela é tão fraquinha.

Toots riu.

— Ela é de uma raça pequena. Não se deve dar açúcar a cachorros.

— Sei disso, mas achei que ela podia gostar de alguns petiscos.

— Mavis já dá muita porcaria a ela. É um milagre que a cachorra não esteja obesa.

O celular de Toots começou a tocar e ela atendeu imediatamente.

— Abby? Sim, eu vi os incêndios em Santa Ana pela televisão. Como? Na *Informer*? Ligue quando tiver mais notícias.

Toots desligou e olhou para a amiga.

— Você não vai acreditar no que aconteceu, Sophie. Como se não bastasse ter sido roubada em 10 milhões de dólares, Abby acaba de me contar que tentaram tocar fogo na *Informer*. Pense no dinheiro do seguro.

— Falando em um investimento que vai virar cinza, Abby está bem? Espero que ela não tenha se ferido.

— Ela está bem. Graças a Deus não estava no escritório. Pelo que ela disse, o prédio estava vazio.

— Você se lembra de ter me mandado um e-mail dizendo que estava à procura de um pouco de emoção para sua vida? Pelo jeito conseguiu mais do que esperava. — Sophie deu uma risadinha.

— É verdade. Acho melhor tomar cuidado com o que desejar daqui para a frente, não é?

CAPÍTULO
XXXII

Depois de derramar gasolina nas salas, Micky Constantine riscou um fósforo e jogou no escritório de Rag. Depois saiu correndo feito um louco para deixar logo o prédio. Dessa vez tinha estacionado do outro lado da rua, pois sabia que no momento em que explodisse tudo não daria tempo para sair sem ser a pé.

Já dentro do carro, viu quando três caminhões de bombeiros entraram no estacionamento da redação. Que droga é essa? Não era possível que alguém os tivesse chamado em tão pouco tempo.

Pisando fundo no acelerador, Micky ficou imaginando se alguém o tinha visto entrar no prédio. Foi então que se lembrou de que tinha esquecido o galão de gasolina dentro da sala de Rag. Burro! Quanta estupidez! Nem ousou voltar, sabia que seria preso no momento em que pusesse os pés nas proximidades da redação. Se tivesse sorte, o galão queimaria junto com o resto. Claro que sim. Lembrou-se de ter visto algo semelhante no seriado de televisão *CSI*. A diferença era que o pobre coitado tinha sido preso no seriado. Os bandidos sempre eram muito estúpidos no cinema, diferentemente dele, que era esperto demais para ser capturado.

Já não ouvia mais o som das sirenes quando manobrou em uma avenida. Tudo aquilo era culpa de Rag. Se ele tivesse pago as 50 mil pratas, conforme o combinado, nada daquilo tinha acontecido. Se por acaso fosse preso, uma possibilidade remota, levaria Rag para o fundo do poço também. Tudo o que tinha a fazer era achar o desgraçado.

Micky chegou em casa em tempo recorde. Estacionou o Corvette dentro da garagem, trancou a porta e entrou na sala principal. Ligou a televisão e zapeou pelos canais até encontrar alguma notícia sobre o evento que acabara de promover.

Em primeiro plano da tela apareceu uma repórter com um vestido azul-escuro que mais parecia uma freira, com um microfone na mão, parada perto de um beco nas imediações da redação da revista.

Os bombeiros conseguiram controlar o fogo que devastou o escritório da Informer, *o conhecido tabloide. Conversei com um dos bombeiros que informou que o incêndio foi criminoso. Segundo ele, um galão de gasolina foi encontrado na sala do dono da revista, Rodwell Godfrey. Quando tentamos entrar em contado, fomos informados pela repórter Abby Simpson de que ele estava desaparecido.*

Abby Simpson. Então era esse o nome da loirinha que dirigia o carro amarelo. Segundo ela o chefe estava desaparecido. *Pois eu acho que é mentira.* Era certo que ela tinha dito aquilo para se safar. Abby Simpson sabia onde Rag estava e ele faria o possível para obter a informação. *Desaparecido está o meu rabo.*

No dia anterior, Richard Allen Goodwin tinha achado que o furacão Deborah fosse uma bênção da mãe natureza. Vinte e quatro horas mais tarde, tinha a certeza de ter sido uma maldição.

Um pouco antes tinha tentado sair do hotel à procura de uma mulher que estivesse disposta a ganhar um pouco de dinheiro. O que encontrou não era nem sombra do que esperava.

Tropas da Guarda Nacional da Flórida, convidadas pelas autoridades inglesas, estavam de prontidão por toda parte, a começar pelo saguão do hotel, na calçada e nas ruas. Estavam a postos na porta do cassino, que havia sido fechado porque o hotel estava usando geradores para não ficar sem luz. Segundo a gerência, eles só usariam a eletricidade para o estritamente necessário, o que queria dizer que o cassino estaria fechado. Claro que para os donos do hotel o cassino não era tão importante quanto era para Rag. Não havia razão mais lógica para estar ali. Será que aqueles estúpidos achavam que havia turistas nas ilhas Caymã por causa das praias? Aparentemente parecia que sim, uma vez que tinham fechado o cassino.

O pior de tudo era que ele não tinha como movimentar sua nova conta bancária.

CAPÍTULO XXXIII

Assim que Abby soube que a *Informer* estava em chamas, ligou para a polícia para registrar que Rag estava desaparecido. Sim, ele estava sumido havia mais de 24 horas. Não, ela não o achava suspeito de ter causado o incêndio.

Depois de saber que o fogo atingira somente a área dos escritórios, Abby se acalmou. Tudo fazia sentido. Àquela altura tinha certeza de que Rag precisava de dinheiro onde quer que estivesse escondido. Atear fogo no prédio era uma solução perfeita para ficar com o dinheiro do seguro. No entanto, teve dúvidas se ele ainda seria o dono da revista. Se não fosse, então, por que o fogo, se não pudesse se beneficiar do seguro.

Claro que Abby tinha ouvido seu nome espalhado por toda a imprensa por ter reportado o sumiço de Rag. Era só uma questão de tempo para que Rag ou um de seus comparsas fossem procurá-la. Pensou em ligar para Chris e perguntar o que deveria fazer, entretanto se lembrou de que na noite anterior prometera que não pediria nenhum favor a ele. O que fora mesmo que ele dissera? Algo a ver com conflito de interesses. Pelo que sabia, Chris e Rag nem sequer se conheciam. E o que Toots teria a ver com tudo isso?

A única maneira de saber era ir direto à fonte. Assim, ligou para o celular da mãe.

— Abby! Pensei que você estivesse na redação. Já se sabe quem ateou o fogo?

— Nada ainda. Estou ligando para me convidar de novo para almoçar. Ainda está de pé? Quero conversar com você em particular.

— Claro que sim. Não cancelei a reserva.

— Então nos vemos lá.

Abby desligou o telefone. Chester começou a correr em círculos, sinal de que precisava sair.

— Vou ter de deixá-lo sozinho de novo, Chester — disse ela ao abrir a porta da varanda para o cachorro sair correndo.

Vinte minutos mais tarde, Abby estava dirigindo pelas avenidas da cidade. Aumentou o volume do rádio ao ouvir o nome da *Informer* sendo mencionado. Segundo a notícia, ninguém tinha se ferido, mas o prédio estava fechado e sob investigação.

Droga! Droga! Droga!

Tinha perdido o emprego. Sabia que algo assim estava para acontecer. O desgraçado e pérfido Rodwell Godfrey Godfrey podia começar a rezar para que seus comparsas o encontrassem antes dela. O que faria agora? Tinha de pagar a hipoteca da casa e cuidar de um cachorro. As contas do veterinário de Chester não eram baratas. Seria obra do divino que sua mãe milionária estivesse por acaso em Los Angeles? Provavelmente sim, pensou ela, ao diminuir o volume do rádio. Não faria diferença nenhuma, uma vez que não pretendia pedir um centavo emprestado. Ainda tinha algum dinheiro guardado para casos de emergência. Faria uso dele se fosse preciso. Assim que o escritório da revista fosse liberado e limpo, pretendia voltar e trabalhar para receber o tão esperado salário do final do mês.

Se bem que, se Rag estava desaparecido e o prédio estava sob investigação por causa de incêndio criminoso, era melhor contabilizar o prejuízo e procurar outro emprego. Talvez o novo dono trouxesse mesmo seu pessoal, conforme Rag previra.

Quem sabe o *The Enquirer* ou o *The Globe* não a contratariam? No entanto, algo lhe dizia que qualquer ligação com Rodwell Godfrey era uma mancha negra no mercado. Deveria ter ficado no *Los Angeles Times* e continuado a escrever histórias cansativas sobre políticos e suas rotinas. Sem contar que era um emprego com horário fixo, das 9 às 5.

Pro inferno tudo aquilo. Agora ela estava mais interessada em saber o que Chris e sua mãe tinham em comum com o homem que estava arruinando sua vida.

Abby saiu da via expressa e em poucos minutos entregava a chave de seu carro ao manobrista do Beverly Hills Hotel.

Sabendo que sua mãe e as três madrinhas estariam esperando no Polo Lounge, seguiu direto para o restaurante, sem se preocupar em ligar para Toots no celular. Viu Mavis, Sophie e a mãe em uma mesa e as três logo acenaram.

— Oh, Abby, você está linda hoje! — Mavis se levantou e abraçou a afilhada por cima da mesa.

— Você também. Amei a cor do seu cabelo. É perfeita.

— Obrigada. É obra da sua mãe — confessou Mavis.

— Pelo jeito, ela anda fazendo um pouco de tudo ultimamente. — Abby sentou-se à mesa.

— O que quer dizer com isso? — Toots quis saber, já com um friozinho no estômago.

— Diga-me você — devolveu Abby, um tanto irritada por Chris e a mãe estarem dividindo segredos e deixando-a no escuro.

— Eu diria se soubesse do que você está falando, Abby, mas não faço ideia. Por que não me pergunta o quer saber, sem rodeios? Conheço você, sei quando está brava. — Toots sorriu quando o garçom se aproximou da mesa para anotar os pedidos.

— Se não se importar, gostaria de almoçar primeiro. Estou morrendo de fome.

— Para mim está ótimo. Vamos fazer os pedidos, então.

Todas pediram salada, com exceção de Abby, que pediu um filé malpassado com uma batata assada e recheada. Lembrou-se da conversa com Chris na noite anterior. Por que não tinha mantido suas preferências para si? Sem contar que ele pode tê-la achado louca. Se bem que não estava muito preocupada com aquilo.

Quando terminaram a refeição, conversaram sobre a situação da revista.

— Tenho minhas suspeitas de que Rag tem alguma coisa a ver com o incêndio. Ele está atolado em dívidas. É certo que o prédio deve ter um alto seguro. Rag deve estar escondido em algum lugar, esperando para pegar o dinheiro e ir jogar. Isto é, se ele ainda for o dono. Aliás, estou oficialmente desempregada. Os bombeiros não liberarão o prédio antes que a investigação termine. Sem contar que o dono está desaparecido e ninguém sabe quem são os novos proprietários. Fico imaginando se eles sabem que a revista não é mais operacional, pelo menos enquanto não terminarem as obras de reconstrução. Essa história toda está me dando uma dor de cabeça horrível.

— Tenho algumas aspirinas na bolsa. — Mavis revirou a bolsa até que finalmente puxou um frasco do remédio.

— Obrigada — agradeceu Abby, virando três cápsulas na mão e engolindo-as com um copo de chá gelado. Quando sua vida tinha começado a ficar de pernas para o ar? Um dia estava tudo ótimo e ela se sentindo no paraíso; no dia seguinte, um caos.

— Acho que vou dar uma volta e tirar uma soneca depois. Fiquei muito tempo acordada tomando drinques de gelatina. Por que não me acompanha, Mavis? — Sophie cutucou a amiga com o joelho por debaixo da mesa.

Mavis entendeu que aquela era a dica para que se retirasse a fim de deixar Toots e a filha conversarem a sós.

— Claro que sim. Preciso andar o máximo possível.

— Abby, aproveite para conversar com sua mãe. Vamos dar uma volta — Sophie anunciou.

Abby levantou-se e abraçou as duas madrinhas. Como tinha tido tanta sorte por ter mulheres tão carinhosas em sua vida? Toots tinha sido a responsável, é claro.

Assim que Sophie e Mavis se afastaram, o garçom se aproximou com o cardápio das sobremesas.

— Quero uma torta de maçã com sorvete de baunilha e um café.

Abby sorriu. Toots era viciada em açúcar. Sorte não ser diabética.

— O mesmo para mim, por favor.

— Agora conte o que está acontecendo.

— Você falou com Chris hoje? — Abby quis saber.

— Liguei para ele de manhã. Por quê? Ele está bem? — indagou ela, sabendo que Chris estava bem.

— Que eu saiba, está ótimo. Saímos para jantar ontem à noite. Contei que estava preocupada com Rag. Pedi que investigasse esse desaparecimento suspeito e ele me disse que não podia fazer nada.

— É mesmo?

— Ele disse que está trabalhando para você. — Pronto, tinha sido mais fácil falar do que imaginara.

— É verdade, mas ainda não posso revelar o tipo de trabalho que ele está fazendo para mim. Digamos que seja um assunto pessoal, querida. Sinto muito.

Abby não acreditou no que acabara de ouvir.

— Então é isso?

— Lamento, mas não posso contar. Sei que compartilhamos quase tudo, mas há coisas que uma filha não pode saber. Podemos mudar de assunto?

— Acho que não me resta alternativa. — Abby deu de ombros.

— Contanto que você não morra ou doe sua fortuna a nenhum cientista louco, acho que posso permitir que tenha alguns segredos.

— Posso garantir que não é nem uma coisa nem outra. Sei que não é da minha conta, mas você disse estar sem emprego. Tenho certeza de que é uma situação temporária. Posso fazer alguma coisa? Emprestar dinheiro para quitar sua hipoteca?

Abby riu. Achar que podia resolver os problemas do mundo com dinheiro era uma atitude típica de sua mãe.

— Você sabe que não gosto de pegar dinheiro seu. Está tudo bem. Tenho algumas economias guardadas, dá para sobreviver por uns tempos. Se eu precisar, você será a primeira a saber. Obrigada, mamãe. Sei que quer o meu bem, mas não posso resolver tudo da maneira mais fácil.

— Seu pai era teimoso e turrão como você. Fico feliz que tenha herdado essas características dele. Não gosto de saber que você depende de salário enquanto eu estiver viva. Espero que venha mesmo me procurar se precisar.

— Você sabe que vou.

— Ótimo.

O garçom voltou com a torta e o café. Abby contou seus planos de arrumar o jardim e as outras mudanças que pretendia fazer na casa. As duas gostavam muito de decoração e passaram a discutir os detalhes do que podia ser feito. Quando perceberam tinham passado uma hora, depois do café, conversando.

— Por que não vem comigo até a suíte? Quem sabe conseguimos tirar Ida de seu quarto desinfetado.

— Mamãe, você é terrível, mas quero vê-la antes de vocês partirem. Falando nisso, quanto tempo pretende ficar? Acho que já falamos sobre isso, mas confesso não me lembrar.

— Pelo menos umas duas semanas. Ida está fazendo tratamento com o dr. Sameer, Mavis está encantada com o *personal trainer*. Sophie talvez tenha que ir antes para cuidar do funeral de Walter.

— Que bom, fico feliz que você vai se demorar por aqui. Agora, vamos sair antes que os garçons nos expulsem. Um deles está nos encarando há dez minutos.

Toots deixou uma gorjeta generosa.

As duas saíram do restaurante de mãos dadas e seguiram em direção aos bangalôs.

CAPÍTULO XXXIV

Sophie acendeu outro cigarro e soltou a fumaça logo em seguida. Fumar a acalmava em momentos difíceis, mas não estava ajudando muito naquela hora em que seus nervos estavam à flor da pele. A sensação que tinha era de que sua cabeça se desprenderia do pescoço e sairia voando para o espaço.

Apalpou os bolsos à procura do celular e não o encontrou. Lembrou-se de que tinha deixado na pia de mármore do banheiro. Ainda assim, certificou-se que não estava mesmo com o aparelho em algum bolso, pois não queria ouvir a campainha.

Assim que voltou para a suíte, correu até o banheiro e encontrou o telefone. Ela o havia desligado mais cedo e não tinha ligado mais. Mordiscou o lábio inferior, enquanto olhava para a tela negra do aparelho. Gostaria de ser mais forte e ter o controle das coisas. Tinha de admitir que não queria estar sozinha quando ligasse o aparelho. Precisava da companhia de Toots. Um pouco mais cedo, a amiga tinha ligado para contar que Abby estava em sua suíte. Ida tinha saído de seu quarto "desinfetado" para ver a afilhada. Ponto para a rainha dos germes.

Sophie enfiou o celular no bolso e correu pelo caminho que levava ao bangalô de Toots. Se não estivesse tão aflita teria reparado no arco-íris de flores e na grama verde-esmeralda que a rodeavam. Minutos depois estava batendo na porta de vidro. Esperou um pouco e entrou.

— Olá, Sophie. Mamãe me disse que você viria. O passeio foi bom?

— Ótimo. Se bem que andar é bom para perceber o quanto estou ficando velha.

— Pare com isso. Você ainda tem uma eternidade pela frente — brincou Abby.

Sophie umedeceu os lábios secos com a ponta da língua e dirigiu-se para Toots assim que a viu sair do quarto.

— Posso falar com você um minuto? Em particular, se possível.

Toots olhou para as outras e, percebendo que estavam todas entretidas em uma conversa animada, puxou Sophie para o quarto.

— Você está com uma aparência péssima, Sophie. O que houve? — indagou Toots assim que encostou a porta.

— Lembra-se de que desliguei meu celular ontem à noite, depois de ter falado com a enfermeira de Walter?

— Sim, e daí?

— Ainda não o liguei de novo.

— O que está esperando. Vamos logo com isso. Se as notícias forem ruins, saberemos como lidar.

Sophie balançou a cabeça e pressionou o botão para ligar o aparelho. Havia seis mensagens novas.

— Ouça os recados, Sophie — Toots a encorajou.

Sophie ouviu as mensagens. Quatro eram da enfermeira de Walter; uma de Lila, sua vizinha por 30 anos, e a última do necrotério. Suas mãos tremeram ao desligar e os olhos encheram-se de lágrimas. Toots abraçou a amiga.

— É normal ficar triste e chorar o quanto quiser. — Toots sentiu quando Sophie balançou os ombros e chorou como um bebê.

Toots pegou uma caixa de lenços de papel da estante e passou para Sophie, ajudando-a a se sentar. Sophie bateu com os punhos fechados nos braços da cadeira e continuou chorando até ter a sensação de que suas lágrimas haviam secado.

— Pronto, chega de lamúrias — decidiu.

Toots afastou-se para encarar a amiga sem entender muito bem o que estava acontecendo. — Por que está me olhando assim?

— Tem certeza de que está tudo bem? Há um minuto você estava chorando. De repente, como em um passe de mágica — Toots estalou os dedos. —, acabou! Eu marquei, foram dez minutos de lágrimas.

Os lábios de Sophie se curvaram, esboçando um sorriso.

— Quando eu digo que terminei uma coisa, não estou brincando. Lágrimas não vão resolver nada. Mas eu tinha de chorar por todos os "se tivesse feito isso ou aquilo". É algo parecido como precisar usar preto por dez dias, não se pode falhar. Então, eu precisava pôr para fora. E agora acabou. Fim de conversa!

Toots caiu na gargalhada. Sophie não demorou mais do que um minuto para rir também. Depois se deixaram cair para trás na cama, rolando como se fossem adolescentes.

— Ah, Sophie, você é uma velha tão moleque quanto eu. Já não precisamos mais de homens na nossa vida. Aliás, que todos se explodam! Isto é, menos aquele com chances de ser o grande amor de nossa vida. Teremos de rever nossos conceitos, então. — As duas voltaram a rir a valer.

— Enquanto isso, o dever me chama. Preciso voltar para casa e tomar todas as providências necessárias. Walter não tinha família, portanto serei apenas eu e algum amigo antigo que se disponha a participar do enterro.

— Tenho uma ideia, Sophie. Se existe alguém que sabe planejar um evento, e lembre-se que essa ocasião é, de fato, um evento e não um simples funeral, essa pessoa sou eu. Passei por isso oito vezes, o que me torna uma perita no assunto. Depois de oito maridos, tenho a fórmula escrita. Você gostaria que eu voasse para Nova York com você? Vamos organizar um funeral de respeito, depois você dá entrada na papelada do seguro. Não podemos deixar de fazer algumas compras; você precisa de um banho de loja da Quinta Avenida. Estaremos de volta a Los Angeles no máximo em 36 horas.

— Você faria isso por mim, Toots? Deixaria toda essa confusão da revista?

— Claro que sim. Não há nada que eu possa fazer no momento por aqui. Henry prometeu que fará o possível para recuperar meu dinheiro, mas já avisou que pode levar tempo por causa do estrago causado pelo furacão. Chris está lidando com um amigo *hacker* para ver se consegue rastrear o desvio da quantia da compra da revista. Sendo assim, tudo o que tenho de fazer é ligar para o aeroporto e reservar um jato particular para nos levar até Nova York e voltar. O que me diz, Sophie Manchester?

— Para mim está ótimo, Teresa Loudenberry, ou qualquer que seja seu nome atual. Você é uma amiga e tanto, Toots.

— Pare com isso. Não temos mais idade para ficar puxando o saco uma da outra.

— Quem disse que... Walter teria... Ah, esqueça Walter. Vamos sair daqui e contar a novidade às outras, antes que Ida comece a dizer que somos lésbicas.

— Você tem certeza de que está bem? — Toots perguntou, reassumindo o ar sério.

— Se eu dissesse que estava ansiosa por este momento, o que você pensaria de mim?

— De verdade? Acho que eu a teria aconselhado a dar uma força para o destino. Meu Deus, não acredito no que acabei de dizer. Quem espera sempre alcança. É isso que você deve pensar, Sophie. Você fez o que muita mulher não teria feito. Ficou com Walter até o fim, garantindo que ele passasse os últimos anos com conforto. Não se arrependa de nada. Quer que eu cante no enterro?

Sophie piscou seguidas vezes.

— Não posso recusar uma oferta dessas. Vá afinando suas cordas vocais.

— Está certo... Venha, vamos contar às outras, mas temos de manter distância de Ida. Já imaginou se ela se desmancha em lágrimas?

— Azar dela.

Quando voltaram para a sala, as outras as encararam com expectativa.

— Sophie tem algo a dizer. Vamos ouvi-la. — Quando percebeu que todas estavam em silêncio, Toots continuou: — Pronto, vamos lá.

— Walter bateu as botas. Dispenso todos os "sinto muito", pois é sabido que estou esperando por esse dia há tempos. Vou voltar para Nova York para organizar o funeral.

— Evento, Sophie. Refira-se sempre a um *evento*.

— Mãe! — exclamou Abby, um pouco irritada.

— Pode dizer o que for, mas não deixa de ser mesmo um evento. — Toots confirmou o que tinha dito e completou: — Acho que Sophie vai contratar uma orquestra de cordas e me deu permissão para cantar. Morrer é um acontecimento na vida de qualquer um. Nem tente me convencer do contrário.

— Meus sentimentos, Sophie. Sei que você estava esperando por isso, mas não deixa de ser um choque — disse Mavis.

— Eu também lamento, Sophie. Quando perdi Thomas, fiquei sem vontade de continuar vivendo, mas agora...

— ...Sim, você perdeu sua razão de viver, eu me lembro dessa parte — Sophie completou.

— Não era isso que eu ia dizer e sim que os últimos dias serviram para me abrir os olhos. Com a ajuda do dr. Sameer, vou superar essa doença. Fico admirada por nenhuma de vocês ter reparado em minhas mãos.

Todas olharam para as mãos de Ida e notaram a ausência das luvas de látex.

— Isso mesmo! — Abby exclamou. — Isso porque você foi a apenas uma consulta. Estou orgulhosa.

— Estamos todas — continuou Toots. — Sei o quanto deve ter sido difícil para você. Assim que voltar de Nova York, marcarei uma hora com a manicure para você.

— Não sei se estarei pronta para tanto, mas não custa deixar um horário reservado. Vou tomar isso como uma meta. Mavis e eu estávamos conversando sobre objetivos e as melhores maneiras de alcançá-los — Ida contou.

— É esse o espírito de tudo, Ida! O próximo desafio será enfiar suas mãos na lata do lixo — Sophie não perdeu a oportunidade de provocar a amiga.

— Sob circunstância alguma farei isso, Sophie, nem se eu não fosse tão estranha. — Ao corar, Ida deixou a impressão de estar voltando a ser aquela que o restante do grupo tanto amava.

— Eu também não faria isso, mas, admita, a ideia foi boa. Bem, já que estamos todas reunidas, por que não pedimos uma bandeja de drinques de gelatina?

— Hoje não. — Toots balançou a cabeça. — Podemos beber alguma coisa durante o jantar, mas os drinques de gelatina estão suspensos até voltarmos de viagem.

— Não acredito no que estou ouvindo. Quem diria que minha mãe e minhas madrinhas tomam drinques desse tipo! — Abby fingiu estar horrorizada.

— Nós adoramos a novidade. — Toots riu a valer.

— Mavis comeu o dela com colherinha — disse Sophie.

— Parece que as quatro pessoas de que mais gosto neste mundo andam se divertindo muito. Não quero ser estraga prazeres. Tenho de voltar para casa. Chester está me esperando. Mamãe, ligue para mim quando souber detalhes do seu voo para Nova York. Tudo indica que ficarei trabalhando em casa durante os próximos dias, pelo menos enquanto não souber o que acontecerá com a revista. Pretendo terminar o que já comecei, assim os novos donos, quando decidirem aparecer, não me chamarão de preguiçosa. — Prometendo telefonar mais tarde, Abby distribuiu abraços e beijos antes de sair.

Sophie esperou até a porta se fechar atrás de Abby para voltar a falar:

— Ela é uma joia rara, Toots. Tomara que quando descobrir o que a mãe anda aprontando... Ah, deixe isso para lá. Sei que você dará um jeito quando for a hora. Bem, preciso dar uns telefonemas, se vocês me derem licença...

As outras três mulheres balançaram a cabeça solenemente.

— Vou me encontrar com o nutricionista do hotel amanhã — Mavis contou. — Sei que a consulta está fora da diária, Toots, portanto se você não estiver de acordo, basta dizer.

— Tudo o que quero, Mavis, é que você faça o que estiver ao seu alcance para perder peso. Não sei se alguém já reparou, mas acho que você já emagreceu um pouco.

— Eu também acho que sim. — Mavis abriu um sorriso. — Já perdi 3 quilos e meio desde que saí de Charleston.

— Eu sabia que você conseguiria. Um dia de cada vez.

— Vou voltar para a minha suíte — Ida anunciou, levantando-se do sofá. — Mavis, quer jantar comigo esta noite?

— Seria ótimo. Toots e Sophie, se precisarem da minha ajuda para qualquer coisa, basta pedir, está bem?

— Obrigada, Mavis, mas prefiro que você fique aqui e tome conta de tudo. Nós já estamos com tudo preparado.

Ida e Mavis saíram juntas e de braços dados. Toots e Sophie sorriram, felizes com o progresso das duas.

Toots levou vinte minutos para acertar com a companhia aérea um voo para Nova York e reservar dois quartos no hotel Four Seasons.

— Podemos ficar no meu apartamento, Toots.

— Sei disso, mas acho que você ainda não deve voltar para lá. Quer que eu a ajude com os telefonemas?

— Não, obrigada. Isso é algo que preciso fazer sozinha. Não vai demorar.

Sem muito o que fazer, Toots decidiu preparar um pouco de café. Enquanto a cafeteira trabalhava, ela foi até o terraço e acendeu um cigarro. Não saberia explicar a razão, mas de repente sentiu-se muito bem.

Sophie fez uma lista das pessoas para quem precisaria ligar, sem saber quem seria a primeira. Acabou por decidir que começaria por retornar a chamada do necrotério.

Quero ligar para aquela enfermeira. Ela vai ouvir o que acho de toda sua solicitude. Mudei de ideia, vou ligar para ela primeiro, quero aproveitar enquanto ainda estou muito brava, pensou enquanto digitava os números.

— Está tudo bem? — Toots perguntou a Sophie, dez minutos depois, quando a amiga chegou ao terraço.

— Eu precisava ter feito isso sozinha. Mudando de assunto, o que vai cantar na cerimônia?

— Ainda não decidi. Pensei em avaliar algumas músicas durante a viagem. Acho melhor você comprar alguns tampões de ouvido antes de sairmos.

CAPÍTULO XXXV

O avião pousou no aeroporto de Nova York à 1 da tarde. Não demorou muito para que Sophie e Toots embarcassem em uma limusine, que as aguardava para seguirem direto para o Banco de Manhattan, onde Sophie tiraria do cofre os papéis do seguro de 5 milhões de dólares, que ela tão ansiosamente aguardara por todos aqueles anos. A parada seguinte foi na Casa Funerária Daley, na Avenida 57.

Em uma hora, com Toots à frente de todos os procedimentos, o enterro de Walter estava todo arranjado. Walter Manchester iria ser enterrado em um caixão *top* de linha com ferragens de bronze. A cerimônia do enterro de cinco minutos se daria às 7 horas da manhã do dia seguinte. Às 7 e meia o enterro sairia até o cemitério. Uma floricultura na Avenida 51 se encarregaria das coroas de flores.

Sophie ficou aliviada por Toots ter tomado a frente das providências todas. Ela era mesmo uma *expert* no assunto.

— Por que não embalsamamos Walter?

— Levaria tempo demais. O caixão ficará fechado. Você disse que queria resolver o assunto *logo*. Foi exatamente o que fiz. Acha que deveria ser diferente?

— De jeito nenhum!

— Então vamos nos divertir na Quinta Avenida. Nosso voo de volta está marcado para amanhã às 9 da manhã. Vamos sofrer com a diferença do fuso horário, mas o quanto antes terminarmos nossos afazeres por aqui, mais rapidamente você retoma sua vida, Sophie. A não ser que queira ficar por aqui e fazer uma reunião de pêsames.

— Está tudo perfeito assim — Sophie respondeu, depois de pensar um pouco no assunto. — Agora vamos.

O enterro de Walter Manchester transcorreu sem nenhum obstáculo. Toots cantou a *Ave Maria* um pouco desafinada, mas Sophie não deu mostras de ter percebido ou se importado.

Toots chegou a cogitar em um tempo maior para preparar o evento, mas, considerando a vontade de Sophie de terminar logo, estava satisfeita com o resultado.

— Adeus, Walter... — Toots jogou uma rosa amarela sobre o caixão e deu um passo atrás.

Sophie colocou sua rosa ao lado da de Toots. Lágrimas escorriam-lhe pelo rosto.

— Não sei para onde você está indo, Walter... digo, para onde você foi, mas acho que não vamos nos reencontrar tão cedo... ou no futuro.

— Pronto, tudo resolvido. Agora temos de sair daqui. — Toots pegou o braço de Sophie. — Não olhe para trás. Essa parte de sua vida já virou história, e o prejuízo foi de Walter. Você é uma pessoa maravilhosa. Deus a colocou aqui por alguma razão, portanto nem pense em ter falhado. Foi Walter quem não a valorizou, e ponto final.

O avião pousou ao meio-dia em Los Angeles. Toots e Sophie chegaram aos bangalôs a tempo para o almoço.

— Gosto da maneira que você encara a vida, Toots. Bem que eu poderia me acostumar a ser assim — Sophie comentou, enquanto estudava o cardápio do serviço de quarto.

— É melhor ir se acostumando, porque agora você vai passar para outra categoria de impostos. Aliás, o que vai fazer com tanto dinheiro?

— Estou pensando em fazer um cruzeiro. A passagem custa 200 mil dólares. Se bem que não acredito que vá mudar muito o meu jeito de viver. Mas vou comprar uma casa com um jardim imenso para plantar muitas flores. Depois de tantos anos vivendo em uma selva de concreto, acho que morar em uma casa com um gramado bem-cuidado será um sonho.

CAPÍTULO
XXXVI

Micky acordou com alguém esmurrando a porta da frente. Rolou na cama e olhou para o relógio.

Droga, quem viria me visitar às 3 horas da madrugada?

Colocou o travesseiro sobre a cabeça, com a esperança de que o ruído cessasse. Quando percebeu que nada adiantaria, decidiu se levantar.

— É possível esperar um minuto? — indagou ele, enquanto procurava um jeans para vestir. Ainda colocando as calças, pulou até a porta: — Está bem, estou indo. Calma, droga.

Olhou pelo olho mágico e franziu o cenho antes de abrir a porta. Não reconheceu o homem que estava ali. Talvez o amigo que tinha cuidado dos documentos falsos de Rag tivesse mandado um cobrador. Abriu bem a porta, preparado para mandar o sujeito ir passear.

— Michael Constantine?

Michael Constantine.

— Depende, quem quer saber? Quem é você e o que quer?

— James Wilson, investigador do departamento de incêndios criminosos.

Mil vezes merda. Fique frio, Micky tentou se policiar.

— Devo ficar impressionado com isso?

Wilson encarou firmemente o homem à sua frente.

— Não ligo a mínima se o impressionei ou não. Preciso fazer algumas perguntas.

— Sobre o quê? — perguntou Micky, dando um passo atrás para aumentar a distância entre eles, caso precisasse fugir.

— Você tem um Corvette azul, ano 1987?

— Sim. — Aquilo não estava soando bem. Não tinha sofrido nenhum acidente. Por que diabos aquele sujeito queria saber sobre seu carro? Virou a cabeça um pouco e viu as chaves do carro sobre a mesa.

— Quero dar uma olhada.

— Você tem um mandado de busca?

— Acha mesmo que eu viria até aqui a essa hora da madrugada se não estivesse amparado pela lei?

Micky colocou a cabeça para fora da porta e viu dois carros de polícia, estacionados do outro lado da rua.

— Um minuto só. Preciso ir até a garagem.

— Se não se importar, vou acompanhá-lo.

Fique frio, Micky, fique frio. Não tinha deixado nada no carro que o ligasse ao incêndio. Havia um galão de gasolina, mas qualquer um podia ter um daqueles no porta-malas. Pegou as chaves e acenou para que o investigador entrasse e o seguisse até a porta da cozinha. Acendeu a luz da garagem e jogou as chaves do carro para Wilson.

— Fique à vontade.

Wilson tirou um rádio do bolso, disse alguma coisa e dois minutos mais tarde quatro policiais apareceram na garagem.

— Ei, o que eles estão fazendo aqui? O que estão procurando? Eu não fiz nada. — Micky detestou o tom amedrontado que percebera na propria voz.

— Deixe-me trabalhar, sr. Constantine. Essa é uma maneira mais sutil de dizer que não tenho de dar satisfações ao senhor — Wilson ironizou e bateu no mandado de busca no bolso da camisa.

Micky teve a sensação de o coração estar batendo na garganta. Durante os trinta minutos seguintes, os investigadores reviraram o porta-malas e abriram o capô para olhar o motor. Revistaram o porta-luvas e entre os bancos com uma chave de fenda. Quando viu que Wilson voltava para a parte de trás do carro, Mickey pensou que perderia os sentidos.

Wilson colocou alguma coisa dentro de uma sacola plástica.

— Michael Constantine?

— Sim?

O investigador disse alguma coisa a um dos policiais que Micky não conseguiu ouvir. O policial balançou a cabeça e postou-se atrás dele.

— Sr. Constantine, o senhor está preso. Tem o direito de ficar calado... — O policial algemou os pulsos de Micky enquanto repetia seus direitos.

— Sob qual acusação? Vocês não têm nada contra mim. Tenho certeza de que estão cometendo um engano.

— Diga isso ao seu advogado, sr. Constantine. Acabamos de achar isto — anunciou Wilson, segurando um saco plástico com uma caixa de fósforos com a inscrição "Oficina do Carl".

— Que diabos isso quer dizer? Desde quando é crime ter uma caixa de fósforos? Carl é um amigo meu — Micky gabou-se.

— De fato, sr. Constantine, tem razão. Mas quando essa mesma embalagem é encontrada na cena de um incêndio criminoso, cheio das suas impressões digitais, então é crime.

Filho da mãe! Tudo isso era culpa de Rodwell Godfrey. Quando eu encontrar o desgraçado, vou passar a navalha no pescoço dele e ficar observando-o sangrar até morrer.

De repente percebeu que nada daquilo aconteceria porque não poderia sequer procurar Rag, pois estava preso.

Uma hora mais tarde, Micky já estava fichado na Penitenciária de Los Angeles. Colocaram-no em uma sala do tamanho de um banheiro, onde ele ficou até o amanhecer. Foi então que um policial entrou no cubículo.

— Michael Constantine, sou o agente especial Brett Gaynor. Acho que precisamos conversar.

— Você é do FBI?

— Isso mesmo. Quero fazer algumas perguntas.

— Ora, vamos, não sou estúpido. Tenho direito a um telefonema. Quero um advogado.

— Você terá tudo isso, mas não agora. Se não quiser me responder, tudo bem. Mas fique sabendo que será recompensado por tudo o que me contar sobre Rodwell Godfrey.

Filho de uma égua, eu devia ter previsto.

— Não direi uma palavra se não estiver na presença do meu advogado.

Bret seguiu até a porta, virando-se antes de sair.

— Rodwell Godfrey cometeu uma fraude contra um banco. Se você estiver envolvido, vai pegar prisão perpétua em San Quentin. A última notícia que tive foi de que as condições de lá não são nada boas.

Michael Constantine ficou paralisado ao ouvir o que o agente dissera.

CAPÍTULO XXXVII

— Henry Whitmore, devo a você e a Sally um jantar e uma viagem para as Bahamas — anunciou Toots, o rosto iluminado de alegria.

— Podemos combinar algo assim que você voltar para Charleston.

— Posso perguntar como conseguiu descobrir tudo isso? Você não imagina o que tenho passado, Henry. Não sei como agradecer por tudo.

— Na verdade, foi bem simples. É praticamente impossível apagar rastros eletrônicos, a não ser que você trabalhe para a CIA, e mesmo assim nem sempre têm sucesso. Você tinha me dito que o dinheiro fora transferido para o Banco das Bermudas nas ilhas Caymã. Para nossa sorte, os bancos nas Bermudas são muito profissionais. Pela localização das ilhas e por serem tão vulneráveis às intempéries climáticas, todos os sistemas são controlados por satélite. A falta de energia deve ter fechado muitos dos centros financeiros, é possível que muita gente não tenha tido acesso às suas contas, o que não é o caso do Banco das Bermudas. Claro que eles estão operando com geradores, mas conseguem acessar as contas. Precisei apenas dar alguns telefonemas e descobrir que o seu dinheiro tinha sido transferido para uma conta em nome de Richard Allen Goodwin. Você sabe quem é?

Toots pensou um pouco e lembrou do nome do chefe de Abby. O nome era diferente, mas as iniciais permaneciam as mesmas.

— Não conheço esse nome, mas sim Rodwell Archibald Godfrey. Ele era o dono da *Informer* e tenho quase certeza de que foi o culpado pelo desvio do dinheiro. Acho que podemos dizer que os dois nomes são da mesma pessoa.

— Na verdade, Teresa, foi apenas uma questão de tempo para que a transação fosse descoberta. — Henry riu. — Quem quer que seja esse sujeito, posso afirmar que ele não é muito esperto. Depois que falei com o presidente do banco, ele ligou para Emmanuel Rodriguez no Banco de Los Angeles, de onde tinha ido o dinheiro. Depois de confirmada a origem fraudulenta da operação, o Banco das Bermudas concordou em transferir a quantia de volta para a conta do seu enteado. É capaz de o dinheiro já estar disponível.

— De fato, Rag não é um homem brilhante. Ouça, Henry, faça tudo o que for preciso para terminar com isso. Não quero que a informação venha a público.

— Não há muito que fazer nesse caso, Teresa. Fraude bancária é um crime federal. O culpado enfrentará a suprema corte e não tenho poder para segurar a mídia.

— Bem, primeiro precisam encontrá-lo. Mas e se ele tiver sumido? Se por acaso perceber que foi pego e desaparecer?

— Esse é o menor dos seus problemas, Teresa. Recuperar o dinheiro foi muito mais importante. Deixe a cargo das autoridades prender e punir o ladrão. Se ainda estiver pensando em comprar a revista, tenha um bom advogado e execute a transação pessoalmente. Esse é o melhor conselho que posso dar a você no momento.

— Obrigada, Henry. Obrigada por tudo, mais uma vez.

Toots desligou o telefone e discou imediatamente para Sophie.

— Será que você poderia vir até aqui agora? Vou fazer mais café. Precisamos conversar.

— Você me pegou dois segundos antes de eu entrar na banheira de hidromassagem. Tomara que seja mesmo muito importante, pois não é sempre que tenho uma piscina dessas à minha disposição.

— Ora, deixe de besteiras e corra até aqui — ordenou Toots, desligando em seguida.

Cinco minutos mais tarde Sophie bateu na porta de vidro, vestida com um roupão vermelho e azul.

— Antes de qualquer coisa, onde está aquele café fresquinho?

— Você não vai acreditar com quem eu estava falando pelo telefone — disse Toots, ao servir duas xícaras de café.

— Era o George Clooney ou o Tom Hanks?

Toots revirou os olhos.

— Você está precisando de uma noite de sexo com alguém, Sophie. Henry Whitmore acabou de me ligar. Ele encontrou meus 10 milhões de dólares. O dinheiro já foi transferido para a conta de Chris. Bem, essas eram as boas notícias. Está pronta para ouvir as más?

— O que pode existir de ruim depois de recuperar essa fortuna? — perguntou Sophie ao acender um cigarro.

— Posso pegar um dos seus? — Toots puxou um cigarro do maço de Sophie e acendeu. — A fraude foi cometida por um sujeito chamado Richard Allen Goodwin. *Rag*. Você tinha razão, Sophie! O chefe de Abby pegou meu dinheiro e fugiu. A parte ruim de tudo isso é que, se encontrarem esse sujeito, ele será acusado de fraude bancária e Abby descobrirá que cobra mentirosa que ela tem como mãe.

— E se ele não for encontrado.

— Não faço ideia. Vou ligar e perguntar a Chris. Ele também tem o direito de saber das boas novas. — Toots pegou o telefone assim que terminou de falar e recontou toda a história para Chris. — Será que podem acusá-lo mesmo que ele não seja detido? — Toots estava muito irritada.

— Claro que vão incriminá-lo se ele for identificado como o fraudador. Até agora só existem provas circunstanciais de que Rag é a mesma pessoa que desviou o dinheiro. Sabemos apenas que o nome do larápio tem as mesmas iniciais e que Rag está desaparecido. Não há como provar que esse Goodwin e Rag são a mesma pessoa. E se não conseguirem identificá-lo como o *hacker* responsável pela operação financeira, tenho minhas dúvidas de que isso seja possível, então não há como acusá-lo antes de estar de posse de todas as evidências. Mas assim que for possível, Rag será incriminado. Essa é a lei, Toots.

— Ainda assim, não acredito que seja necessário divulgar a parte prejudicada. Sei que a lei não obriga ninguém a se identificar.

— Acredito que será possível mantê-la no anonimato pelo menos por enquanto. E então, você ainda pretende comprar a *Informer*?

— Claro que sim. Faço isso tanto para Abby quanto para mim mesma. Eu só tenho a ganhar. Você sabe como gosto desse tipo de revista. A primeira coisa que quero fazer, depois que saldarmos todas as dívidas, é reformar o prédio inteiro. Quero que a *Informer* seja um ícone da imprensa. Quero que as pessoas implorem para trabalhar conosco, além de clientes fazerem fila na banca para adquirir um exemplar. Em suma, almejo a felicidade de minha filha.

— Não faço ideia de como pretende fazer tanta coisa e permanecer no anonimato.

— Já pensei sobre isso também, Christopher. Rag estava submerso em dívidas. Neste momento o dono da revista é o banco que está com a hipoteca, certo?

— É verdade.

— Então nada mudou. Vamos quitar todas as dívidas e comprar a revista do banco, possivelmente até com desconto. Iniciaremos uma empresa cuja presidenta prefere não aparecer. Se todos nós concordarmos em manter a boca fechada, não há como não dar certo. Afinal, você é um advogado. Faça com que as coisas aconteçam da melhor maneira, Christopher.

— Sei que você está fazendo isso por Abby. Farei tudo o que estiver a meu alcance, mas não posso prometer nada, Toots. Aliás, gostaria de recomendar outro advogado para tomar meu lugar. É um amigo e um excelente profissional. Se não fosse, eu não indicaria.

— Abby me falou que você mencionou conflito de interesses. Acho que fiz mal em envolvê-lo nessa tramoia. Pode marcar uma reunião com seu amigo. Mudando de assunto, está acontecendo alguma coisa entre você e Abby? Ela não ficou muito feliz quando seu nome foi mencionado durante o almoço. Aconteceu algo que eu deva saber?

Ah, se você soubesse, Toots.

— Sim. Não. Quero dizer, mais ou menos. Sempre existe algo entre nós. As coisas são assim quando se trata de dois cabeças-duras. Não se preocupe, vamos superar.

— Não tenho dúvidas. Agende um encontro com seu amigo o quanto antes, assim posso voltar aos negócios.

— Vou marcar agora mesmo. Tenha cuidado, Toots. O que você e suas amigas têm feito? Posso saber dos detalhes ou não isso não é da minha conta?

— Nada de muito importante, mas enterramos o marido de Sophie. Ida tem outra consulta com o dr. Sameer amanhã. Ela tirou as luvas de látex, dá para acreditar? Mavis está rolando por aí, determinada a perder peso. Acho que vai conseguir, pois está muito motivada.

— Ainda não conheço Ida. Vou esperar até que ela esteja segura o suficiente para apertar minha mão.

— Boa ideia. Ela está na fase de estabelecer metas. Vou dizer que quer conhecê-la. Imagine que ela marcou uma hora com a manicure do hotel! Esse é outro assunto que gostaria de conversar com você, Chris. Não podemos ficar neste hotel para sempre. Estive pensando em comprar uma casa. Seu amigo advogado pode me ajudar nisso também?

— Ele é advogado corporativo, mas existem dúzias que podem dar uma assessoria você. Está procurando por algum lugar perto da casa de Abby?

Toots ficou em silêncio, pensando. Não, Abby precisava de privacidade.

— Na verdade, eu estava pensando em comprar a mansão de Aaron Spelling.

Chris caiu na risada. Na certa pensou que ela estivesse brincando, como de fato estava.

— Isso não era para ser engraçado. Se pretendo morar na praia, Chris, quero que seja com muito estilo. Você me conhece, não sou uma mulher de meias palavras.

— Você tem ideia do trabalho que é encontrar uma propriedade como essa?

— Não, é por isso que preciso de um corretor de imóveis para me acompanhar. Eu estava brincando; o que não quer dizer que não esteja procurando algo semelhante à mansão de Aaron Spelling. Tenho certeza de que Sophie, Mavis e Ida vão ficar por aqui o máximo de tempo possível. Elas adoram estar perto de Abby.

— Aposto que sim. Vou ligar para uma amiga e, se você não se importar, passar seu telefone para que ela entre em contato.

— Ótimo. Quero muito realizar a compra, Chris. Não diga nada a Abby. Eu mesma contarei quando chegar o momento certo. Christopher, seu pai teria orgulho se o visse agora. Você é um bom homem, exatamente como ele foi um dia.

— Vindo de você, Toots, esse é um elogio e tanto. Sei que você não fala isso para qualquer pessoa. Mas agora preciso correr. Tenho um encontro com a próxima grande estrela de Hollywood. Vou passar seu telefone para a corretora também.

— Obrigada, Chris. Falaremos mais tarde. — Assim que desligou, Toots virou-se para Sophie. — Sirva-me mais uma xícara de café, por favor. Vou ligar para Abby.

— Sim, Majestade — dispôs-se Sophie.

Toots levantou o dedo do meio e a amiga caiu na risada.

— Olá, mamãe.

— Você nunca espera o telefone tocar mais de uma vez?

— Claro que não. Você se esqueceu? Sou uma repórter. O telefone é um instrumento de trabalho para mim. Posso receber uma informação que me dê um furo de reportagem. E então, quais as novidades do Castelo Cor-de-Rosa?

— Estou pensando em comprar uma casa por aqui, mas não quero começar a procurar antes de consultar você. Gosto do clima daqui. Acho que suas madrinhas vão querer passar o inverno aqui também. O que acha de eu comprar uma casa de inverno em Los Angeles?

— Eu vou amar! Você me ajuda a terminar minha casa e eu a montar a sua. E a casa de Charleston? Não está pensando em vendê-la, não é?

— Nunca, Abby. Lá é meu verdadeiro lar. Nunca deixarei Charleston, mas sei o quanto você ama Los Angeles. Não seria ótimo se nos víssemos mais do que apenas nas férias? Preciso saber o que acha da ideia. Não quero invadir sua privacidade.

— Mamãe, você me conhece muito bem. Eu adoraria poder visitá-la uma ou duas vezes durante a semana e vice-versa. Chester é o único homem da minha vida.

— Não consigo entender essa parte. Você é tão bonita quanto àquelas atrizes sobre as quais costuma escrever. E por falar em estrelas de cinema, acabei de falar com Chris. Ele me disse que tem um encontro hoje à noite com a próxima vedete do cinema. Ele é mesmo um mulherengo. — Toots deu uma risadinha.

Abby sentiu como se tivesse levado um soco no estômago.

Encontro com a próxima vedete de Hollywood. Foi então que se lembrou do prometido telefonema pela manhã que nunca acontecera.

— Abby, querida, ainda está aí?

— Ah, sim... Chester acabou de pular a cerca. Mais tarde eu telefono, mamãe.

— Até logo, Abby.

CAPÍTULO XXXVIII

Abby teve a sensação de que seu mundo estava caindo. Estava sem emprego, o chefe sumido, não teria muita chance de arrumar uma posição nos outros dois tabloides de Los Angeles e, como se não bastasse, aquele mentiroso de uma figa, Christopher Clay, contribuíra para deixá-la ainda pior.

Então Chris tinha se encontrado com outra vedete de Hollywood! Que notícia ótima para ouvir da mãe. E pensar que tinha considerado a possibilidade de pedir desculpas a ele. Recusava-se a pensar no tempo perdido que passara se recordando da maneira como ele havia lhe beijado os dedos. Ela era apenas um número na lista infindável de mulheres de Chris.

Não pensou duas vezes antes de ir até a cozinha, pegar uma embalagem de desinfetante e lavar bem as mãos. A atitude não tinha nada a ver com as manias de sua madrinha Ida.

De agora em diante, é guerra.

Tomara que o rato dissimulado ligasse para lhe dar o prazer de desligar o telefone sem responder. Imaginou quanto tempo levaria para que Chris percebesse que ela estava imune aos truques dele.

Abby sentiu um nó na garganta. Pensou como seria se encontrasse Chris e sua mãe ao mesmo tempo. Imaginou se teria coragem de mandá-lo passear. Definitivamente Chester era o único homem em sua vida e permaneceria assim pelo resto da vida. Chris podia se despedir da chance de se encontrarem sozinhos de novo.

Abby abriu a geladeira e tirou uma garrafa de água. Quem sabe sua mãe não a convidasse para uma rodada de drinques de gelatina. Talvez tomar um porre fosse uma alternativa. Não, o álcool não lhe fazia bem, então a ideia foi para o ralo.

A vida ia tão bem até Rag contar que estava vendendo a revista. De repente Abby se viu no epicentro de um rodamoinho, sem ter como escapar.

Seria bom se parasse de pensar no jornal. Rag tinha fugido e talvez fosse o mandante do incêndio para que pudesse ficar com o dinheiro do seguro. Ainda assim, nada daquilo fazia sentido. Como seria possível resgatar a indenização se ele não era mais o dono da revista? Abby balançou a cabeça para clarear os pensamentos. Estava muito cansada, sem forças para juntar as peças daquele quebra-cabeça maluco.

Abriu a porta e chamou por Chester, que veio correndo. Ao fazer carinho nas orelhas do animal, percebeu que lágrimas escorriam-lhe pelo rosto. Algumas vezes a vida não era justa, lamentou enquanto enchia a vasilha de água do cachorro.

— Agora somos só nós dois, garoto. Vamos passar uma tarde incrível cuidando do jardim.

Abby passou as duas horas seguintes podando as plantas, afofando a terra e tirando as ervas daninhas da parte de trás da casa, do pátio, como ela gostava de chamar. Sempre que fazia força demais para arrancar algum mato, amaldiçoava Chris Clay.

Algumas horas mais tarde, quando fez um segundo intervalo, olhou em volta e ficou surpresa com o tanto que havia trabalhado. O pátio começava a se assemelhar a um jardim de verdade. Satisfeita, ela se pôs a varrer o piso de lajotas e colher os restos de plantas. Em seguida ligou o borrifador na esperança de dar vida ao gramado para que não precisasse replantá-lo. Cruzou os dedos para que o fertilizante, que tinha espalhado, ajudasse a transformar o gramado em um tapete verde aveludado, mas sabia que as chances eram remotas

— Para dentro, Chester. Nós dois temos um encontro com um saco de pipocas de microondas e algum filme da televisão a cabo. Quem sabe se, como sorte, não esteja passando um filme de suspense em que a heroína contrate um atirador profissional para matar o namorado. O que você acha?

Abby recostou-se no sofá, passou os braços pelo pescoço de Chester e foi correspondida por duas patas nos ombros.

— Você é o homem dos meus sonhos, Chester. O amor da minha vida — declarou Abby com a voz embargada.

CAPÍTULO XXXIX

Micky tinha passado as últimas três horas explicando ao agente especial Gaynor tudo o que tinha acontecido, na esperança de fechar um acordo a seu favor. Até então não tinha conseguido muita coisa, por isso decidiu bancar o dedo-duro, embora odiasse a situação. Qual era o problema se tinha se esquecido de onde havia jogado a caixa de fósforos? Afinal, ninguém tinha se machucado, uma vez que o prédio não havia pegado fogo por inteiro. Graças aos céus, os bombeiros tinham agido antes que algo mais grave ocorresse. Na certa alguém o tinha visto sair do prédio correndo e entrar no carro. Não contente o filho da mãe ainda tinha anotado a placa do Corvette e chamado a polícia. Pura falta de sorte.

Agora ele estava sendo interrogado pelo maldito agente do FBI e tudo tinha começado porque se dispusera a arrumar documentos falsos para um amigo. Na época nem levou em consideração que só isso já era uma violação grave da lei.

Agora tinha o mau pressentimento de que não conseguiria acordo nenhum com o agente federal.

— Então é isso? Você não faz a menor ideia de onde esteja Rag.

— Vou repetir pela milionésima vez: não. Se soubesse já o teria procurado e dado cabo dele sozinho. Eu estava tentando descobrir o paradeiro dele. — Micky contou sobre o armário com cadeado no aeroporto, onde tinha deixado os documentos falsos, e quando voltara para pegar o pagamento, percebendo que Rag lhe tinha passado a perna. — Estou dizendo a verdade. O que foi? Quer que eu comece a inventar histórias? Não sei o que mais quer que eu diga.

— Pedi a um investigador que olhasse os vídeos de segurança do aeroporto. Quando estivermos convencidos de que você está dizendo a verdade, voltaremos a falar.

Micky teve vontade de esmurrar o agente federal, mas estava com as mãos algemadas e acumularia mais acusações. Não era *tão* estúpido assim.

— Quanto tempo vai durar essa ladainha? Temos um acordo ou não?

— Você saberá na hora certa.

Micky teve vontade de chorar, mas se limitou a apertar as mãos até que as juntas ficassem esbranquiçadas.

— Vou processar todo mundo aqui. Vocês se arrependerão do dia em que me conheceram. Eu tenho minhas conexões — gabou-se.

— Por que não me conta sobre seus contatos enquanto esperamos pelas fitas de vídeo?

Merda.

— Eu só disse isso porque estou furioso. Estou cooperando. Você disse que faria um acordo se eu abrisse o jogo. Essa história de influências é bobagem. Se fosse verdade eu não estaria aqui e você estaria chupando o dedo, sr. policial.

— Você ainda enfrentará um júri. Já esteve preso antes, sr. Constantine. Não pense que não olhamos sua ficha criminal. A essa altura já devia estar familiarizado com o sistema e com uma cela.

— Que seja...

— Resposta inteligente.

— Não direi mais nenhuma palavra sem a presença de um advogado.

Gaynor levantou-se ao ouvir uma batida no vidro.

— Volto já, não saia daí. — Gaynor riu.

Assim que a porta se fechou, Micky soltou todos os palavrões que conhecia, sabendo que havia outras pessoas por trás do vidro espelhado.

Gaynor voltou para a sala de interrogatório com uma pilha de fitas.

— Você tem sorte. Tudo indica que disse mesmo a verdade. Vimos quando você colocou os documentos no cofre e depois quando o sr.

Godfrey os retirou. Bem, agora só resta a acusação de incêndio criminoso. De minha parte, estou satisfeito.

— Mas o que é isso? Você disse que tínhamos um acordo.

— Eu menti.

As ilhas Caymã tinham sido devastadas pelo furacão Deborah. A energia tinha sido restaurada em algumas localidades, o aeroporto voltara a funcionar, mas os voos de partidas eram muito ratos e o destino podia ser apenas Miami ou Fort Lauderdale.

Um mensageiro mestiço tinha trazido de bicicleta um recado para Richard Allen Goodwin. Aparentemente as linhas telefônicas estavam operando precariamente. Rag leu a mensagem pela décima vez:

Compareça ao Banco das Bermudas imediatamente. Precisamos esclarecer uma transação não autorizada na sua conta.

Rag andou de um lado para outro, decidindo se deveria comparecer ou não. Seria uma armadilha? Supôs que seria possível alguém ter tentado acesso à sua conta. Era bem possível que outro salafrário estivesse tentando lhe passar para trás. Sentiu os nervos à flor da pele. No mínimo cometera algum erro durante o processo.

Se a polícia federal o estivesse rastreando, e seus instintos confirmavam a suspeita, não demoraria muito para que os agentes do FBI o capturassem. Existia uma grande chance de já estarem no banco, aguardando apenas que ele aparecesse.

Ainda tinha os 50 mil dólares da folha de pagamento da *Informer*. *Lamento, mas ninguém receberá esta quinzena.* Desejou estar de volta à velha rotina.

O que fazer, então? Ficar e arriscar-se a ser preso ou pegar aquele dinheiro e começar tudo de novo em algum lugar distante? Optou pela segunda alternativa.

Assim que o mensageiro deu as costas, Rag correu para o quarto de hotel e colocou o essencial dentro de uma mala com seu monograma.

Pouco depois chamava um táxi. Aquela não era a primeira vez em que saía de um hotel sem pagar a conta. Sorriu ao lembrar-se do cartão de crédito falsificado que Micky havia providenciado. Arrependeu-se por não ter pedido lagosta e champanhe ao serviço de quarto do hotel.

— Aqui! — Rag balançou o braço no ar. Um táxi amarelo que já tinha passado por dias melhores parou no meio da rua. — Preciso chegar ao aeroporto. É um caso de emergência familiar.

— Estaremos lá em um minuto.

O motorista do táxi cumpriu a palavra pisando fundo no acelerador. Rag chegou a pensar se chegaria vivo a seu destino. *Puxa vida, não é que essa gente sabe mesmo dirigir?*

Já no aeroporto, deu uma nota de 20 dólares ao motorista e saiu correndo na esperança de embarcar no próximo voo para Miami. De lá tentaria pegar um avião para a República Dominicana. Pelo que sabia, a vida lá era barata.

— Preciso chegar a Miami o quanto antes. É um caso de doença em família — disse Rag, sorrindo para a atendente da empresa aérea.

— Acho que ainda há três assentos no próximo voo, que sai daqui a 45 minutos.

— Reserve um para mim.

Com alegria, Rag pagou os 800 dólares em dinheiro pela passagem de ida para Miami.

A srta. Sorte voltara a flertar com ele. Ouviu pelo alto-falante que os voos já estavam lotados e por isso partiriam mais cedo. Os passageiros já faziam fila para embarcar no avião bimotor. Rag notou que eram apenas doze pessoas. A viagem não durou mais do que trinta minutos. Não houve serviço de bordo, mas também não faria diferença.

Ao chegar ao Aeroporto Internacional de Miami, Rag marcou um voo para a República Dominicana.

Nove horas mais tardes, Richard Allen Goodwin estava sentado em um bar, degustando uma tequila e comemorando sua liberdade.

CAPÍTULO XL

Toots, Sophie, Mavis e Ida esperaram por Abby e Chris no Polo Lounge. Toots queria compartilhar sua alegria com as pessoas que mais amava no mundo.

— Abby é sempre tão pontual. O que será que a está prendendo? — questionou Mavis. — Mal posso esperar para contar que perdi mais 2 quilos. Sei que não é muito, mas é um bom começo. Estar aqui com você foi a melhor coisa que podia ter me acontecido.

— Estamos muito orgulhosas de você — cumprimentou Toots, sabendo que elogios motivavam Mavis. Não tinha dúvida de que a amiga alcançaria seu objetivo, mesmo que o percurso durasse a vida inteira.

— Acho que engordei 1 quilo ou mais depois de todos aqueles drinques de gelatina. Tenho comido demais. E antes que diga alguma coisa, Mavis, já antecipo que não vou parar de fumar. Vou me deliciar com o máximo de tragadas que puder dar. — Sophie tirou o maço de cigarros da bolsa para ser mais enfática, mas lembrou-se de que não era permitido fumar nos restaurantes da Califórnia e o guardou de volta.

— Fui fazer as unhas hoje. Acredito que o remédio está de fato me ajudando. Tomei apenas dois banhos hoje. Minhas mãos estão ótimas. Não sei se ainda vou melhorar, mas não estou mais tão obcecada com germes. O dr. Sameer disse que estou me recuperando mais depressa do que os outros pacientes. Acho que ele está me paquerando. Ele é bem simpático, vocês não acham? — Os olhos de Ida brilharam.

Toots e Sophie trocaram olhares significativos.

— Eu não disse? Eu sabia! É fato que você não pode ficar sem homem, Ida. O seu problema é o medo de ficar sozinha, não adianta culpar os germes ou o falecido Thomas. Como você é fingida...

— Chega, Sophie. Mas, Ida, eu também acho que um namorado faria toda a diferença na sua vida — comentou Toots, olhando de relance o relógio. — Aposto que Abby ficou presa no trânsito. Essa é a única coisa de que não gosto nesta cidade. Antes de ela chegar, quero anunciar a vocês que a *Informer* voltará a funcionar em seis semanas, provavelmente antes de a reforma terminar. No momento estão todos trabalhando às escondidas de Abby. Aliás, ela soube por boatos que os novos donos planejam continuar em silêncio e no anonimato. Não ficou muito preocupada com o fato, já que está empolgada em ter recuperado o emprego. — Toots parou de falar ao ver que Abby se aproximava. — Aí vem ela. Lembrem-se, nenhuma palavra sobre este assunto.

Abby acenou para a mãe e para as três madrinhas, sentadas à mesma mesa de sempre, depois de Toots ter contemplado o garçom com uma boa gorjeta. Segundo ele, aquele era o melhor lugar para se ver quem chegava ou saía do restaurante.

— Mamãe, você está resplandecente e isso só acontece quando há algum homem em sua vida. Você conheceu alguém? Não me diga que está pensando em se casar de novo.

— Ora, Santa Virgem Maria, Abby, dê um pouco de crédito para sua mãe. Estou feliz por estar com minhas melhores amigas e minha filha. Não vou me casar de novo, o que não quer dizer que vou deixar de namorar, mas casamento está fora de questão.

— Ótimo. Vocês estão em uma fase de ouro, é melhor começarem a curtir.

— Abby, pelo jeito que está falando, só podemos olhar para os velhos de nossa idade — reclamou Sophie. — Eu sei que estou pronta para viver intensamente de agora em diante. Acho que deveríamos tirar umas férias.

— E não é isso que estamos fazendo? — Mavis relatou.

— É verdade. Marquei um dia inteiro no *spa* para todas nós. Imaginem só, serviço completo: tratamento facial, massagens, manicure e pedicure. Lembram-se de que eu tinha prometido um *makeover* total quando estivéssemos aqui? Já está tudo agendado. Contratei o mesmo maquiador da Cher,. Como vocês sabem, ela também está na mesma fase que nós. Portanto, se alguém estiver pensando em não participar, desista. Você topa, não é, Ida? — perguntou Toots.

— Claro que sim.

Todas ficaram surpresas com o fato de que Ida tinha se recuperado totalmente.

— Vamos fazer aquela depilação que combinamos? — Mavis indagou.

Abby olhou para a mãe e balançou a cabeça.

— Não me diga que vão passar por isso também.

— Não vou responder a essa pergunta, apesar de que Ida já depilou sua... você sabe onde, mais de uma vez.

— E como é que você sabe disso? — Abby estava atônita.

— Ida, diga a ela que é verdade — pediu Toots.

— É verdade, Abby. Eu estava aberta a novas experiências. Ainda estou. Eu só... acabei me atrasando um pouco.

Sophie percebeu uma chance de provocar Ida.

— Contanto que haja um homem na jogada, certo? Aposto que ainda teremos de arrancá-la da sala de depilação.

— Ah, Sophie, tenha dó! — repreendeu Ida, com a sombra de um sorriso maroto no rosto.

Todas riram, mas com os olhares na entrada do restaurante. Abby percebeu e se perguntou se haveria alguma surpresa naquele almoço.

O garçom, Manolo, chegou à mesa levando uma garrafa de champanhe.

— Senhora...

Toots detestava ter de começar a celebrar antes do previsto, mas decidiu que não faria muita diferença.

— Obrigada, Manolo, pode tirar a rolha.

— Mamãe, qual a razão de estarmos tomando champanhe na hora do almoço? Isso só é bom quando se pode tirar uma soneca depois.

— Abby, será que é preciso ter uma razão para tomar champanhe? Por que as pessoas acham que sempre é preciso haver uma razão que justifique seus atos? Isso é uma besteira tão grande quanto guardar talheres de prata e porcelana fina para quando a rainha fizer uma visita. Relaxe, querida.

— Está certo, mamãe. — Abby estava mais do que convencida de que Toots estava aprontando alguma coisa e que suas madrinhas estavam a par do que acontecia.

Manolo encheu as taças de cristal com o líquido cor-de-rosa borbulhante.

— Até nossa champanhe é cor-de-rosa. Só vou tomar um gole. Álcool não faz parte do meu regime — Mavis disse.

— Não se preocupe, eu tomo sua taça — Sophie apressou a dizer.

— Vejam só quem acabou de chegar.

Abby olhou na mesma direção que a mãe. Ali estava Chris Clay em carne e osso. Ela encarou aquele rosto marcante, depois observou o corpo musculoso de cima a baixo.

Chris abaixou-se para beijar Toots no rosto e repetiu o mesmo cumprimento em cada uma das madrinhas. Quando chegou perto de Abby, hesitou um pouco antes de beijá-la nos lábios. E por mais de três segundos. Em frente a Toots e as outras três senhoras.

— Senti saudade, Abby.

— É mesmo? Acho que não. Esqueceu-se de que estamos em Hollywood? Soube que você anda saindo com a próxima grande estrela.

— Quem disse isso? — Chris perguntou.

— Eu disse — acusou-se Toots. — Agora vamos parar com essa discussão? Convidei os dois para uma comemoração especial. Chris, pegue uma taça de champanhe. — Toots perscrutou o salão à procura de Manolo, que assim que viu que estava sendo chamado foi servir Chris. — Gostaria de propor um brinde aos novos começos.

— Aos novos começos! — repetiram todos, levantando as taças de champanhe.

— Vamos, mamãe, sei que está escondendo alguma coisa. Conheço esse seu jeito feliz demais.

— Abby, se você não tivesse 28 anos, eu a mandaria para o quarto de castigo agora mesmo.

Manolo voltou trazendo os cardápios. Durante os dez minutos seguintes todos se entretiveram em escolher um prato. Havia uma euforia no ar. Cada um deles tinha alcançado parte de suas metas e a tendência era só melhorar dali para a frente.

— Não quero comer hambúrguer de novo. Não sei o que pedir — Abby falou, enquanto corria os olhos pela lista de pratos.

— Deixe que eu peça para você, Abby — Chris se ofereceu.

— Acho a ideia ótima. Ela leva uma eternidade para fazer algumas coisas — comentou Toots.

Manolo já estava a postos para anotar os pedidos.

Chris começou a falar antes de todas:

— Esta encantadora senhorita quer um filé malpassado, acompanhado de uma batata recheada e uma porção de legumes. Cuidado para não cozinhá-los demais. É preciso que fiquem crocantes.

Toots e as três madrinhas o encararam como se ele tivesse aterrissado ali naquele instante, vindo de outro planeta.

— Como é que você sabe o que Abby quer comer? Abby nunca... Bem, deixe para lá. Acho que vocês dois têm um segredo. Estou certa? — Toots viu a filha corar e olhou para o sorriso largo de Chris. — Dá para perceber que existe alguma coisa e acho que seria maravilhoso. Eu já tinha notado a maneira como vocês olham um para o outro.

— Mãe! Por favor, agora não. Lembre-se de que estamos aqui para celebrar alguma coisa, ou já se esqueceu?

— Nada disso, querida. Posso estar velha, mas longe de ser senil.

— Então, pare de fazer suspense.

— Toots, Abby tem razão. Você tem prazer em nos deixar curiosas — disse Mavis.

— Ande logo antes que eu dê um chute na sua canela diante de todo mundo — ameaçou Sophie, rindo, os olhos castanhos brilhando como âmbar.

— Ida, você tem alguma coisa para nos contar?

— Não, mas acho melhor você contar logo, antes de os pratos chegarem.

— Está bem, vou parar com o suspense. Hoje cedo recebi uma ligação anunciando que minha oferta tinha sido aceita. — Toots fez uma pausa, saboreando o momento, observando as expressões de seus entes queridos. — Como estava dizendo, soube que a oferta que fiz para uma casa linda foi aceita.

Se não fosse pelo barulho de talheres e pratos no restaurante e o sibilar do vento, Toots podia jurar que tinha ouvido um alfinete cair, tamanha a surpresa silenciosa de todos.

— Sou a nova dona oficial da casa do falecido Aaron Spelling.

Mavis, Ida e Sophie ergueram os braços ao mesmo tempo, vibrando com a notícia. Chris e Abby deram a volta na mesa para dar um abraço em Toots.

— Mamãe, você é doida, mas é a melhor mãe do mundo. Tenho muita sorte de ter você a meu lado. Sophie, Mavis e Ida, eu não poderia ter madrinhas melhores. Imaginem só, daqui para a frente, todas temos onde morar. Além do mais, mamãe, assim que o novo dono da *Informer* autorizar a volta das impressões, você será a dona da primeira edição saída da prensa!

Toots permaneceu sorrindo até notar o brilho no olhar de Abby. Ela bem sabia seu significado.

— O que foi?

— Você bem sabe que minha vida gira em volta de um furo de reportagem, certo? Bem, senhoras e senhor, estou trabalhando em uma matéria que vai chocar a cidade! O artigo vai sair na primeira página. Nem adianta me perguntar qual o assunto porque não vou dizer, ou não seria um furo. Vocês terão de esperar como todo mundo. — Abby olhou para todas com um grande sorriso nos lábios até focalizar Chris. — Nunca mais ouse pedir um prato por mim. Sou plenamente capaz de fazer minhas escolhas. E agora, desculpem-me, mas tenho de ir embora. Há uma pilha de papéis à minha espera. Vejo vocês mais tarde.

Depois de acenar, Abby se afastou sob o olhar espantado de todos e não olhou para trás.

— O que foi isso? — indagou Toots.

— Acho que ela descobriu tudo — opinou Sophie. — Ela vai colocá-la na primeira página, Toots.

— Ela estava com os olhos marejados. Pelo menos, desconfio que eram lágrimas — Mavis observou.

— Não é nada disso! — exclamou Ida, com tom de voz firme. — Essa cena foi dirigida a você, meu rapaz. — Apontou para Chris. — O furo de reportagem é a seu respeito.

Chris olhou para as mulheres que o encaravam como se ele fosse um alienígena. Todas, inclusive Toots, que só lhe dirigia olhares de amor e afeição. Ele ficou sem saber se começava a chorar ou se se levantava e corria para o carro. Optou pelo carro, desculpando-se ao se levantar da cadeira.

— Preciso fumar — Sophie disse. — Venha, Toots, vamos até o estacionamento.

Enquanto caminhavam, as amigas se entreolhavam minutos mais tarde.

— Será que ela sabe mesmo, Sophie? Será que Ida está certa? Chris... Não pode ser. A matéria deve ser a nosso respeito. Deus do céu, o que faremos?

Sophie soltou a fumaça do cigarro formando um "O", que observou subir pelo ar.

— Ela está desconfiada, Toots. E Ida também pode ter razão. Além disso, acho que alguma coisa está acontecendo entre Abby e Chris. Por falar nisso, você sabia que um tapete persa de oração foi entregue na suíte de Ida essa manhã? A camareira me contou. Acho que devemos continuar com os planos iniciais. Vamos voltar e terminar de tomar aquele champanhe. Temos o resto da tarde para arquitetar nosso próximo passo. Tenho algumas ideias.

Toots levantou a palma da mão e Sophie bateu.

— Você sabia que nós quatro totalizamos 260 anos de experiência?

— E o que isso quer dizer?

— Podemos aproveitar essa proficiência. Você não disse que quer fazer com que Abby seja uma referência no universo jornalístico? Então, quer que eu desenhe ou você já entendeu.

— Gosto da sua maneira de pensar, Sophie. Acho que você é tão perturbada quanto eu. — Toots riu.

— Vou levar isso como um elogio, Toots.

— Ah, e tem mais: ainda não estou preparada para largar o cigarro.

— Eu também não.

— Acho que é melhor voltarmos para a mesa e terminar nosso champanhe...

Um novo começo foi impresso em São Paulo/SP
pela RR Donnelley, para a Editora Lafonte Ltda., em março de 2011.